論創ノベルス

清吉捕物帖

Ronso Novels 021

三好一光

論創社

清吉捕物帖◎目次

凡例

一、「仮名づかい」は、「現代仮名遣い」（昭和六一年七月一日内閣告示第一号）に改めた。

一、漢字の表記については、原則として「常用漢字表」に従い、表外漢字は底本の表記を尊重した。ただし人名漢字については適宜慣例に従った。

一、あきらかな誤字や脱字は訂正したが、意図的な当て字、作者特有の当て字は底本表記のまとした。同じく表記の不統一や送り仮名の有無についても底本を重んじた。

一、作者によるルビの他、現代では難読と思われる時代物特有の表現、歌舞伎の用語についてもルビを補い、注記を最小限に留めることで原文のリズムを損なわないよう配慮した。

一、今日の人権意識に照らして不当・不適切と思われる語句や表現もあるが、時代的背景と作品の価値に鑑み、修正・削除はおこなわなかった。

狐侍

一

文政の頃、江戸牛込赤城下に遠州屋佐兵衛という豆腐屋があった。佐兵衛夫婦に娘一人、売子は置かず店売りだけではあったが、豆腐も美味く、殊《こと》にその油揚げは味がいいのと大きいのとで、牛込はもとよりかなり遠方にまで知られていた。

恰度《ちょうど》十一月二十八日の払暁《よあけ》、その日は一向宗報恩講の最後の日なので、信心者の佐兵衛夫婦は、近くの小日向水道端の本法寺へ参詣するため、夜半から起き出して其日《そのひ》に商う豆腐や揚物類を作っていると、耳元で、

「亭主、寒いな」と云う声がした。

その声は忌《いや》に疳《かん》走っていて、しかも妙に調子が外れていた。

佐兵衛はびくッとして振り返ると、漸《ようよ》うに白んできた往来の仄《ほの》明るさを背にして、狭い店の中に一人の侍がふところ手をしたまま立っていた。

佐兵衛は揚物の箸をおくと、慌てて片手で鉢巻を取り、

「へい、お寒うございます」

と会釈したが、その侍を見上げたとたん、思わず背筋へ水でもかけられたようにぞっとした。

侍は寒さ除けの鼠木綿の頭巾を冠《かぶ》っていたが、顔の色は飛抜けて白く、頬骨の張った細面《ほそおもて》で、眉は薄く、目は細く吊し上って、鼻は平たく長く、しかも肉が薄かった。口はひどく突出ていて、そのせいか鼻の下がばかに長く見えた。どこかで一度見たことがあるような気がするのだが、咄《とっ》嗟《さ》に思い出せなかった。しかもその風体は、しおたれた黒木綿紋附の羽織に小倉の袴、柄《つか》糸も相当に古びた大小、そのうえ素足に藁草履、どう見ても貧しい浪人という恰好だった。

「な、何か御用でございましょうか」

佐兵衛は何故《なぜ》か膝頭の顫《ふる》えてくるのを覚えながら、叮嚀《ていねい》にそうたずねた。

侍は疳持《かんもち》らしく、頻《しきり》と首を振っていたが、

「よい匂いがするな」

と、低い鼻をぴょこつかせた。

「へい……?」

佐兵衛は何の匂いやら判らなかった。

「その油揚《あげ》をくれ」

侍は顎で、すでに何枚もの四角な浅い大笊《おおざる》へ列《なら》べられて、まだ煙の立っている油揚をさししめ

した。

「あ、この揚げを？　へい、畏《かしこま》りました。何枚さし上げましょう」

「百文くれ」

懐手《ふところで》の侍は、右手を袂《たもと》へ入れたかと思うと百文の銭を摑んで出した。その手はいやに生白くて華奢《きゃしゃ》だった。

「へいへい、只今」

佐兵衛は急いで三十枚あまりの油揚を経木《きょうぎ》の薄皮へ包もうとした。

「ああ亭主、何か皿へでも載せてくれぬか。ここで食すから」

「えっ、あの此処で？」

「うむ、暫《しばら》く店先を借りるぞ」

侍は上り框《かまち》へ腰をおろした。

佐兵衛はいよいよ驚いて、女房を呼び立てると大皿を出させ、それへ油揚を盛り上げ、更に醤油を入れた小皿と箸とを添えて盆に載せ、侍の横へさし出した。

侍は初めて左手を出し、その大皿を持つと、醤油などには見向きもせず、右手の手摑みでむしゃむしゃと食い初めた。

それは実に早い食い方で、時々は口が耳まで裂けるかと思うばかり、気のせいかその都度、頭巾の中の耳までも何か動くように思われた。たちまちのうちに食いつくした侍は、いかにも美味《うま》かったように食い終った口許《くちもと》を、ばかに長い赤い舌でべろべろと嘗《な》めまわしていたが、指先まで嘗めてしまうと、呆気にとられて見ている夫婦へ、

「よい味であったな」

と、にっこりした。

その時であった。いつ来たものか、近所のぶち犬が一匹、店の前から侍を睨んで唸っていたが、俄《にわか》にけたたましく吠え立てた。

侍はひどく慌てたようすで、叱《し》ッ叱《し》ッと追っていたが、たちまちパッと畳の上へ飛び上ると、疳走った顫え声で、

「亭主、犬を追え、犬を追え」

と叫んだ。

佐兵衛は急いで竹箒を振り上げて犬を追ったが、犬はいよいよ吠え猛って中々逃げなかった。三つ四つひっぱたいて、やっと追っ払って店へ入ると、かの侍は奉納と染め抜いた手拭を出して頻《しきり》と汗を拭っていた。

「亭主、大儀であったな」と会釈した侍は、「どうも生れつき犬が嫌いでな」と苦笑すると低い声で、「今朝わしが来たことは誰にも云うなよ。よいか。店はいよいよ繁昌するぞ」

そう云い捨てるとそのままつうッと風のように行ってしまった。

あまりに奇妙な出来事に、夫婦は魂も宙《ちゅう》に飛んだ思いで暫くは声も出なかった。やっと我に

返った佐兵衛は、恐る恐る女房に囁《ささや》いた。

「い、今のお方を、ナ何だと思う……?」

「お、お、おいなりさまですよ、おいなりさまがおいでになったんですよ……」

「そうだ、たしかにそうだ。ああ、勿態《もったい》ないことだ……」

夫婦は侍の出て行った方へ柏手《かしわで》を打って拝礼した。

と、その目の前へ、二三寸ばかりの焦茶色の毛が七八本おちていた。夫婦はそれを拾い上げると肯《うなず》き合い、百文の銭とともに押戴いて神棚へ上げた。

その日二時《やつ》頃、夫婦が本法寺から帰って来ると、不思議なことに朝つくっておいた豆腐や揚の類が、一つ残らず売切れていた。午《うま》の日でもないのに、こんなに早く売切れるということは今まで曽てないことだった。夫婦はいよいよ、かかる奇瑞《きずい》をあらわした稲荷の通力を畏《おそ》れ崇《あが》めた。

二

それから半月ほど経った師走の十四日、やはり夜明けの事だった。煤払《すすはら》いを昨日にすましで、綺麗になった店の内で働いていると、

「亭主、寒いな」

いつの間に現れたのか、かの侍が薄暗い店の中に立っていた。

夫婦は彼を見るとそのまま土間へ這いつくばった。返事どころではない、ただもう有難さで一杯だった。

「その油揚を百文くれ」

「は、はい」

女房は家中で一番いい大皿を持って来た。佐兵衛はそれへ油揚を山のように盛上げた。

上り框へ腰かけた侍は、それを見ると慌てて云った。

「コレコレ亭主、そのように盛ってはいけない。百文と申したら百文だけくれればいいのだ」

「は、はい。これはどうも……」

叱られた佐兵衛は怖れ戦《おのの》きながらも、神の使いというものは何という正直なものであろう……と感嘆しながら、新しく百文だけ盛り直すと、恭《うやうや》しく侍の側へすすめた。

侍はそれを受取ると、又しても水もたまらず食いつくした。赤い舌で口の周りや指先を嘗めることも、又前の通りであった。夫婦は殆ど呼吸《いき》も出来ない気持だった。

侍は嬉しそうに微笑むと、例の痞走った、調子外れな声で云った。

「お前の家の油揚はまったく美味いな。これからも度々食いに来よう」

「あ、有難うございます」

佐兵衛は地面へ額をすりつけるようにして云った。

「お気に召しまして、こんな嬉しいことはございません。あの何でございましたら、手前の方から、毎日お供えにまいりますが……」

「いや、それには及ばない」

と、侍は慌てて遮った。

「いえいえ、わざわざのお運びでは恐れ入ります。仰有《おっしゃ》ってさえいただければ……」

「いや、わしの所は大変に遠くてな」

「遠い遠いと仰有いまして、どの辺で……？」

「むむ王子の方だ」

「王子……？　ではやはり、あすこの御眷属《けんぞく》さまで……？」

「マ、まァそんなものだ。それにあすこは穴が多くて中々お前達には判らぬ所だ。いや、それより何だな、一口に油揚と申しても、中々製法が難しいと見えて、よい味は少いものだな。この広い江戸にしてから、下谷稲荷町の上総屋、芝伊皿子の伊賀屋などが先ず先ず食える方だが、お前の所には敵《かな》わない」

おおこのお使い姫は、そんなにも多くの店の油揚を喰べ較べていらっしゃるのか……と、佐兵衛はいよいよ尊く思った。彼は勇を鼓《こ》して訊いた。

「あなたさまは、そんなに江戸中の油揚を、召上っていらっしゃいますので？」

「ははは。江戸中は疎《おろ》かなこと、わしは日本国中のを食っている」

「えっ、日本国中の……？」

「むむ、江戸ではお前の処が一番美味いが、まだまだ上には上があるぞ。まず第一は何と云っても、京の伏見の稲荷山、御本社の前の茶店で売ってる油揚。これは味と云い香《かおり》と云い真実天下一品の油揚だ。その次は三州豊川稲荷の、社殿の前で売ってる品だが、これが又中々うまい。やはり信心深い商人は違うな」

初め佐兵衛は自分の店よりいい油揚を売る店があると聞いて、何か面目を傷つけられたような気がしたが、それがお供え物を商う信心の人と聞いては諦めるより仕方がなかった。まったくどう考えても一枚三文の油揚で、これ以上うまくすることは出来ない筈だった。

「今度ついでがあったら伏見の油揚を、土産に持って来てやろう」

「有難うございます」

佐兵衛は再び地面へ面形《めんがた》をつけたが、ふと気がついて、

「しかし油揚ばかりは一日おいても味の落ちるものですから、東海道を下りますうちには……」

と、つい不興気《ふきょうげ》に云ってしまった。

侍は忽《たちま》ちけッけッけッと妙な笑い方をしたかと思うと、

「何、その日のうちに取り寄せられないこともない」

と云った。

「えっ、その日のうちに……?」

「うむ、わしはまだ修行の足らぬ未熟者だが親父に頼めば何でもない」

と云ってしまってから侍は、急にはッとしたように周囲を見廻わすと、

「これ、このようなことは誰にも云うなよ。世話になった」

と云うかと思うとそのままつうと走るように出て行ってしまった。

その日もひどく繁昌して、二時《やつ》までにはすっかり売切れ、すぐに夕方の品の追い足しにかかるという景気だった。佐兵衛夫婦はいよいよその侍を畏《おそ》れ崇《あが》めた。

それから遠州屋の油揚は更に一周り大きくなり、油も胡麻の極上を使ったので、いよいよその名は高くなって、四谷赤坂麹町、神田小石川の方からまで買いに来る客が絶えなかった。

三

すると、暮も数え日になった二十六日の早朝、一仕事すました佐兵衛が、昨夜平河天神の年の市で買って来た、木の香も新しい神棚へお灯明を上げていると、

「亭主、寒いな」

びっくりした佐兵衛は転げ落ちるように土間へ飛び降り平伏した。

「油揚を頼む」

「は、はい」

女房は内々今朝の事を予想して、先日飯田町で買って来ておいた錦手《にしきで》の大皿を取出すと、佐兵

衛はそれへ油揚を百文分盛上げて、恭しく差出した。

いつものように手摑みで食い初めた侍は、ジロリと佐兵衛を見ると、ちょっといやな顔をして云った。

「亭主、油揚が大層大きくなったようだな」

「へい、精々お安く味も吟味いたしました」

「むむ、繁昌するだろう?」

「へい、お蔭さまで……」

侍は何故か眉を顰《ひそ》めて、つかえつかえ食っていたが、やがて食い終ると堪能したように腹を押えた。

「如何でございましょう、本日は些《ち》と御悠《ゆる》りと遊ばしましては。赤飯でも炊《た》いて差上げたいと存じますが……」

と、佐兵衛はもみ手をしながら云った。

「いや、志は忝《かたじけな》いが、ちと忙しい事があって、そう悠りとしてはいられないのだ」

「へえ。やはりあなたさまの方でも、暮はやっぱりお忙しいのでございますか」

「うむ、ちょっと京の伏見まで行かねばならぬ用があってな」

「えっ、あの京の伏見へまで?」

「うむ。少しく願いの筋があって、行かねばならぬところなのだが、何を云うにも尾羽うち枯した素浪人、何彼と手許が逼迫《ひっぱく》して思うように支度も出来ず、毎日諸方を駆け廻っているのだが……。いや、この様子では上れそうもあるまいよ」

と溜息まじりに侍は云った。

「あの、失礼ながらお支度と仰有ると……？」

「支度と云うは官金の事だ」

「官金……？」

「お前達には判るまいが、伏見へ参って官位を受るために要る金だ。いつまでも無位無官の穴住いでは、友朋輩《ともほうばい》に対しても面目ないと云うものだが、これも不運で仕方がない。いや、つまらぬ事を申して邪魔をした。年内はもう参らぬ。よい年を取れよ」

そう云い捨てると侍は、つと立って行こうとした。佐兵衛は慌ててその袖を引留めた。

「あ、もし、一寸お待ち下さいまし。まことに出過ぎた事でございますが、その官金とやらは何程のお金でございますか？」

「官金？　先ず此度は五十両ほど入用なのだ」

「五十両……？」

佐兵衛はびっくりして袖を放した。

「五十両と申せば大金。しかし儂達の仲間では、借りた物はすべて倍にして返した上、一生その家の福を守るという掟《おきて》になっているのだが、儂などはまだ修行が浅いので、中々その金が調わないのだ」

と、侍は白い突《とんが》り面《づら》を歪めて笑った。

佐兵衛は目を瞠《みは》って聞いていたが、何事か決心すると、唾を嚥《の》みこみはっきり云った。

「よろしゅうございます。その五十両は手前が御用立て申しましょう」

「えっ、お前が……?」

侍は吃驚《びっくり》したように細い目を嚇《かく》と開いた。

「はい。その位のことでお役に立てば、こんな有難いことはございません。暫くお待ち下さいまし」

佐兵衛は急いで奥の間へ這入って行った。女房も慌ててその後を追った。

侍は急に落ちつかなくなったようすで、きょときょとあたりを見ていたが、そのうち我知らず
「ウイーッ」と油臭いげっぷを出した。

やがて佐兵衛が女房と一緒に、亢奮《こうふん》した顔附《かおつき》で出て来ると、小さな盆の上へ半紙を敷き、それへ切餅(二十五両)二つを並べ、侍の前へ押しやると、ひどくうわずった声で云った。

「失礼ながら、何卒お納め下さいまし」

「亭主、こ、これを儂が、か、借りて行っても苦しゅうないか」

侍の声もひどくうわずっていた。

「は、はい。お役に立てば、もう此上の冥加《みょうが》はございません」

「左様か……」

暫く目を瞑《つむ》って考えていた侍は決然とした調子で云った。

「うむ、然らば一先ず借りるとする。今日これから直に江戸を立てば明日の夜は伏見着、中一日所用に費し帰りが二日、おそくも三十日の夕暮までには、必ず倍の百両にして持参する。よいか亭主」

「いえ、よいどころではございません。その五十両は奉納いたします」

「いやいや、それはいずれ儂が官位を得てからのことにしてもらおう。それまではお前と儂の人間同士の貸借だ。一寸《ちょっと》一筆証文を書いて行こう」

「と、とんでもない。それには及びません」

佐兵衛は手を振ってそれを遮った。

「左様か、それでは斯様《かよう》いたそう」

と、侍は懐中から紫の袱紗《ふくさ》に包んだ物を出して云った。

「これは儂が親代々大切に所持するものだが、これを預っておいてくれ。いや、遠慮してくれるな。そうでないと心苦しい」

「そ、それでは勿体ないことでございますが、お言葉に甘え、お預り申します」

佐兵衛は顫える手で、その袱紗包みを押し戴いた。袱紗には何か丸いものが一つ包まれていた。

佐兵衛は咄嗟《とっさ》に（宝珠の玉だな……）と思った。

その隙に五十両を懐中した侍は、

「亭主、不思議な縁で、過分な心遣いに預った。忝《かたじけ》なく思うぞ。然らば三十日に又逢おう」

と、すっくと立つと、そのますうッと出て行った。

夫婦はいつまでもいつまでもその後を拝んでいた。

四

「ねえ親分、何しろ江戸と伏見の間を五日間で往って来るてえんですから、佐兵衛夫婦びっくりしちゃってね。官金が要ると云うのも無位無官の野狐ぢゃア幅が利かねえから、てっきり伏見稲荷の大将から正一位か何かの位を貰ってくる心算《つもり》なんだろう。帰って来たら、近所の空地に小さな祠《ほこら》でも建てて、豆腐屋稲荷とか何とか名をつけて……なんて待っていたが、約束の晦日が来ても帰って来ねえ。大方伏見も諸国からの狐つどいで、中々早くは片づかねえのだろう、松の内には……と思って待ったが姿を見せねえ。十五日になっても面ア出さねえ。だんだん心配になってきてね、もしかしたら宇都谷峠か薩埵峠で、狼どもの餌食になったんじゃアあるめえかと思うと、いても立ってもいられねえ。

　そこで佐兵衛、眼が潰れると婆さんが止めるのを振り切って、預り物の袱紗を解いて見るとね、親分、呆れるじゃアねえか、宝珠の玉どころか温石《おんじゃく》が一つ、おまけにそれを包んだ半紙に、こ

んな狂歌まで書いてあるんです。写して来やしたから読みやすが、ええと、
くやしくば、われに王子の狐穴、
誰もいなりでお気の毒さま……」

浅草諏訪町の岡っ引清吉が、二十日正月の雑煮を祝って、子分の金太と、待乳山聖天《まっちやましょうでん》の参詣から帰って来ると、やはり子分の飯田町の留吉が待っていて、赤城下豆腐屋の一件を笑いながら話すのだった。

「はっはっはっ、座頭が検校になるのじゃアあるめえし、官金とは云やアがったな。併《しか》し僅《わず》か二百か三百の銭で五十両騙《かた》り取るとは、畜生、腕のいい奴だ。はっはははは」

と、傍から金太が腹を抱えて笑った。

「まったく洒落れた騙りをする奴だな。ところで佐兵衛夫婦てえのは、前々からお稲荷さん信心なのかえ?」

と、清吉も笑いながら訊いた。

「何、別に信心てえ程のことは無えのですが、極く人のいい夫婦ですから巧く一杯……」

と、留吉が云うのを傍から金太が、

「何、人がいいが呆れるよ。その狐野郎から五十両の金を倍にして返すとか、一生福を守ってやるとか云われて、慾の皮が突ッ張ったのさ」

と、こきおろした。

「そう云っちまやアそれまでだが、とにかく正直者で通った人なんだ。昨夜《ゆうべ》私の所へ泣き込んで来てね、もう見っともなくって近所の者へも云えねえから、どうかお前さん方の手で、その狐野郎を狩り出してふん縛っておくんなさい……と、こう云うんです。ねえ親分、どうしたもんでござんしょう」

「そりゃア云うまでも無えことで、そんな太え奴を打棄《うっちゃ》っておくわけには行かねえが、さて、どう手をつけたものだろうな……」

「その狐侍は本物の侍でしょうか」

「いや、おそらくそうじゃアあるめえ。大体狐になんか化けるてえのが、浪人しても侍なんかの思いつく事じゃアねえし、三度とも頭巾を冠っていたと云うのも、髪の結いようを隠すためらしいし、それに生ッ白い華奢な手と云うのも、侍らしく無えことだ」

「なるほどねえ。するてえと役者でしょうか」

「ふッ、そんな狐面《きつねづら》をした役者はいねえだろう」

と、傍から金太が又笑った。

「とにかく一度逢って見よう、それからだ」

清吉は留吉に案内さして赤城下へ赴いた。

五

するとその翌日、空ッ風の吹く中を、三筋町にいる子分の小竹が、寒そうな顔を持って来た。

「親分、寒うがすね」

「何だ、いい若え者が水ッ洟《ぱな》なんか垂して見っともねえ、しっかりしろ」

清吉に笑われて頭を掻いた小竹は、長火鉢の向うへ畏まると、

「時に親分、この世智辛え世の中に、随分と粋な真似をする奴がいるもんじゃありませんか」

と、ひどく感心した調子で話し出した。

「私のとこの近所の長屋に中国辺の浪人で、中島弥惣左衛門てえのがいましてね、女房と娘一人、一家揃って筆の内職をしてたんだが、その弥惣左衛門が一年越しの長病いで、お定まりの大世話場、筋書通り娘の身売りとなったんだが、この娘、お君と云って年は十七、ちっと小柄だが可愛い子で、吉原へ年一杯五十両と極《きま》った。ところが此子に云い交した男がいる。お成道の黒門町に魁雲堂てえ大きな筆屋がありやしょう、あすこの手代で三次郎。二十そこそこの青二才だが、筆の使いで往ったり来たりしてるうちに、とんだ嘗《な》め筆てえことになっちゃった。

娘にしたら幾ら親の為とは云え、苦海へ身を沈めるのは男へすまねえ。男もまた助けてえと思っても、お店者の身の上じゃ五十両なんて大金の才覚できる当《あて》はねえ。そこでいっその事にと

いう無分別、とうとうお君三次郎死出の道行てえことになったんです。

親分の前だが、こんなとこは芝居で見てもいいとこだぜ。舞台正面に小高く柳原の土手、ところどころに柳の立木、上手の方に清元連中の山台があって、オホン〳〵思いをも心も人に染めばこそ……」

「何を云ってやがる、馬鹿野郎。無駄を云わねえで話をつづけろ」

「どうも済んません。とにかく此世で添われぬ二人が悪縁、死のうと覚悟きわめし上は、少しも早く南無阿弥陀仏と、飛込もうとしたとこを、おっと危ねえ待ちなせえ、と止めたのは、何と親分、朝比奈ならぬ侍でね」

「どうもお前の話は蒼蠅《うるさ》くていけねえ。それからどうした」

「若え二人の涙ながらの話を聞くと、暫く考えていたそうだが、恰度《ちょうど》ここに五十両、これを二人にやろうから、死ぬなんて事は止めにしろと、切餅二つ投げつけて、所も名前も云わねえで逃げて行って終ったそうです」

「五十両を？　一体そいつはどんな奴だ？」

「大小さした侍だったそうですが、どうも見すぼらしい風体で、その上ひどく伝法な口の利き方だったそうですよ」

「ふむ……。竹、それは暮の二十六日のことじゃアねえかえ？」

「えっ、親分、よく知っていなさるねえ」

「いや、そいつなら心当りの無え事もねえ」

「へえ……？」

小竹は呆れて清吉を見た。

「それで娘の方はどうした」

「その方は筆屋の主人がいい人で、人の命には替えられねえと五十両投げ出して、身売りの話は打切ったそうですが、困ったのはその五十両で、救いの主が判らねえから、一先ず自身番へ届けて預ってもらったが、いまだにその金が宙ぶらりんで、みんな困っているそうですよ」

「竹、お前の近所の出来事なのに、何故もっと早く報《しら》して来ねえ。間抜けめ」

清吉は初めて苦い顔をして叱った。

「どうも済んません。暮のうち風邪を引いて寝込んでいたので、些《ちっ》とも知らなかったんですよ。昨日《きのう》初めて聞いたんで直ぐに持って来たんですが、親分、その侍を知ってなさるのかえ？」

「うむ、まんざら知らねえ事も無え」

清吉はかの赤城下の一件を話してやった。

「そうだ、親分。てっきり其奴に違いねえ。だが折角《せっかく》騙った五十両を、よく器用に投げ出したねえ」

と小竹は首を捻って感心した。

「うむ、妙な奴だな。こう洒落た事をされちゃア憎もうにも憎めねえ。と云って打棄っておくわけには行かねえからな」

と清吉は思わず苦笑した。

そこへ伊皿子の伊賀屋、稲荷町の上総屋と豆腐屋を廻った留吉が、その狐侍は他へは立廻っていない事を報《しら》して来た。芝居の衣装方や損料屋を廻っている金太の方は、よほど手間がかかるらしくまだ報告に来なかった。

ともかくも清吉は小竹を連れて、黒門町の自身番へ行き、三次郎を呼び出した。

彼は優しい顔立ちの正直そうな若者で、その侍の云った最後の言葉を記憶していた。

「この金は、やっとの思いで手に入れた金だが、人の命にゃ替えられねえ。まアいいから取っときねえ。何、俺はやっぱりテンテレックで、地道に稼いだ方がいいのだろう。さア遠慮しねえで取っときねえ。俺の面《つら》が狐みてえだからと云って、後で木の葉になりゃアしねえよ。正真正銘の小判だ。ええ取れと云ったら取らねえか。珍毛唐《ちんけえとう》め、勝手にしやがれ」

侍はそう云って金を投げつけると、和泉橋の方へ駆けて行ったと云うのである。

侍でない事は勿論だが、テンテレックが謎であった。

テンテレックで地道に稼ぐ……？

「五段目の猪はテレックで出るのだが……」

芝居気違いの小竹はそう云って首を捻った。

「ははは。いくら馬の脚だって、そう年が年中猪ばかりはしていめえ。まアいい」

何かいい思案が生れたか、にっこと笑った清吉は黒門町の自身番を出ると、明神下にいる万吉という神楽師の親方の家を訪ねた。

一通りの挨拶がすむと清吉は、

「早速だがお前さんの仲間内で、面附《つらつき》がひどく狐に似ている奴はいませんかい」

と訊いた。

「狐に……？　ああ、いますよ。大方そいつは六之助という奴でしょう。まるで商売物の狐の面《めん》そっくりの面《つら》をしてるので、みんなから狐の六と云われています。が、何かいけねえことでもしましたかえ？」

「さあ、いけねえような、いいような、一寸妙な事なんでね。一体どんな男です」

「どうもお定まりの道楽者で、相当稼ぎはあるんですが年中ピイピイしています。しかし悪気のねえいい男で、みんなからは可愛いがられている奴ですが……」

「独り者ですかえ？」

「ええ。何でもこの暮に吉原《なか》の女郎を落籍《ひか》したいとか騒いでましたが、やっぱし金が出来なかったんでしょう、それきりになったようですから……」

「何処にいますね？」

「ついそこの鳥越で、三河屋という酒屋の露地に燻《くすぶ》っていますよ」

「いや、こりゃア有難うございました」

万吉の家を出た清吉は、小竹にちょっと耳打をして別れると、何か微笑みながら鳥越の、松月という蕎麦屋へ這入って誰かを待った。

六

「六さんはいますかえ?」

「いるよ、誰だえ?」

「竹町の万吉さんから聞いて来た者ですが」

「ああ親方のところから? 上ってくんねえ」

清吉が上って行くと、六之助は元気のない顔で、白い細長い両腕を長火鉢の縁へかけて頬杖をついていたが、それがいかにも奉納の瀬戸物の狐のように思われた。

「さア、寒いから此方へ寄ってくんねえ。そうして何の用で来なすったえ?」

六之助は頬杖をはずすと茶を淹れに掛った。

「実はお神楽《かぐら》をお頼み申したいと思ってね」

「いやア折角だが、そいつはいけねえ」

「へえ、どうしてね?」

「暮から此方、些《ちっ》と体を悪くしてね、昨日まで寝ていたんだ」

「オヤそれはいけませんね。何の病気で？」

「何、暮にひどく腹をこわしちゃってね」

「ははあ、飲みすぎですかい」

「何、それならいいのだが、些と油物を食い過ぎてね」

「へえ、天婦羅でも？」

「う？　まアそんなものよ」

と云いながら六之助は茶をすすめた。

清吉は思わず吹き出しそうになるのを耐《こら》えて云った。

「体が悪くちゃ仕方がないが、評判のお前さんに、一寸でも出て貰えると助かるんだが」

「いってえ何処なんでえ」

「山の手のお稲荷さんですよ」

「何だ、来月の初午《はつうま》かい」

「いえ、明後日《あさって》のことなんですよ」

「明後日？　変だな、一体何処だい」

「牛込の赤城下ですよ」

「赤城下？」

六之助ははっとしたように火鉢の縁を摑んだ。長い耳がびくッと動いたようであった。彼は

やっと落ちついて清吉を見すえると、

「赤城下にはお稲荷さまはありゃアしねえよ」

と、吐き捨てるように云った。

「オヤ、お前さん、赤城下を知ってんのかい」

「いや、知らねえ知らねえ、知るもんけえ」

六之助は慌てて首を振った。

清吉は笑って云った。

「まったく彼処《あすこ》にはお稲荷さまは無えのですが、些《ちっ》とお目出度え事があって、それで俄《にわか》にお祭をすることになったんですよ」

「へえ、目出度えこと……?」

六之助は狐につままれたような顔をした。

「ええ、ちょいと不思議なことがあってね。て云うのは、この暮に彼処の遠州屋てえ豆腐屋へお稲荷さまがおいでになってね」

「げえッ」

六之助はぱっと立上ると、

「て、汝《てめえ》は誰だッ」と呶鳴《どな》った。

「何だねえ、お前さん」

清吉はわざと呆れて笑って見せた。

「まアお聞きなせえ、本当の事なんだ。お稲荷さまのお使い姫がおいでになってね、伏見の御本社へ奉納する官金の五十両てえものを、佐兵衛からお借りになったんだ。ところがお返しになるという約束の日が来てもおいでが無えので、預っていた紫の袱紗を解いて見ると、どうだろうお前さん、ちゃんと小判で百両。しかも一首の歌まで書いて入ってたんだ。その歌はねえ、ええと、

恋しくば尋ねきてみよ飛鳥なる
われに王子の狐穴へと

とか云うのだったが、さア佐兵衛さん喜んじゃってね、それで俄に裏の空地へ屋台をかけて、お祭をすることになったのさ」

「へえ……」

六之助は細い目を丸くして聞いていたが、やがてヘタヘタと坐ると、

「おい、そ、それは本当かい」

と囁《ささや》くように訊いた。

「お前さんも疑い深いな。山の手からわざわざお前さんを担ぎに来ても仕方があるめえ」

「うむ……」

暫く首を捻っていた六之助は、

「不思議なこともあるものだなア……」

と、感に堪えた顔つきで云った。

「だから一つ無理をしてでも来てくんねえ」

「うむ……。いや、いけねえいけねえ、俺はどうしても佐兵衛の処へは行かれねえ」

と云いかけて六之助は慌ててそれを打ちけした。

「いやどんなに云われても此体じゃア行かれねえから、誰か他の神楽師を探してくれ。俺は駄目だ、俺はだめだ」

その時ガラリと格子が明いて、若い男の声がした。

「もし、六之助様のお宅は此方《こちら》でございますかえ?」

六之助はほっとしたように其方《そっち》を向いた。

「そうだよ、誰だか知らねえが上んねえ」

「それでは御免下さいまし」

上って来たのは三次郎だった。

「あっ、お前はたしか……」

「はい、其節は危い命をお助け下され、大枚のお金までお恵みいただき、何とお礼を申しましょうやら、親方、あ、有難うございます」

有難涙《ありがたなみだ》にむせびながら、畳に額をすりつける三次郎に、六之助は何思ったか、

「知らねえ知らねえ、お前なんか知るもんか。詰らねえとこへ押しかけて来やがって、変な云い

がかりをつけてくれるな。さア帰れ帰れ、帰らねえと向う脛を叩き折るぞッ」

と吊り上った白眼《しろめ》を剥いて睨みつけた。

清吉は笑いながらそれを制した。

「おいおい六、もういい加減に兜を脱いでしまいねえ。俺は諏訪町の清吉という岡っ引だが、人助けをした功徳《くどく》に免じて狐の方の詮議はしねえ。さアここに五十両ある、何、娘の方は筆屋の亭主が出してくれた。さア此金をお前から佐兵衛へ返してやってくれ。そうすればお前はどこまでも、お稲荷さまで通るのだ。え？　いい役じゃアねえか。ちょっと代りてえくらいだぜ」

六之助は目の前へ出された金包を見ているうち、いきなりぱっと突伏《つっぷ》すと、声を上げて泣き出した。


翌朝の七ツ半（五時）頃、まだ暗がりの中を遠州屋佐兵衛、これから仕事にかかろうとした時、「亭主、寒いな」

聞き覚えの声にびくッとして振り返ると、白地の水干大口《すいかんおおぐち》に白頭《しろがしら》、幣束《へいそく》を手にした白狐《びゃっこ》さまが立っていた。

佐兵衛はあっと云うなり腰を抜かした。

「調達の五十両、忝《かたじけ》ない。たしかに返すぞ。利息は暫く借りておくぞ。よいな」

云うかと思うとポンとその膝元へ切餅二つ、忽ち身をひるがえして、暁の闇の中へかき消すように消えてしまった。

その翌日から三日間、赤城下ではテンテレックスッテンテンと、時ならぬ稲荷祭の囃子の音に狭い町内は浮き立っていた。

女役者

一

文政八年八月十三日の午《ひる》すぎ、親分七兵衛の跡目を嗣いで間もない浅草諏訪町の岡っ引清吉の許《もと》を訪ねたのは、同じ浅草茅町の紙問屋石見屋庄右衛門の番頭多兵衛で、その用件は大体次のような事であった。

庄右衛門に今年二十二になる庄太郎という息子がある。この庄太郎に縁談がととのって近々婚礼をする運びになっている。嫁入ってくる娘は京橋松屋町の材木問屋尾張屋源兵衛の娘でおこよと云った。十七になるおこよは松屋小町と云われるほどの容貌《きりょう》なので、それまで色々な縁談に耳を傾けなかった庄太郎も、今度は大乗気になって纏《まとま》ったのであるが、困ったことに庄太郎には、その前から一人、わけのある女があった。

それは岩井粂代という宮地《みやじ》芝居などを打っている女役者の一人で、今年二十《はたち》になる女であった。その事を打明けられた両親は一時はひどく驚いたが、これも若気の過ちで仕方がない、早く手を切って後の紛議《いざこざ》がないようにと、多兵衛に然るべき手切の金を持たせて掛合《かけあい》にやったが、女は初めて聞かされたその話に、男の不実を怨み哀しみ、元より金には手もつけず多兵衛を追い返すと、翌日庄太郎の処へ、私を捨てて婚礼でもするようなことがあったら、お店の軒下で首を吊って死んでやるという長い怨《うら》みの文が届けられた。脅し文句とは思っても、堅気の彼等は流石に気味を悪がった。とりわけて店の暖簾を気にする主人はその対策に頭を悩ました結果、かねて七兵衛在世の頃から顔なじみの清吉の所へ、この後始末を頼み込んで来たのであった。

「番頭さん、折角だがこりゃア私のような若造には手に合わねえ。町内の鳶頭《かしら》にでもお頼みになったら如何ですかえ」

清吉は気の毒そうにそう云ったが、その言葉の底には苦々しい響《ひびき》があった。道楽息子の尻拭いが大抵の場合、弱い者いじめに終ることを知っているので、彼はなるべくこうした問題には立入らないようにしていた。

「ところがその頭が此間《こないだ》うちから中風で寝込んでしまいまして……。こんな事でお上の御用を勤めるお前さんの手を借りるのは、まことに申訳ないんですが、実は此まま抛《ほう》っておくと、どんな仇《あだ》をされるか判りませんので」

「仇をされる……。店先へぶらさがるってことですかえ」

と、清吉は笑った。

「いいえ、そりゃア脅しだろうと思いますが、若旦那の身の上にどんな間違いが起りますか、それが心配でして……」

「そんなこたア無えでしょう。先の女がどんな女か知らないが、素ッ堅気じゃなし芸人だ。まさか初手から夫婦になれると思っていたわけでもねえでしょうから、もう一度出かけて行って、たんまり金を出してやる気で頼み込んで御覧なせえ。あんまり野暮な返事もしねえだろうと思います」

「ところが親分、実は昨夜のことでございますが、変な男を差向けて寄越しましたので」

「へえ、どんな奴をね」

多兵衛の話によると、それは昨夜の六つ半（七時）頃だった。台所で女中達が夕飯の跡片附をしていると、勝手口から声をかける者があるので、お松という女中が出て見ると、頬冠りをした痩せぎすな職人態の男が立っていて、これを若旦那に渡してくださいと、手にした四角い風呂敷包みを差出した。何方様《どちら》からと訊くと、

「根津から参りました。中に詳《くわ》しい手紙がございますから」

と云って早々に立去った。台所に吊された八間の灯に映された頬冠りの顔は、左の頬にひどいひッつれがある上に兎唇《みつくち》で、そのせいか言葉も少しはっきりせず、しかもしゃがれた声をしていた。

お松はその少々重たい風呂敷包みを奥二階の庄太郎の部屋へ持って行った。

根津からと聞いて庄太郎は一寸忌《いや》な顔をしたが、ともかくもと包みを解くと、手紙らしいもの

はなく、粗末な赤塗の重箱が入っていた。首をかしげながら蓋をとると、「あっ」と云って飛退いた。覗き込んだお松は「きゃっ」と部屋を飛出すなり夢中で階下へ駆け降りた。重箱にはぼろをつくねたように一匹の黒猫が締め殺されて入っていた。

一家の者は色を失った。殊に庄太郎と両親は今にも恐ろしい魔の手が忍び寄って来るように怖れ戦《おのの》いた。

「むむ。そんな事があったのなら、初めから話しておくんなさりゃアいいのに」

と、清吉は眉の間に皺を寄せた。

「どうもあんまり気味の悪い話なので……」

と、多兵衛は小鬢《こびん》を掻いて恐縮した。

猫の死骸を重箱に詰めて贈る……、いやがらせにしても悪どすぎる。それとも真実この通りにしてやるという予告《しらせ》なのか。とも角もこれは紛《まぎ》れもない脅迫である。こうなれば好き嫌いを云っている処ではない。御用を勤める者にとって聞き捨てに出来ない事である。

「その使いの男は根津から来たとか云ったが、根津に何かあるんですかえ」

「はい、その女役者達が、此節根津の権現様の境内で、芝居を打っておりますそうで」

「ようがす。何とか働いて見ましょう」

二

めずらしく雲の切れ間に時々青い空が覗く下を、清吉は多兵衛とともに石見屋へ行って庄太郎に逢った。彼は色の白い骨組の華奢《きゃしゃ》な若者で、清吉を見るとひどく恐縮して碌々《ろくろく》口も利けなかったが、それでもやっと答えた所を要約《つづめ》ると、粂代との馴初《なれそ》めは去年の暮、町内で年忘れの素人芝居を催した時、手伝いに来ていた粂代を見たのが始まりで、其後は程近い柳橋の梅本という船宿で忍び逢いをつづけていたのであった。

彼女は本名をおきみと云い、親兄弟のない女で、五年此方下谷三筋町に住む常磐津文字清という叔母の家に世話になっている。別に今迄ねだりがましい事も云わず、悪い噂も聞かない。自分から不実な真似はしたくないが、親達の云附《いいつけ》を叛《そむ》くわけにも行かないので……と、云訳がましく顔を赧《あか》らめた。次に彼《か》の重箱を受取った女中のお松を調べてから石見屋を出ると、清吉はその足で三筋町へ向った。

文字清の家は煙草屋の露地にあって、薄暗い出格子の窓の中から、

〽かかる山路の関の扉に、さしも妙なる爪音を……

と、ものうげな稽古の声が聞えていた。

清吉は引返して角の煙草屋で煙草を買うと、その場で一服喫いつけながら、店番のお喋りらし

い女房から粂代のことを訊き出したが、近所の評判は中々いい。芝居者に似合わないおとなしい娘で、それに近頃は何処かいい所の若旦那が大そう贔屓にしてくれるそうだから、今に文字清さんも左団扇で楽隠居が出来るだろうと、些《いささ》か羨ましそうな口吻《くちぶり》さえ見せて云った。

「時に彼処《あすこ》の家に、兎唇《みつくち》の男が出入りするのを知りませんかえ」

「さあ……」

と女房は首をかしげていたが、

「知りませんねえ」

と、初めて胡乱《うろん》臭そうに清吉を見廻した。

清吉は早々に其店を出ると、根津の方へ爪先を向けた。不忍の池の蓮の葉はまだ青々と浮んでいた。上野の山の山裾から藍染川に沿って遡《さかのぼ》ると、大きな大名や旗本の下屋敷から、だんだんに小役人の組屋敷などがつづいて、まばらな垣根内に捥《も》ぎ残された茄子や胡瓜の畑などの見えるようになり、江戸の気分が薄くなった時、忽ち其処に場末らしい町の姿があらわれた。それが根津権現の門前町で、かなりに広い一劃《いっかく》であった。まだ藁葺《わらぶき》の屋根などの交るその町中を通りぬけ、曙の里と呼びならわせる神寂《かみさ》びた境内へ入って行った。

桜樹《さくら》に取囲まれた古めかしい楼門《ろうもん》をくぐった清吉は、ともかくも杉木立に鬱蒼《うっそう》たる本殿へ参拝をすませると、弁天堂のある池について右へ折れ、裏門の際にある芝居小屋の方へ向った。

間口六七間、奥行七八間の文字通り小屋掛け芝居も、さすが木戸前には「岩井粂次さんへ」の色あせた幟《のぼり》が三四本、時々に厚い雲を透して射す陽の光りに照らされながら、重たげにうなだれていた。木戸の正面には仮名手本忠臣蔵の安手な絵看板が四五枚わびしく掲げられ、小屋の中からは、

〽となり柿の木……の在郷唄が、下座の三味線につれて聞えていた。

「六段目だな」

そう思いながら清吉は裏手の楽屋口へ廻り、それとおぼしい三尺ばかりの木戸を押して半身を入れた。と、すぐ其処が低い床へ薄べりを敷いた楽屋で、いくつかの鏡台や衣桁《いこう》や葛籠《つづら》とともに、衣裳や鬘《かつら》や小道具の類が雑然と置かれ、白粉や油の匂いとともに一種特異な雰囲気が、艶媚《なまめ》かしいというよりは、妙に味気なく清吉の眼に映った。と、同時に、それぞれに顔を絵取《えど》った幾人かの浴衣を着た女達が、一時に清吉の方を振り返ったので、流石の清吉も面食って咄嗟《とっさ》に言葉が出なかった。

するとつい眼の前に、張物の石地蔵の台座に腰を掛けて、赤ん坊に乳房を含ませていた五十日鬘《ごじゅうにちかずら》に黒紋附、尻はしょりの定九郎が不審そうに見上げながら、

「何か御用ですかえ」

と、優しい調子で声をかけた。

いよいよ面食った清吉は、些か逆上《あが》り気味で、

「条代さんはいませんかえ」

と訊いた。

「粂代さんは今舞台ですが……」

定九郎の女は、寝入ったらしい赤子をそっと乳房から放すと、さすがに胸をかき合せながらそう答えた。

「へえ、何を演《や》ってるんですね」

「お軽ですよ」

「そうですか。じゃア又後刻《あと》で来ますから、そう云っておいて下さい」

清吉は楽屋口を出ると、再び表へ廻り、木戸銭を払って場内《なか》へ入った。場内は五分たらずの入りで、冬のように寒々としていた。

舞台は恰度お軽勘平のただ二人……。

「これ勘平どの、わたしが行ったその後は、年寄った二人の親達、どうでこなさんのみんな世話。とりわけて父さんはきつい持病、気をつけてくださんせ……。え、え……」

〽親の死目も露知らず、頼むふびんさ、いじらしさ、いっそ打ち明け有りのまま……。

と、むごい運命に苛《さいな》まれる夫婦の哀しい訣別《わかれ》を見せる性念場《しょうねんば》。幾度か見なれた芝居ながら、見物はいずれも目をしばたたき、鼻を啜《すす》る音も聞えた。

そのお軽を勤めている粂代は、ひどく小柄ではあったが、しなやかな体つきと、澄んだ声と、ととのった顔立ちとを持った役者で、その真剣な芸風も此場のお軽にふさわしかった。

お軽は遂に売られて行った。清吉はすぐに楽屋へ引返そうかと思ったが、何故かこの勘平を勤めている役者、おそらくは座頭の粂次であろう、ふしぎと寸法の正しい芸に心が惹《ひ》かれて、すぐと其場が立てなかった。

その役者は少し骨ッぽいがすらりとした体つきで、口跡《こうせき》はしゃがれて濁っていたが、メリハリの巧さ、男らしいきりッとした顔立ち、沈痛な表情、きまりきまりの形の見事さ……。

芝居好きで三度を欠かしたことのない清吉にも驚くほどの巧さだった。二人侍《ににんざむらい》の出から腹切まで、清吉は妖しいまでの魅力に捉われたが、いつまで見てもいられないと、振り切る思いで木戸を出た。

三

清吉は木戸番の男に、この小屋に出入りする者で、頬にひッつれのある兎唇《みつくち》の男はいないかと聞いた。木戸番は暫く考えていたが、どうも憶えがないと答えた。

清吉は急いで楽屋へ廻ると、そこにはもう浴衣に着替えた鬘下地の粂代が、きちんとした姿で入口近くに坐っていた。清吉が入って行くと、隣の鏡台で顔を粧《よそお》っていた女から何か囁かれて、自分の方から立って来た。

「お前さんが粂代さんかえ」

「はい」

会釈とともに肯いた粂代は、鈴のような目を持った下ぶくれの、小柄のせいかまだ二十とは見えなかった。

「俺は諏訪町にいる清吉という御上の御用を聞く者だが、些《ちい》ッとお前に聞きてえ事がある。オッと心配しちゃアいけねえ。何もお前を縛るの何のと云うのじゃアねえ。手間は取らさねえから、ちょいと其処らまで出て来てくれ」

「はい……」

肯いた粂代は素直に清吉の後につづいた。

清吉は弁天堂の池の傍まで引返すと、その岸にある藤の根方に腰をかけた。粂代は清吉にならんでしゃがんだ。池には河骨《こうほね》の葉が浮いていた。

「初めに断っておくが、俺ア決して御用を笠に、石見屋から頼まれて無理を云いに来たんじゃアねえから、勘ちげえをしちゃアいけねえよ」

粂代も大体清吉の用向きは察していたらしく、石見屋という名を聞いてもさして驚いた風もなく、ただ静かに肯いた。

「庄太郎とわけのある仲になったのは何時《いっ》ごろだい」

粂代はさっと頬を染めると、囁くように、

「二月の初めでございます」

と云った。

「過ぎにし梅の花見月か、ははははは。しかしまだ半年とたたねえのに、もう三の切を出そうてえのは何と云っても男が不実だ。まさかお前と手を切ったからって小倉の色紙が手に入ると云うわけでもあるめえに、お前が怒るのも無理はねえ。だが石見屋の軒下で首を吊ってやるって書き送ったそうだが、お前、本気でそう思っているのかえ」

「いいえ。いえ、そりゃア死のうとは思いました。だってあんまり口惜しいんですもの。けれど何もお店の軒下で首を吊ってやるなんて、そんな気持は持っちゃアいません」

「じゃア脅かしかえ」

「ええ。本当はあんなこと書きたくはなかったんです。死ぬなら一人で黙って死にます。でも姉さんが、あんまり人を馬鹿にしてるから、そう脅してやれって云ったもんですから」

「姉さん……。お前には姉弟は無え筈だが」

「ええ。姉さんて云うのは師匠の粂次のことなんです」

「むむ、あの座頭か」

「ええ、一座の者はみんな姉さんて云ってます」

「そうか。いや、それも無理は無え。だが昨夜《ゆうべ》のやりかたは些《ちっ》と穏かでねえぜ。いくら役者だからって女役者だ、荒事は見っともねえ」

「昨夜のことって……」

「白ばくれちゃいけねえ。重箱の猫よ」

「重箱の猫……」

と、粂代はいぶかしそうに小首をかしげたが、

「親分、それは一体何のことなんですえ」

と、眉をひそめて訊き返した。

「何のことッて、お前、頰ぺたにひッつりのある兎唇《みつくち》の男を知ってるだろう」

「ひッつりで兎唇の……、いいえ、知りません」

「隠しちゃアいけねえ、正直に云ってくれ」

「だって親分、私アほんとに知りませんよ」

その円《つぶら》な澄んだ眼を見ると清吉も些か迷った。

「じゃアそれはまアそれとして、お前は何かえ、まだあの庄太郎に未練があるのかえ」

「未練……、未練なんかありません」

「無え……」

「ええ、みんな私が馬鹿だったんです……」

と、込み上げてくるような声で云って、そっと袖口で瞼を拭う粂代を見ると、清吉も何かしら胸を衝《つ》かれた。

「それならどうだい。もうあんな薄情野郎は打棄って、下司張るようだが幾らかの手切をとって、

綺麗に別れてしまったら」

「誰が親分、あんな人からそんなものを貰ったら、それこそ恥の上塗りです。ただ、私、もう一度あの人に逢って、思いッ切り云ってやらなきゃならないことがあるんです」

条代の目は何か遥かを睨んで妖しく光り、唇はかすかに顫えていた。

「ははは。それがつまり未練じゃアねえのかな。思い切ったんならもう逢うも逢わねえもねえじゃアねえか」

「でも、そうは行かないことがあるんです」

「はてね、そりゃア一体どういうことさ」

条代は小時《しばらく》だまっていたが、やがて別人のようにむッつりと、

「それだけは云えません」

と、吐き出すように云って外方《そっぽ》を向いた。

その時、清吉の背後にふと、足音がしたかと思うと、

「おや、おきみちゃん、ここにいたのかえ」

と、さびのある女の声がした。

ふり向くと、三十を少し越したかと思う、やはり鬘下地に結った目鼻立ちの大きい細面の、背の小高いすっきりした女が立っていた。それが座頭の条次であることは一目で知れた。それにしてもこんな間近まで足音を盗んで来るとは余程の奴だと、清吉は身の不覚を悔むより、何となく

粂次の、それも芸の内かも知れない技《わざ》の力に感心した。

「早く七段目の支度にかかってくれなくちゃア……」

と粂次は、たしなめるような調子で云った。

「やア、すまねえすまねえ。稼業中こんな所へ連れ出して済まねえが、実は一寸訊きてえことがあったんでね」

と清吉は、わざと身分を明さず、安く笑顔で謝った。

「訊きたいと仰有るのは、石見屋さんのことについてでございますかえ」

と、粂次は張りのある目にわざと愛嬌を殺して云った。

「まアそんなところさ。粂代さんの気持もおおよそ判ったから、今日はまアこれで帰るとしましょうよ」

と、清吉はなおも笑顔で云った。

「粂代の気持……。おきみちゃん、お前さん、どんなことをお云いなのだい。とんだ御所桜《ごしょざくら》の三段目だけど、あたしをさしおきつけつけと、つまらないことをお云いでないよ」

「いいえ、姉さん。あたしは別に……」

と、粂代は困ったように両手を揉んだ。

「どこのお方か知りませんが、この娘はまったく石見屋の若旦那には、ひどい目に遭っているんですからね。ええ、そうですとも。何の彼のと騙《だま》くらかし、さんざおもちゃにした揚句、いいお嫁さんがあったから捨てちゃうなんて、それが男のすることですかえ。金さえ出せばいいかと思ってあんまり勝手な真似をなさると、此方も五分の魂で、どんなことをするか知れませんから、御用心なすったがいいと若旦那へ云って下さい。さアおきみちゃん、行こう」

粂次はいい気持そうに啖呵《たんか》を切ると、粂代の手を引ッ張って足早に去って行った。

馬鹿な顔をしてその気焔《きえん》を聞いていた清吉は、いよいよ悪い役廻りだと苦笑したが、これで猫の一件は粂次の差金に依ることで、粂代は何にも知らない事だと云うのが判った。

しかし何故粂次がそれほどまでに庄太郎の不実を憎むのか、いかに親しい姉分であり師匠であるとしても、少しく度外れのように思えた。

（今に見ていろ、兎唇の男を引挙げて、恐れ入らしてやるから……）

清吉は再び木戸口へ引返すと、先刻の男に粂次の住居を訊いた。

四

湯島の妻恋町、新道らしい露地にある粂次の家は、その入口の格子戸に錠がおろされていた。

清吉は表通りの自身番へ立寄り、粂次の家の人別《にんべつ》を訊くと、粂次の他に内弟子のお藤という十五の娘と、おきわという三十三になる女中の三人暮し。芝居のある間は夜にならなければみんな帰って来ないと云う。

「独り者が看板のようだが、決った旦那とか情夫《おとこ》とか、そんなものはいませんかえ」

「さアそれはどうですか。別に男を引摺り込んでるというような悪い噂も聞きませんが」

「そうですか。時にこの近所に兎唇《みつくち》にひッつれのある男はいませんかえ」

「兎唇にひッつれ……。左様、ひッつれはありませんが、兎唇に跛《びっこ》の男ならいますがねえ」

「跛……。そりゃア何処の何てえ者です」

「この二つ先の横丁の提灯屋の親父で、弥兵衛と云いますが」

「提灯屋……。その親父はどんな男ですね」

「そんな体ですから、ただもう片意地の頑固な親父で、滅多に口も利きません」

「粂次と附合いでもあるようですかえ」

「さア、聞きませんがねえ」

「ところでもう一つ、可笑《おかし》な事を訊くようだが、最近この近所で猫がいなくなったという噂を聞きませんでしたかえ」

「猫……。さアどうも私達は……」

詰めていた町役人と定番は、互に顔を見合して首をかしげた。

礼を云って自身番を出た清吉は、ともかくも提灯屋の前へ行って見た。

二間間口の狭い店に、祭提灯《まつりぢょうちん》に埋もれて、五十余りの小男が一心に巴の紋を描いていた。なるほど来月は神田明神の祭礼であった。店先に立った人の気配にふと上げた親父の顔は、気の毒なほどの兎唇であった。

清吉はそそくさと表通りへ引返すと、恰度《ちょうど》左側の梅の湯と染めぬいた暖簾《のれん》を分けて一人の男が出て来た。濡れ手拭を口許にあてて湯道具を抱え、しゃなりしゃなりと内股に歩いてくる恰好は癇性な清吉には慄気《おじけ》が立つくらいの気味悪さだった。と、その男は清吉の近くまで来ると、にっこりと会釈して、

「まア諏訪町の親分、暫くでございます。その節はいろいろと……」

そのかったいい眉ののっぺりした白粉やけのした顔を見て、清吉はやっと思い出した。

「おお、お前は湯島の……。いや、前髪が無くなったので見違えたよ」

彼は本名を五郎蔵と云い、去年の春まで湯島天神境内の天満屋という茶屋に、佐野川小主水《こもんど》と名乗っていた蔭間《かげま》だった。清吉が彼を知っているのは、下谷車坂の或る寺の妖しい祈祷に絡む犯罪から、その住職の寵愛を受けていた小主水を、一度取調べた事があったからである。そのころからすでに薹《とう》の立っていた彼は、間もなく勤めを止めたという噂を聞いた。

「お前は、何かえ、此の辺にいるのかえ」

「はい、ついそこの横丁におります」

「今は何をしているんだ」

「莨《たばこ》を商っております」

「そりゃアいい。まアまじめに稼ぐことだ」

色の生白い小綺麗な身装《みなり》をした若い男が萌黄《もえぎ》風呂敷の荷を背負って、寺々や諸屋敷を売り歩いている莨売りの姿は、その頃の江戸に幾人も見受けられる風俗であった。それは商いの荷が軽い事と、寺や屋敷に以前からの贔屓《ひいき》筋が多いからの理由であった。

「お前、此の辺にいるんなら岩井粂次を知ってるだろう」

「粂次さん、知ってますとも。私の家の先隣りです」

「そうか、そいつア恰度いい。おい、彼奴に旦那か情夫か、そんな切《きれ》ッ端《ぱし》が有りゃアしねえかえ」

「いいえ、親分。あの人は正真正銘の独りですよ」

「ほんとか」

「ほんとですとも。何かお調べで……」

「何、あんまり乙な年増なんで、ついふらふらとした奴よ。岡っ引は情ねえ者で、惚れるにしても身許を洗ってからでねえと、安心して惚れられねえ。はははは」

「でも、親分より姉さんですよ」

「野暮を云うねえ、思案の他だな」

五

清吉は一先ず諏訪町へ帰り、一っ風呂浴びて夕飯をすませると、又三筋町へ出かけて行った。

松川菱の御神灯の下っている入口の格子戸を明けて声をかけると、「はい」と聞きおぼえのある声がして、葭《よし》障子ごしに勝手から、帯に挟んだ手拭で手を拭き拭き、粂代のおきみが出てくるのが見えた。

粂代は清吉と知ると、

「あら……」と、小膝をつき襷を外しながらも、どうしていいか思い惑うように項垂《うなだ》れた。

「やあ、先刻《さっき》は忙しい所を邪魔したっけ。もう些と訊きてえ事があるのでやって来た。上ってもいいかえ」

粂代は仕方なさそうに微笑むと、「どうぞ……」と、清吉を茶の間へ伴った。

「叔母さんは留守かい」

「はい、たった今ちょっと御近所まで」

「そうかい。処で早速だが、先刻粂次は大変なお冠りだったが、俺が冏っ引と聞いたら猶更腹を立てたろう。え」

粂代は茶を淹れて出しながら、困ったように微笑んだ。

「無理はねえさ。そこで昨夜の猫の一件。お前、粂次に聞いただろう」

「いいえ、姉さんはただ忌《いや》な顔をしただけです。猫々って一体何があったんですえ」

清吉は一寸考えていたが、やがて何か肯くと、昨夜の出来事を話して聞かせた。粂代は忽ち顔色を変えて肩を竦ませた。

「庄太郎へやったあの手紙と云い、根津から来たという使と云い、どうしたってこれはお前達の仕業《しわざ》と思うより仕方がねえだろう」

「ちがいますちがいます、私はそんなこと些《ちっ》とだって知りません」

粂代は思わず声を高めたが、やがて啜り泣きと変って行った。

「知らねえと云ったってお前が本尊だ。一度は番屋へしょびいて行って訊く処だが、人気稼業の若え者を野暮に脅したくもねえと思って、こうしてわざわざやって来たんだ。さ、此方の親切が判ったら、お前も隠し立をしていねえで、すっかり正直に話してくれ」

「隠し立てって、私は……」

「いけねえいけねえ。お前、先刻どうしてももう一度庄太郎に逢って、云わなきゃならねえことがあると云ったじゃアねえか。さアその事から訊かしてもらおう」

粂代は歔欷《すす》り上げていた声をぴたッと止めて、しばらく凝《じっ》としていたが、やがてわっとそのまま畳へ泣き伏してしまった。それは烈しい泣きざまであった。清吉は何だか立入ってはならぬ場所へ立入ったような、間の悪さ、うしろめたさを感じたが、一足踏ン込んでしまった以上、このまま引返すわけにも行かず、持て余した形で見つめていた。

一寸のあいだ泣きつづけていた粂代は、やがて屹《きっ》と顔を上げると、おそろしいほど引き緊《しま》った顔で、

「親分、これを見てください」

と右手を左の袖口へかけると、するッと肩のあたりまでたくし上げて顔をそむけた。そのぶるぶると顫える真白な艶々しい二の腕に、何かぽつんと、痣《あざ》のようなものが滲《し》みていた。

思わず腰を浮かして覗き込むと、それは小指の爪くらいの大きさをした桜の花の刺青《ほりもの》で、よく見るとその花の中に、庄の字が彫られてあった。

「むむ……。だが、それは誰が彫ったんだ。庄太郎か」

条代は袖をおろすと、無言で肯いた。

「いやに器用な野郎だな。それにしてもそれだけのもの、無理無体じゃアあるめえ。納得して彫らしたんだろう」

「ええ、それだから口惜しいンです。人にばかりさしておいて、自分は彫る彫るッて云いながら、いまだに彫っていないンです」

「えっ、庄太郎は彫って無えのか」

「ええ、ですから私、口惜しくって口惜しくって、ここンとこを抉《え》ぐり取ってしまいたいくらいなんです」

条代は邪慳にそこを摑むと、身悶えをして泣き伏した。

若い清吉には、条代の怒りがそのままこたえて、自分の胸も憎しみにうずいた。

六

かの兎唇の男を挙げない限り、これという証拠にならないのが忌々しかったが、粂次の仕事に違いないので、清吉はそれを粂代に云って聞かせ、もういい加減に悪戯《いたずら》は止めてくれるよう粂次に云ってくれ、そしてお前も身の災難と断念《あきら》めてくれ。まさか色恋の縺《もつ》れに指を詰めろの坊主になれのとも云われないが、詫状一本書かした上、何とかお前の身の立つようにさせるから、それで我慢してくれと半ば納得さして帰って来た。

すると翌朝八時《いつつ》頃、石見屋の多兵衛が小僧の島吉をつれて、慌ただしく訪ねて来た。

「親分、とんだ事が出来ました」彼は挨拶をすますなり心配そうに口を切った。

「実は昨夜から若旦那が帰りませんので」

清吉もちょっと眉をしかめた。

「それが親分、昨夜六ツ（六時）頃でございましたが」

と、云いかけて小僧を振り向き、

「これ、島吉。お前からよくその時のことを、間違いのないように申し上げな」

番頭の後に畏《かしこま》っていた小僧は、恐る恐る清吉の前へにじり出ると、昨夜のことを話し出した。

店の前で島吉が、紙の荷を解いた後の藁芥《わらごみ》を掃いていると、一人の職人体《てい》の男が来て、若旦那を呼んでくれと云った。島吉は何の気なしに恰度《ちょうど》店に出ていた庄太郎を呼び出した。雪駄を突かけて表へ出た庄太郎は、「島吉、誰もいないじゃないか」と不思議がった。

「変ですねえ」と周囲を見廻すと、その男は向う側の下総屋という質屋の蔵の前に立っていた。島吉に教えられた庄太郎は「誰かしら」と云いながら、大通りを突切って行った。島吉は番頭に呼ばれて直ぐに店へ引返したので、それだけのことしか知らないが、庄太郎はそれきり今朝まで帰って来なかった。これが常日頃の事であれば、家を明けるのも左《さ》して珍しい事ではないが、縁談が極ってからは身持を慎しみ、且は一昨晩の猫の事件があってからは、ひどく怯えていた庄太郎が、両親や番頭に無断で家を明けるということは考えられない。これはどうしても彼女等の仲間に誘い出されたに違いないと思い込んだ親達は、早速に清吉の所へその報告に及んだというわけであった。

「その職人体の男てえのは、どんな奴だ」

「ほっそりした粋な男で、縞の単衣《ひとえ》に、素足に雪駄を履いてました」

「年頃や人相はどうだ」

「お店の利吉さん位の年頃で、色の白いきりっとしたいい男でした」

「利吉てえのは幾歳だ」

「二十六かと思います」と多兵衛が横から口を挟んだ。

「髪はどんな髪だった」

「髪は……、ああ、手拭を冠っていましたから判りませんでした」

「頬冠りかえ」

「いいえ、あの、米屋冠りッてやつでした」

「どんな声で、どんな口の利き方をした」

「そうですね、少ししゃがれ声で、おとなしい口の利き方でした」

「そうか……。いや、よくそれだけでも覚えていてくれた」


清吉は二人を帰すと、すぐにまた三筋町へ行った。夕方までは保ちそうにもない低い暗い空を見ると、明日の十五夜も拝めそうにもないと思った。それでも何処かの横町で芒売《すすきう》りの声が聞えた。

いい案配に路地の入口で粂代に逢った。彼女はこれから粂次の所へ昨夜の話の相談に行く処だった。自分も叔母も親分へお任せしたいと思っているが、今までに親身に心配してくれた粂次に無断で計《はから》うのは、後々が面倒になって困るから……と云訳らしく小声で云った。二人連れ立って歩いた。

「粂次には情夫《いろ》か、それとも始終出入して肚を割って話すような、そんな相手がいやアしねえかえ。是非ともそれを知りてえんだが」

しかし粂代の話によると、粂次はこうした芸人には珍しいまったくの独り者だと云った。今年三十二になるが、一度も亭主を持ったこともなく、そうした浮名を立てられたこともないし、ただ芸道一筋に鍛え上げてきた人であるという。

「むむ、じゃあ本当の男嫌いなんだね」

「男嫌いというより、もうすっかり男です」

「男……、じゃア女が好きなのかえ」

「まさか……」条代はちょっと頬を染めたが「ほんとに男になり切らなくちゃア、あの芸は出来ません……」と、条代は更に歎息《たんそく》に近い声で云った。

それは清吉にもよく判った。昨日の勘平一役を見ても、そこにはみじんも女臭い処はなかった。どこまでも男であった。

「親分も一緒に姉さんの家へお行きなさいますか」

もうこうなってはなまじ条代を連れて行くより、一人で乗り込んだ方がいいと、御徒町で条代を返すと、清吉は足を早めて妻恋町へ向った。

「姉さんは昨夜出たきり帰って来ません」

それは内弟子のお藤という小娘だった。一昨日の晩も夕暮時から一刻ばかり出かけて行った。服装《なり》はいつもの不断着で改った風ではないという。使から帰ってきた女中のおきわをも糺《ただ》したが、これも条次の行先は少しも知らぬと云い切った。清吉は念のため家内を一応検べたが誰も潜んではいなかった。とにかく家主預けにするつもりで二人を連れて出ようとすると、突然近所でけたたましい叫びが聴えた。

「畜生っ、人殺しッ……」

清吉ははっとしてその声の方を見上げると、それは先隣りの二階らしく、つづいて男の罵《ののし》る声、女のそれに罵り返す声が聴えた。その家の軒には「御髪結処」の看板が懸《かか》っていた。

「むむ、女髪結か」

働きのない亭主との夫婦喧嘩、珍しくもないことと思って行こうとすると、女の声は一きわ高く聴えてきた。

「さあ殺せるなら殺して御覧。お前さんなんかに人間が殺せたら大したものさ。猫一匹だって満足に殺せないくせにして……」

清吉は思わず足が釘附《くぎづ》けにされた。

その時、梯子段を駈け降りるらしい足音がしたと思うと、がらりと引裂くように格子を引き明け、一人の男が此方へ向って飛び出して来た。

「おっ、五郎蔵じゃアねえか」

「あっ、親分……」

激しい息使いを嚥《のみこ》むように棒立ちになった彼は、一瞬その顔に蒼白い怯えの影が走ると、たちまち習慣になっているような媚《こび》を泛《うか》べて会釈をした。

「訊きてえ事がある、ちょいと来てくれ」

清吉は五郎蔵の右腕をむんずと摑むと、そのまま粂次の家へ引摺り込んだ。

「おい、お前は莨売りの他にいやな内職を持ってるな」

「え、内職……」

「いつから猫取りを初めたんだ」

「えっ……」

彼の顔はたちまち白ちゃけて行った。

「おい、猫の祟《たた》りは恐ろしいぞ。今朝方俺の夢枕に立って、五郎蔵を調べてくれと云ったんだ。さア何も彼も隠さずに云っちまえ」

カンが当って、清吉は思わぬ拾い物をした。五郎蔵は粂次に頼まれて、近所の野良猫を一匹締め殺し、粂次に渡して二分もらった。しかしただそれだけで、その猫を何に使ったか、その後の事は何んにも知らぬと云い張った。

清吉は五郎蔵、お藤、おきわを自身番へ預け、粂次が立帰ったら早速取押えるよう町役人へ頼んでおいて、子分達を走らせるため一先ず諏訪町へ帰りかけると、その途中で、もう持ち切れなくなった雨が、ぽつりぽつりと降って来た。

「とうとう泣き出して来やアがった」

彼は懐中から手拭を出すと頬冠りをした。と、その時ふっと彼の頭にあることが閃いた。顎の下で引結んだ手拭の端を持った彼の手が、痙攣《けいれん》を起したように顫えた。

（畜生、そうだったのか……）

彼はしだいに強くなる雨の中を走るようにして家へ帰った。格子を明けると沓脱《くつぬぎ》の脇に、見なれない女物の下駄があった。

「親分ですかえ。お客様ですよ」と、茶の間から飛び出した子分の米三が小膝をついて云った。

「誰だ」

「それがその、云わねえんですよ。だが、滅法いい年増ですぜ」

清吉は舌打をして座敷へ入ると、小さい置床の前に座蒲団を外して坐っていた女が、徐《しず》かに此方を振り向いた。

「おっ、お前は……」

それは粂次であった。蒼ざめた顔を硬くして、清吉の坐るのを待つと、

「お留守に上ってお邪魔しております。昨日はとんだ失礼を申しまして……」

と、叮嚀《ていねい》に挨拶をしたが、そのしゃがれた声は、昨日の啖呵《たんか》に引かえて、些か硬張《こわば》って顫えていた。

清吉も一寸出鼻を挫かれた形で忌々《いまいま》しさを感じながら、

「お前、庄太郎をどうした」

返答次第に依っては、と云う意気込みで烈しく粂次を睨みつけた。

「只今お店へ返しました」

「むむ……、庄太郎は無事だろうな」

「はい」

「きっとだな」

「命まで取ろうとは云いませんよ」

と、粂次は少しく苦笑を浮べた。

「猫をぶち込んだり連れ出したりするから、いい加減心配もしようじゃねえか。悪い悪戯だぜ」

「申訳ございません。こうして此方へ参りましたからは、どうぞ御法通りに願います」

粂次は悪びれた処もなく、徐《しず》かにはっきり云い放した。

「何、庄太郎さえ無事に帰りゃア何も事を荒立てるにも及ぶめえ。だが一体何のために連れ出したんだ。今度のお前のやりかたは俺にはどうも合点が行かねえ。後学の為だ、一つざっくばらんに話してみてくれ」

粂次はその蒼い顔をちょっと赧らめて、そのまま俯向いて黙ってしまった。

「じゃア俺から云ってみようか。尤も今も云った通りお前の気持は判らねえが、今度の筋道だけは立てたつもりだ。先ずお前は五郎蔵に云い付けて猫を一匹締め殺させると、そいつを重箱へ入れて石見屋へ持ち込んだ。その時のお前の扮装《つくり》が、気味の悪いひッつれ面《づら》なんで、みんな一杯食っちゃったんだ。やっぱり提灯屋の親父が手本かえ」

粂次は一寸恥しそうに両手の先で頬を覆った。その形には流石に役者らしい色気が見えた。

「それから昨日俺が根津へ行ったのを、岡っ引まで仲へ入れたと、お前は一層石見屋を憎んで、とうとう昨夜、今度はいなせな職人に化けて、庄太郎を誘い出した。さア其処までは判ったが、おででこ芝居の重忠で、それから先の四相《しそう》がどうも悟れねえ。だらしのねえ話だが、一つ絵解きをしてくんねえ」

清吉は初めてにこりとしてそう云った。

それにつられたように、粂次も微笑んで訊き返した。

「それにしても親分、どうしてあの二人が私だってことに、気がおつきになりましたえ」

「ははは。そこは岡っ引だ。まず第一に二度とも夕暮から夜を撰ったこと。二つには二人とも手拭で頭をくるんでいたってことよ。どうも鬘下地じゃア男になれねえからね。三つには、お前のそのしゃがれ声さ」

「恐れ入りました」粂次は改ったようにお辞儀をすると、屈託のなさそうな笑顔を見せた。

「だが一体、どうしてお前はそうまで庄太郎に、仕返しをしなくちゃアならねえのだ。お前、庄太郎といい仲になっていたんじゃアねえのかえ」

「あらいやですよ、親分」と、粂次は烈しく打ち消した。「あんなにやけた若僧に誰が……」

「だが、こいつは思案の他だからな。どうもそうでねえと、俺にはてにはが附かねえよ」

「親分、そんなことだけはほんとうにないんです。ただ私はあの粂代を、ほんとの妹か娘のように可愛がっていたんです。それをあの庄太郎さんが巧く欺し込んで、さんざ玩具《おもちゃ》にした揚句、ぽいッと棄ててしまうばかりか、あの子の体にまで……」

粂次は口惜しさに後がつづかないらしく、こみ上げてくる泪に顔を覆った。

「刺青《ほりもの》のことかえ」

「えっ、もう御存知なんですかえ。……ええ、その仕返しがしてやりたくて、とうとう昨夜連出したんです」

粂次は昨夕庄太郎を呼び出すと、私たちはもう決してあなたに仕返しはしない、元より手切のお金もいらない。ただお別れにもう一度粂代に逢ってやっておくんなさいと持ちかけると、自惚《うぬぼれ》の強い庄太郎はすぐにそれへ乗って、ずるずると五郎蔵の家まで蹤《つ》いて来た。その二階には粂代の姿はなく、四十五六の猫背の男が小抽斗《こひきだし》のついた箱をかたえに胡坐《あぐら》をかいて、幾本かの針の先を調べていた。粂次は粂代を呼んでくると云って出て行った。

庄太郎は猫背の男を気味悪そうに、もじもじしながら待っていると、やがて上って来たのは粂代ではなくて五郎蔵だった。彼は呑んでいた匕首をひきぬくと庄太郎の鼻先へつきつけた。それからはもう云うまでもない。夜半までかかって右の二の碗に、おきみ命の四文字を藍の色も美しく彫りつけられた庄太郎は、苦痛と後悔と恐怖に疲れ果てた体をば、先程駕籠に乗せられて帰った。

「刺青師も五郎蔵もみんな私が無理に頼んでさせたのですから、どうぞお目こぼしを願います。私一人御法通りになすってください」

「わかったよ。……だが、ちっと焼餅がひどすぎたな」

粂次はさっと頬を染めると、初心《うぶ》らしく俯向いた。

(女の独り者はこれだから怖ろしい……)

清吉は何か深い蒼い淵でも覗いた時のように、ぞっとした恐ろしさを感じた。

それにしても多寡《たか》が刺青の仕返しにしろ、これは明らかに私刑である。きちんとした掟が布《し》かれている世の中に赦されるべきことではない。

と云って粂次をこのまま罪に落すのも哀れに思えた。

さすがに清吉も即座に思案を決めかねて腕を拱《こまね》いている処へ、石見屋から先程庄太郎が帰宅した旨を知らせて来た。

清吉は粂次を置いたまま石見屋へ行って庄太郎に逢った。そして凡てを打明けて粂次を訴えるかと意嚮《いこう》を訊いた。

庄太郎は生きた色もなく刺青の一件は親達へは勿論、世間へも内密にしてくれと頼んだ。結句は、暖簾を気にする主人の計《はから》いで百両という金が粂代に贈られ、一札ずつ取交して無事に梟《けり》がついた。

それから三年の間、江戸の宮地芝居に岩井粂次の幟が消えた。彼女はみずから江戸の土地を遠慮して、ずっと田舎を廻っていた。

粂代はその後役者をやめて、踊りの師匠として身を立てた。

夢占い

一

「お師匠さん、あたし妙な夢を見たんですよ……。あのねえ、たしか天神さまの御境内だと思うんですけど、梅の木がありましてねえ、その根のところがぴかぴかと光っていますの……。ねえ、お師匠さん、この夢、どうお思いになって?」

おさよは長い黄八丈の袂《たもと》を畳にひいて、両手の先を丸い塗火鉢の縁《ふち》にかけ、体をくねらすようにして庄三九を見上げた。その鈴を張ったような、睫《まつげ》の長い眼の中に、何か思いつめたらしい強い色が潜んでいた。

「どうと云って、一口に云う夢のような話、どうにも考えはつかないよ」

大名縞のお召縮緬《めしちりめん》の着物に黒の紋付の羽織を着た庄三九は、同じ火鉢に、細《ほそ》りとした手をかざしたまま、永木の三津五郎にそっくりな、きりっとした顔を微笑み返した。

初冬の、何となく冷々とした九ツ(十二時)ごろ、床の間の白菊が、高く清々しく薫っていた。

「それでもお師匠さん。あたし、その夢を三晩もつづけて見たんですよ」

「えっ、三晩も……？」

庄三九は思わず真顔でおさよを見た。

「本当かえ、おさよさん」

「本当ですとも。それですから、あたし、もう気になって仕方がありませんのさ。ねえ、お師匠さん、この夢は、どう解いたらいいのでしょうねえ……」

香油の匂も新しい、結い上げたばかりの艶々しい高島田を、重そうにかしげた、おさよの顔は真剣だった。

「さあ、わたしにも夢占いは出来ないが、それにしても、変な夢をご覧だねえ。そうして天神さまというのは、つい其処《そこ》の天神さまかえ？」

「ええ、何だかその向うにぼんやりと、薄明りのように光っていたのが、お池のように思えるんです。ああ、それから、その梅の木の枝に、あの、木彫の鷽《うそ》が一羽とまって……」

「えっ、木彫の鷽が……？」

二人は思わず顔見合して頬を染めた。

それは正月の二十四日五日の両夜、柳の木で作った嘴《くちばし》の赤い、頭と尾の黒い、背は緑に金箔をおいた、可愛らしい木彫の鷽を「鷽替えましょう、替えましょう」と、互に開運を祈りつつ、手から手へ、袖から袖へ渡し合う、つい一昨年の文政三年から初まった、此の亀戸天満宮の鷽替《うそか》えの御神事。

恰度今年の鷽替えの夜、揉み合う人波の中で、ふっと眼と眼が、手と手が、さながら流れる水のようにおのずと落ち合い結ばれ合ったおさよと庄三九、思えば木彫の鷽《うそ》の鳥は、二人のためには大切な可愛い恋の鳥であった。

その鷽《うそ》が招くように枝にいたとは、云うまでもなく、二人の身に深い関りのある夢らしい……。

「その梅の根のあたりが、光っていたとお云いだが、何か埋《うま》ってでもいるのかしら……」

「きっとそうだと思いますけど……」

「お前さんこの事を、もう誰かへお話かえ？」

「いいえ、まだ誰にも……」

「お母さんにも？」

「ええ、誰よりもまずお師匠さんに相談したかったものですから。それに……」

「それに……？」

庄三九の促す眼射《まなざ》しに、おさよはちょっと恥しそうに頰を染めたが、すぐと無邪気に笑って云った。

「あたし、何だか、その埋《う》まったものが掘り出せたら、その時こそ、きっとお師匠さんと、一緒になれるような気がするんです……」

庄三九は、はっと不意打に逢ったように、そのまま深く項垂《うなだ》れてしまった。

それと見たおさよは、忽ち眉をきゅッと寄せると、胸の底から迸《ほとばし》ってくる怒りに近い悲しさを、遏《ふせ》ぎかねたように烈しく云った。

「お師匠さん、あたし、あなたが、薬研堀の小紫津さんと、永い年月ああした仲になっておいでのことは、あなたの口からも打ち明けられ、所詮一緒にはなれない縁と、断念《あきら》めてはいましたけれど、此間お母さんが、こんなことを云うんです。

庄三九さんはいい人だから、婿にさえなっておくれなら、此方は異存はないのだけど、噂に聞けば小紫津さんとは、永い間の義理ずくで、今さら切るにも切れない仲とか。添われぬ人をいつまでも、思っていても詮ないこと。お前も来年はもう十八、しかるべき婿をとって、この十六夜《いざよい》の後嗣《あとつぎ》を決めねば、死んだお父あんへも云訳《いいわけ》が立たぬ。今までのあやまちは見て見ぬふり、知らぬ振りで見逃そうから、庄三九さんのことはさっぱりと、思い切っておくれでないか……と、あたしの淫奔《いたずら》を叱りもせず、優しく云っておくんなさいます……。

それでもあたしはどうしても、あなたが思い切れないので、それから天神さまへ三七日の、夜詣りを始めました。いいえ、夜詣りと云ったって、小紫津さんを呪うの何の、そんな、丑刻詣り《うしのときまい》じゃありません。ただ、どうぞ一緒になれますように……と、毎夜十二時《ここのつ》を合図にたった一人、お詣りをつづけました。

その満願から三日の間、つづけて今の妙な夢を見たのです。ですからあたし、その光りものさえ掘り出せば、それが機縁で四方八方、きっと丸く納まって、あなたと一緒になることが出来そうに思えるのです。ねえ、お師匠さん、どうぞその光りの物を掘り出す手段《てだて》を、考えておくんなさいまし……」

男の膝へ縋《すが》らぬばかり、袂の端を噛みしめて、声を忍んで泣くさまに、庄三九も言葉なく、ただ溜息をつくのみだった……。

二

「ああ、ああ、厭ンなっちゃうね。お稽古なんかそっちのけで、一日中へばりついて、抱きついたり、吸いついたり。うっかり顔も出せやしない。ほんとにとんだ色娘だよ」

おたきは庄三九へ出す昼飯の膳へ、板前の千次が手際よく盛って出す料理の器《うつわ》を、次々と受取って並べながら、目鼻立ちのカッキリした、少し力味のある顔を顰《しか》めて、さも忌々しそうに舌打をした。

「ヘッヘッ、お前のおかやきも久しいものさ」

と、千次は鱸《すずき》の照焼に生姜を添えながら、

「だが此奴、いくらお前が口惜しがっても、おさよさんの方が先口だから仕方がねえ。今のうちに断念《あきら》めた方が身の為だぜ」

と、反歯《そっぱ》の口で大きく笑った。

「よしておくれ、誰があんな奴に惚れてるものかね」

「とか何とか云ってるぜ。お前があの長唄の師匠に惚れてるッてえことは、お向うの天神さまだって御存知だアな。まったく師匠はいい男さ。芝居へ出てて役者より贔屓が多いッて云うじゃアねえか。あああ、これじゃア中々俺の方へ札が落ちねえのも無理はねえや。はははは」

「ふん、又そんなお株を云って、気障《きざ》ッたらありゃアしない」

「まアそう怒るなよ。何、お前が本当に師匠が好きなら、恋仇が主人の娘だろうと何だろうと、恋に上下の隔てはねえ。構うことアねえから奪《と》っちまいねえ」

「よしておくれッてば。誰があんな男妾に」

「男妾だ?」

「そうさ。あの庄三九ッて人はね。今でこそ原庭で小綺麗な家に住んでるけど、元はあたしの家の近くの押上で、宮大工の伜なのさ。もう十年も前の話だけど、お父つあんが中風で倒れて、その日にも困るようになり、ある雪の夕暮に、人形町の親方の所へまで金の無心に行く途中、寒さと空《すき》ッ腹とで、浜町河岸で行き倒れになってたとこを薬研堀の踊りの師匠、岩井小紫津に助けられたのが運の初めで、それから松島庄三郎の弟子となり、めきめき売り出してきたってわけさ」

「なるほど、あの高名な岩井小紫津が、親代りに世話をするのは、そんな因縁があったのかい」

「ふん、とんだ親代りの後楯《うしろだて》さ。どっちがお膳を据えたのか、いつの間にか一廻りも年上の小紫津と、厭らしい仲になっているんだからね、呆れ返った代物さ」

「へえ、そいつア本当かい？」

「本当さ。芸人仲間じゃ誰一人、知らない者はないくらいさ。優しそうな顔をしてても、女と見りゃアすぐ何しちゃう、恰《まる》で男地獄みたいな奴、思っても虫唾《むしず》が走るよ」

「ヘッ、憎い憎いは可愛の裏よッてね」

「莫迦ッ」

おたきは咄嗟の癇癪まぎれか、びりッと袖口を食い裂いた。

千次はびっくりして箸をとどめた。

同じ時、おさよの居間では庄三九が、突ッ伏して泣いているおさよの肩を、打ちのめされたような思いで見つめていた。

（その光り物を掘り出したとて、自分と小紫津との仲が、何《ど》うなるというのだろう……）

脱れようにも脱れられない、忌わしいこの絆《きずな》……。それを思うと彼の胸は、いよいよ重くなるのだったが、又一方には何とかして、おさよをなぐさめてやりたかった。

「ねえ、おさよさん、それを掘り出す手段《てだて》と云って、一体その梅の木は何方《どっち》の見当にあるのだえ？」

おさよはやっと顔を上げると、恥しそうに長襦袢の袖口で涙を拭きながら、

「さあ、夢ではちゃんと鶯《うそ》の鳥がいたのですけど……」

と微笑んだ。

「はははは、何を云うんだねえ。大体ここの天神さまには、藤や松は多いが梅はわりかた少いから、何とか判るまいものでもないが、それにしても一本々々、掘って行くわけにも行くまいし……」

「ええ、それでお師匠さんに、お願いがあるのですけど……」

「願い……って？」

「うちのおたきから聞いたんですけど、日本橋の石町《こくちょう》、白雲堂さんという大そう占いの巧い人が、あるそうじゃありませんか」

「ああ、あの白雲堂という先生は、江戸でも名うての易者だが……。では、あの先生に占ってもらうつもりかえ？」

「ええ、すみませんがお師匠さんから、一つ訊いてみて下さいましな」

「え、あたしがかい？」

庄三九は何故か迷惑らしく、その白い額に立皺を作ると、

「だけどこんなことは、やっぱし本人のお前さんが行って、詳しく訊いた方がいいと思うが……」

「それでもあたし一人じゃあ何だか怖くって……」

「何の怖いものか。こんなことは何と云っても本人でなくちゃア……。それに尻腰《しっこし》がないようだが、あの辺には小紫津の弟子が多いから、うっかり告げ口でもされると、後が又面倒なのだ」

と庄三九は、面伏《おもぶせ》らしくそう云った。

「わかりました」

素直にこっくり肯いたおさよは、

「して石町はどの辺ですえ？」

「なに、時の鐘の近くで、清元の延寿太夫の家の側さ」

その時、廊下に何やら物音がした。二人はふっと口を噤んだ。

「御免下さいまし」

静かに障子が明けられて、

「どうもお待たせいたしました」

おたきは襷を外して袂へ入れると、膳を持って這入ってきた。

三

その翌日、若い者の三太を供に、石町の白雲堂を訪ね、夢占いをしてもらったおさよは、夕方の七ツ（四時）ごろ、浮かない顔で帰って来た。

夜食の時、母親のおまさから、今日の占いについて訊かれたが、おさよは母親にも夢の事は隠していたので、唯当分は何れへも身の振り方を定めず、じっとしていた方がよいという卦《け》であったと、言葉少なに答えておいた。

そして頭が痛むからと、早くに床をとって臥《ふせ》っていると、終業《かんばん》になってから、おたきが窃《そっ》と這入って来た。

「おや何か用かえ?」

我儘らしく眉をしかめて起直るおさよへ、

「別に用じゃアありませんが」と、おたきは笑って坐りながら「おさよさん、今日の昼間、変なお客が上ったんですよ。芸人衆らしい三人連でしたが、あなたと庄三九さんとの事を、何の彼のとひつッこく訊くんですよ」

「まあ……、そうしてお前は何て云ったの」

「何て云いますもんですか。庄三九さんは月に六斎《さい》、長唄のお稽古にいらっしゃる、ただそれだけのことですと云っておきましたが、ほんとにおせっかいじゃアありませんか」

「それにしても、どうしてそんなことを」

「さアそれなんですよ。あたし、もしかしたら薬研堀からの、廻し者じゃないかと思うんですけど……」

「小紫津さんの……?」

おさよは忽《たちま》ち怯えたような顔をした。

「何、どんな奴がやって来ようと彼方《あっち》だって天下晴れての夫婦というわけではなし、怖いことなんかありませんさ」

二十を一つ二つ越したおたきは、びくともしないという顔でせせら笑った。

「それよりもおさよさん、今日の占いはどうでしたえ?」

「どうッて別に、唯暫《しばら》くはじっとして……」

「いえ、それよりも、あの夢占いのことですよ」

「えっ、お前、誰からそれを……?」

「ほほほほ。昨日あなたがお師匠さんに話しているのを、つい聞くともなしに聞きましたのさ。でもねえ、いくら白雲堂さんが名人でも、占いなんて云うものは当るも八卦当らぬも八卦で、たとい悪い卦が出たって、些とも気に病むことはありませんのさ。お前さんがそんな心配そうな顔をしてると、此方まで心配でたりませんよ。ねえ、どんな卦が出たか、話して聞かして下さいな」

おさよは暫く黙っていたが、やがてほっと溜息をつくと、

「実はねえ、この夢のことは誰にも云ってはならないと、堅く堅くとめられているのさ」

「まあ、白雲堂の先生がですかえ?」

「ああ、云ったらあたしに、とんだ災難が来るんだって……」

「まあ、それじゃア悪い卦が出たンですね?」

「ああ、とても恐ろしい悪い卦が……」

「いえ、おさよさん。悪い卦なら卦のように、神様にお祓いをお願いするとか、御祈祷をしていただくとかいうこともありますから、そう心配なさることもありませんよ」

「まあ、そんなことが出来るのかえ?」

「出来ますとも、一体白雲堂さんは、どんなことを云いましたのさ?」

「そんなら云うけど、あの白雲堂の先生はほんとに大した先生で、夢に見た梅の木のある場所も、この居間から丑寅の方、三町以内の三本目の木だとまで、はっきりと仰有るのさ」

「丑寅の方角で三町以内……。そうするとやはり天神さまの御境内……。そうして光り物と云うのは、どんな物と仰有いましたえ?」

おたきは不思議なものを聞く興味に、眼を輝かして急き立てた。

「埋っているのは、金に縁あるものだとさ」

「金に……?　小判ですかえ?」

「いえ、それははっきり判らないけど、もしかしたら、何か尊いお像《すがた》ではあるまいか……と仰有るのさ」

「それなら猶更すぐ掘って見なければ」

「いえ、それが大変な間違いで、それを掘り出したら最後、あたしの身は元より、他にもどんな災難が起るか判らないから、決して手をつけては不可《いけ》ないって……」

「災難て云いますと……?」

「命にかかわる事だってさ」

「命に……?」

おたきは恂《ぎょッ》としたようにおさよを見たが、ややあって疑わしそうに、

「だって可笑しいじゃありませんか。三日も続いた夢の知らせは、つまりは天神さまのお告げと同じで、あなたの手でそのものを掘り出してくれろという、お頼みじゃアないでしょうか」

と、賢気《さかしげ》な眼を光らせた。

「あたしもそうとは思うのだけど……」

「ねえ、おさよさん。白雲堂さんの八卦が当るかどうか、試しに掘って見ようじゃありませんか。若しか御尊像でも現れたら、丁寧に供養して、おまつりでもしましたら、きっといい事がありますよ。正夢に従って祟《たた》りを受けるなんて、そんな馬鹿なことがあるもんですか。ねえ、掘りましょうよ、おさよさん」

おたきは浮々と唆《そそのか》すような調子で云った。

四

その翌朝、丑寅というので、亀戸天満宮の総門を入ると、直に右手へ、一本二本と数え、三本目の梅を数えた時、おさよとおたきの胸はときめいた。その樹は例の太鼓橋の架《かか》った池の岸の近くにあって、その曲りくねった太い幹には、限りない瘤と青い花のような苔をつけた、一際目立つ老樹であった。

（きっと此の樹に違いない……）

二人は目と目で肯き合った。

本来なら別当所の許しを得てから手を着けるのが当然だったが、それは何となく気が進まなかった。もしか何も出なかったら……という懸念より、おさよにして見れば、あくまでこれは己《おのれ》一人の秘事密事で、誰にも知らせたくないことだった。否、大勢の者に知られたら、それこそ叶う恋も叶わなくなりそうで、それが何より怖れられた。

二人は遂に別当所へは無断で、夜の暗闇《くらやみ》に紛れ、店の板前の千次を使って、掘って見ることに相談を極《き》めた。

その夜、店の閉《しま》った九ツ（十二時）すぎ、もう夜更の風は寒いので、半纏《はんてん》をひっかけ、小田原提灯を袂に忍ばせたおたきを先に、藤色の御高祖頭巾《おこそずきん》をかぶったおさよ、後から千次が、向う鉢巻に尻端折り、鍬《くわ》を担いで従った。

五日の月はとっくに落ちて、星の影さえ見えぬ闇夜を、拝殿前の常夜灯の灯をたよりに三人は黙って歩いた。

このあたりと思う所で、おたきは提灯に灯を点《とも》した。見覚えの梅の老樹はすぐ眼の前にあった。おたきは提灯を梅の枝に掛けると、その上の枝に、着ていた半纏を脱いで打掛け、樹の根元だけに明りを集めた。その仄かな明りをたよりに、千次は鍬を打下して行った。三人ながら無言だった。根の廻りが五寸一尺と掘られて行くのを、女二人は息をつめて見まもった。やがて千次が三廻りして、一尺五寸ばかり掘り下げた時、カチリと鍬の先に音がした。

「おっ、手応えがあったぞ」

千次は軽く周囲の土を掘り退け、窃とあやすように鍬を使うと、やがてごっくりと掘り起した五六寸の、円い平たいものを鍬の刃へ載せると、地面の上へ窃と下した。

(正夢だった……)

おさよは大きな感動で体が顫え、わけもなく涙が溢れた。おたきも流石に顫える体を、おさよのそばへ摺り寄せて来た。二人はしっかと手をとり合って、その掘り出されたものを覗き込んだ。

しかしその品は黒い土にまみれていて、何かさっぱり判らなかった。

千次は鍬の先を巧みに使って、窃と土をこそげて行った。少しずつ土が剥がれて行くと、それは何やら白い皿のようなもので、それにおなじく白い丸い紐のようなものが、二重ばかりぐるぐると巻かれてあるのが見受けられた。

「おい、もっと灯を近くしてくれ」

おたきは用心深く枝から提灯を取りはずすと、袖に囲ってその場へしゃがんだ。おさよもしゃがんだ。

おたきは怖る怖る提灯を、その平たいものの上へ差出した。すると、その白いものの上へ、その灯が鈍く映った。

「おっ、鏡だ……」

千次は、圧《お》し殺したような声で叫んだ。

なるほどそれは、よくお社《やしろ》などの御本体として飾ってある、白い金の鏡であった。

おさよは思わず掌を合した。

と、その時、鏡がゆらゆら揺れたかと思うと、その白い紐がおのずと解けて、するすると鏡の下から、紐の端がにゅっと立った。

「きゃッ」

おたきが提打を投げ出すのが先だった。

三人は闇夜の幕を引掻くように、無我夢中で駆け出した。

一気に鳥居前の往来まで逃げ切ったおたきは、ほっとして振り返ると、闇を透かして近づく足音へ、かすれた声で呼びかけた。

「千次さんかえ?」

「おたきさんか」

千次も烈しく呼吸《いき》をしながら、

「おそろしく早え足だな」

と呆れたような声で云った。

「だって、もう怖くって……」

「うむ、まったく胆を潰したよ」

「追っかけて来やしないだろうね」

「そりゃア何とも云えねえが……。だが、まさかに蛇たア思わなかったな。ああ、鶴亀、鶴亀」

千次はお咒《まじない》のように右手で両肩を祓うと、

「それはそうと、おさよさんはどうした」

「どうしたって、あたし、夢中で逃げ出したもんだから……」

おたきは遠くを窺うように聞耳を立てると、声を忍んで呼んでみた。

「おさよさん、おさよさん……」

しかしおさよの返事はなかった。

「可怪《おかし》いなア、みんな一緒に逃げたんだがな……、おさよさん、おさよさーん……」

千次も窃と、声を憚って呼んでみたが、おさよの返事はやはり無かった。

「どうしたんだろう。真暗なんで、反対《あべこべ》の方へでも逃げたかな」

「それならいいけど、もしかしたら、あの蛇に巻きつかれて、動けなくなってるんじゃアないかしら？」

と、おたきは気味悪そうにそう云った。

「まさかそんなこともあるめえけど……。しかし此儘に打棄って帰るわけにも行くめえから、もう一度引返して、探して見ようじゃアねえか」

「そうだねえ……。でも、こう真暗じゃア怖いから、お前さん、すまないけど、一っ走り店へ帰って、提灯を持って来ておくれよ。あたし、あの時おとしちゃって……」

「よし来た。それじゃアお前は、ここを動かねえで待っててくんねえよ。いいかえ？」

千次は急いで店へ引返すと、間もなく丸提灯へ灯を入れて駆けて来た。

二人は足元を照らしながら、元の場所へ引返して行った。その道々幾度かおさよの名を呼んだが、何の返事も聞えなかった。

二人は怖々かの梅の木へ近寄って見ると、怖れていた白蛇のすがたはもとより、重い鏡もそこにはなかった。二人はほっとするよりも、むしろ慄《ぞっ》と総毛立った。

兎に角おたきは、落ちていた提灯を拾い、枝にかけた半纏を着た。千次は鍬を拾って掘り返した土をざっと元のように埋めると、境内を一廻り、おさよの名を呼びつつ廻ったが、おさよの声は聞かれなかった。

もしかしたら入違いに帰っているかも知れないと、十六夜へ帰って見たが、やはりおさよの姿はなかった。

二人はもう黙ってはいられないので、女主人のおまさを起して、事の次第を打明けた。おまさは気を失うほど驚いて、すぐに店の者全部《みんな》を起し、手に手に提灯を持たせ、千次おたきを先に立てて境内の内外を探させたが、おさよを見つけ出すことは出来なかった。不安のうちに夜が明けた。

おさよは遂にその日も帰って来なかった。

五

十六夜の帳場を預る重助が、心易い橋場の金太に連れられて、その親分の岡っ引浅草諏訪町の清吉の所へ、おさよの行方の探索方を頼みに来たのは、更にその翌日の朝だった。

くわしく前後の事情を訊いた清吉は、心から傷ましそうに眉を顰《ひそ》めた。

「なるほど、そりゃアお店でも皆さん心配なことですね。そうしておたきと千次は、その後どうしていますね？」

「へえ、ただもう申訳がないとばかり、飯も碌々食べないようで、萎《しお》れ返っております」

「そりゃアそうでしょう。そうして昨日から二人とも、一足も表へは出ねえでしょうねえ」

「左様……」重助は少し考えていたが「そうそう昨日の八ツ（二時）すぎでござんしたか、おたきは急にお内儀さんへ、こうなったのも元はと云えば、白雲堂さんの占いから起ったこと。今から一寸出かけて行って、おさよさんの行方を占ってもらって来たいがどうでしょう……と申しましたので、お内儀さんも喜んで、それじゃア急いで行って来ておくれと、すぐに出してやりまして、左様、六ツ（六時）過ぎでございましたか、駕籠で帰ってまいりました」

「それで白雲堂の占いはどう出ましたね」

「何でも戌亥《いぬい》の方に、無事に誰かに匿まわれているから心配するな……と云うことで」

「へえ、無事にねえ……？　それでその方角に、何か心当りがありますかえ？」

「それがその、こんなことを申しては如何かと存じますが、戌亥と申しますと、つまり原庭も、その方角でござんして……へい」

と、重助は云いにくそうに小鬢《こびん》を掻いた。

「なるほど、庄三九の住居の方に当るわけですね。だが、それまでにも庄三九の所へは知らしてやったんでしょう」

「はい。昨日の朝、もしやと思って手前がまいりましたが、おさよさんが行った気勢《けはい》はまったくなく、師匠も吃驚して、すぐ見舞に来てくれましたようなわけで……」

「ところで十六夜の店の者か又余処《よそ》ほかに、おさよさんに思いをかけていたような男はいませんかえ？　こりゃア大事なことだから、隠さねえで云っておくんなさい」

「はい。しかしそんなことはないようで……、はい」

「よく判りました。そこで、お前さんが此処へ来たことを、誰か知っていますかえ」

「いえ、お内儀さんに相談しただけでして」

「そうですか。暫く誰にも内証にしていておくんなさい。まア巧く見つかるかどうか、とにかく探して見ますから」

「何分よろしくお願い申します」

重助はくどくど頼んで帰って行った。

側に控えていた金太はすぐに云った。

「親分、おさよが無事にいるという占いが出たそうだが、本当だろうか」

「とんだいいかさまだ。可哀そうだが、おさよはもう此世の者じゃアあるめえ」

「へえ……?」

「考えてもみねえ。どこにおさよが隠れなくちゃアならねえ理由《わけ》がある? 今が今、聟《むこ》が来るというわけじゃアなし、又小紫津のために庄三九がせかれているわけでもねえ。家にいても充分庄三九と逢いつづけてゆく算当《さんとう》はつくのだ」

「なるほど、そうすると誰が一体……?」

金太は尤らしい長い顔を仔細らしく捻るのだった。

「ははははは。お前たちは夢占い、鏡、白蛇と怪談仕立の三題噺に、眼が眩んでいるからいけねえ。むしろそんな趣向がついているだけ、狂言の根は浅えのだ。そんな怪談は取払って、唯三人行って二人しか帰って来ねえ、ただそれだけを考えてみねえ」

「へえ、そうすると、やっぱし千次とおたきの奴が、怪しいということになりやすが」

「まず大体そんなとこだろう」

「でも、おたきはわざわざそのために、白雲堂へ見てもらいに……」

「ははははは。まアそれも白雲堂を洗えば判ることだ。とにかくお前は大急ぎで十六夜へ行って、二人を見張っていてくれ。俺は二三軒当ってから直ぐに行く」

「へえ、ようがす」

金太はすぐに亀戸へ飛んだ。

清吉はまず石町の白雲堂を訪ねて、おさよの夢占いの件を訊いた。

白雲堂はなるほどそれは一昨日、たしかに占って進ぜたが、世にも稀有な凶夢であるから、手をつける事は元より、他言もならぬと堅く戒めておいたと云った。

それでは昨日、おたきという女中が来たかどうかと確かめると、左様な女は来なかったが、彼の娘御は如何なされたか、と訊き返した。そこで清吉は大体の事を話して聞かせると、白雲堂は暗然として嘆息した。

「娘御の運命は、最早大抵わかっておるが、いずれの方角におられるか、一応占って進ぜよう」

彼はやおら筮竹へ手をかけた。

「いや、それには及びません。それを探索するのが私の役目なんですから」

清吉は苦笑して白雲堂を出ると、南八丁堀玉円寺裏の町方同心、安原鉄三郎の役宅を訪ね、この一件の概略を話し、天神境内の出来事ゆえ、寺社奉行の方への届出を頼むと、直に亀戸へ駕籠を飛ばした。

十六夜の店へ着くと、金太が慌てて飛び出して来た。

「親分、とんでもねえことが起きた。おたきの阿魔がずらかった」

「何時だ？」

「私が来るちっと前で、こんな書置が残ってやした」

それは懐紙へ拙い筆で、おさよさんを見失った申訳に、自分は死んでお詫をするという意味のことが、走り書きに書かれてあった。

「ちっと辻褄の合わねえ書置のようにも思うんだが、それよりも親分、もう一つ大変なことが起きやした」

「何だ？」

「原庭の庄三九の家へ、昨夜《ゆうべ》おさよが現れたそうで……」

「ええ、おさよが……？」

さすがの清吉も慌てて訊き返した。

「ど、どうして判った」

六

「何ね、昨日一杯おさよの事で、ここで暮してしまった庄三九が、ついでに夕飯を食ってから原庭へ帰ると、隣の家の女房が、もうちっと前に可愛らしい娘が訪ねて来た。師匠はもう直き帰って来るだろうから、何だったら私の家で待っていなさいと云うとネ、お師匠さんが帰って来たら、亀戸のさよが来たと仰有って下さい……と云って帰ったそうで……」

「ふむ、自分からさよと云ったんだな?」

「へえ、それに一昨日《おととい》の夜かぶって出たという藤色の御高祖頭巾をかぶっていて、何だかしおしおしてたそうで……。そこで庄三九は、昨夜一晩中待ってたそうですが、とうとうやって来なかったので、今朝方ここへ云いに来て、今先き帰って行ったそうです。こうなると一体どういうことになるんでしょう」

親分の眼もあんまりあてにならない……とでも云いたそうに、金太は清吉の顔を見た。

清吉はその顔をぐっと睨むと、忌々しそうに舌打した。

「おい、しっかりしてくれ。岡っ引の手先でも勤めようてえ者が、そんな箆棒《べらぼう》な話をのほほんと、間抜けな面アして聞いてる奴がどこにいる」

「へえ……、するてえと此奴……?」

「判り切ってるじゃアねえか。おたきよ」

「ええっ?」

「おたきは昨日八ツ(二時)すぎから白雲堂へ行くと云って家を出て、六ツ半(七時)近く帰って来たんだ。そうすればその間に、どんな細工だって出来るじゃアねえか。藤色の御高祖頭巾だって、おさよを殺《や》ったとき引剥がして取っておいたのだ。どこまでも怪談仕立で眼を昏まそうとたくんだのだが、俺達が乗り込んで来ることを知ったので、こんな浅はかな書置を拵えて随徳寺を極めたんだ」

と清吉は、口惜しそうに唇を噛んで考えていたが、

「うむ、彼奴はきっと、庄三九の所へ行ったに違えねえ。俺はすぐに原庭に廻るが……。いや、それより先に兎も角も千次の奴を挙げておこう。案内しねえ」

料理場の隅で、ぼんやりと浮かない顔をしていた千次を御用にすると、仮縄のまま金太に預けて、清吉は大急ぎで原庭へ廻ったが、そこで発見されたものは、おたきと庄三九の血に染まった死骸だった。

庄三九は明らかに、おたきに剃刀で咽を切られて殺されたもので、おたきもまた同じ刃物で、同じに咽を刎《は》ねていた。

ただ不思議に思われたのは、庄三九の上へ重なり合って死んでいたおたきの胸に、径五寸ばかりの、裏面に鴛鴦《おしどり》を彫った円い鏡が、しっかりと抱かれてあったことだった。

おさよの死体は、天神境内の末社、佐太明神という二間四方ばかりの祠の中から取出されたが、その眉間に一撃、骨まで砕かれたかと見えるほどの、見るも無惨な傷痕があった。


「するてえと十六夜の娘は、やっぱしおたきが殺ったんですかね？」

金太は又しても短い顔を斜にかまえた。

「そうだ。昨夜梅の木の下を掘った時、鏡が出たのは本当なんだ。おさよがその鏡を手にとって泥を落してよく見ると、裏に鴛鴦が彫ってある。おさよにとってこれほど幸先のいいことはねえ。

ああ、これであたしの願いも叶うだろうと押し戴いた。

するとおたきが、どれ、わたしにも見せておくんなさいと受取って、じっと見ているうち、忽ち何かに憑《っ》かれたように立上った。驚いて見上げるおさよの額へ、いきなりその鏡を撃ち下した。おさよはあっと引くり返る。千次は吃驚して抱き起したが、急所の一撃、暫く呻いていたっけが、そのまま息は絶えちまった。殺したおたきも暫くぼんやりしていたが、やがて千次に、もし此事を漏したら、お前も主殺しの同類にするの何のと、脅したり、すかしたり、やっとのことで承知させ、おさよの死骸を佐太明神の祠《ほこら》の中へ担ぎ込ませた。

しかしそのままじゃア困るので、幸い夢占いの事もあり、それへ草双紙か何かで読んだ白蛇の一件を思い出し、怪談仕立に吹聴《ふいちょう》して世間の眼を昏まそうと巧《たく》んだのだ。そうしておさよの死骸は折を見て、千次が何処かへ埋める手筈にしていたんだ」

「へーえ、だが、どうしてあの阿魔が、おさよを殺す気になったんだろう……?」

「おおかた鏡の祟りかな。はははは。何、やはり庄三九に惚れていたのさ。恋の願いの叶うという、鴛鴦の鏡を手に入れたおさよが、俄に妬ましくなって無我夢中で殺ったんだ」

「へえ……。いや、とんだ気違い女だ。それにしても親分、おさよは不思議な夢を見たもんじゃアありませんか」

「むむ、こいつばかりは判らねえ……」

主殺し、人殺しの下手人として、おたきは生きて捕われれば、無論のこと磔にかけられるところであった。千次も本来ならば死罪は免れないところであったが、情状を酌量されて遠島に処せられた。

掘り出されたその鏡は、古い時代の白銅の円鏡だったが、世に禍を齎《もたら》す悪鏡として、上から破却を命じられた。破却と云っても斧や石で叩き割るわけにも行かないので、同じ亀戸に住む鏡師の村田近江守吉家に命じて、その破却を委《まか》せた。

吉家は新に一つの炉を作って、そこで因縁の鏡を煮溶かした。そのとき溶かされた白銅が、さながら白蛇がとぐろを巻いているように、炉の中に蟠《わだか》まっているのを見たと、さも真実《まこと》しやかに云い伝える者もあった。

稲妻小僧

一

天保九年の五月、あの鼻の高い細面の、凄く睨みの利いた実悪の名人、五代目松本幸四郎が七十五歳で死んだ。

稼業柄、役者衆に近づきの多い、わけても幸四郎とは懇意だった浅草諏訪町の岡っ引清吉は、その葬式を本所押上の大雲寺まで送って行った。

この大雲寺は辺鄙《へんぴ》な場所にありながら、不思議と芝居に縁が深く、元祖猿若勘三郎以来中村座市村座代々の座元から、瀬川菊之丞、尾上菊五郎など梨園《りえん》名家の菩提寺となっていた。

幸四郎の埋葬が終った後、清吉は、ふと回向してやりたい一人の故人《ほとけ》を思い出して、門内の花屋から新しく樒《しきみ》と線香とを購《もと》めると、水手桶を借りて本堂の裏へ廻った。

西北の隅の百日紅《さるすべり》の木が目当で、狭い墓路を通って行くと、目ざす小さな墓の前に、一人の浪人態の侍が踞《しゃが》んで、合掌している姿が見えた。

訝《いぶか》しげに小首をかしげた清吉は、思わず足音をぬすんで近づいた。と、人の気配を感じたらしく振り返った侍は、そこに清吉が立っているのを見ると、ひどく狼狽した様子で立上った。

「あ、どうぞ、どうぞ御回向をおつづけなすって下さいまし」

「あ、いや、拙者はもはや相済みました」

ちっとも早く此場を立退きたそうな様子の侍は、着流しに脇差一本。清吉より五つ六つ年上のかれこれ六十に手のとどきそうな年輩、上背《うわぜい》のある整った顔立ちの、若い頃はさぞかしと思われたが、いかにも浪々の果てらしく顔も服装《みなり》も窶《やつ》れていた。

それから半刻ばかりの後、どう誘ったか清吉は、程近い中里という料理屋の離れで、さみだれに煙る紫陽花《あじさい》の花を見ながら、その侍としずかに盃をふくんでいた。

「……よくお宮やお寺のお堂などに、願掛けの小絵馬がかかっていましょう。あの絵馬の中に錠の絵馬があるのを御存知ですかえ？　たとえば女という文字や、賽子《さいころ》の絵などの上へ大きく錠が描いてある。つまり女や博奕《ばくち》を断ちますという誓いなんですが、それをあなた、盗《ぬすみ》という字の上へ、しかも本物の錠をぶッつけて納めた奴がいるんです。しかも裏へはっきりと、庚子《かのえね》の歳、松五郎と名前まで書いてある。ずいぶん思い切ったことをするじゃアありませんか。へえ、お察しの通り一寸した事がありましてね。わたくしもその一件に関り合ったというわけですが、左様、もう彼是三十年近くも昔の、まだわたくしが、当時辻占の七兵衛と云うてた名うての岡っ引の跡目を継いだばかりの頃で、やはりこんな季節でした」

二

「おや、これは諏訪町の親分……」

びっくりした松五郎は慌てて寝床から飛び起ると、

「何ですねえ親分、わざわざこんな汚ねえ処へお越しンなんなくッても、一寸お使いを下さりゃア、あっしの方から伺いやすのに」

と、お愛想たらたら、手早く丸めるように畳んだ煎餅蒲団を押入へ抛《ほう》り込むと、

「掃くと却って埃が立ちやすから、汚ねえ処《とこ》で何ですが、まアどうぞ此所へお上ンなすって」

と、名ばかりの座蒲団を出してすすめた。

「どうした、体でも悪いのかえ？」

部屋へ上った清吉は、髷を直しながら畏まっている松五郎にそう聞いた。

「何、昨夜とんだ野郎に出っくわしてね。すんでに命の無えとこを竪川へ飛び込んで、やっと御難は逃れたものの、汚ねえ水を飲んだとみえて、どうも工合が悪くていけねえンです」

「竪川の河岸？　ふむ、どんな奴だ？」

「どうも彼奴《あいつ》ア盗人《ぬすっと》のようでやしたねえ」

「盗人？」

ぷっと吹き出すように苦笑した清吉は、

「そいつアとんだ災難だったな。ところで昨夜の小西屋の仕事は、流石に見事な手際だったな」

と、ずけりと云った。

「えっ、親分、もう御承知なんですかい」

とにやッと笑うと、

「いや、相変らず早え耳ですねえ」

と小首を竦めて小鬢を掻いた。

その些《ちっ》とも悪びれないへらへら笑いに、清吉は一寸呆れ気味に眼を瞠ったが、すぐ忌々しそうに舌打ちすると、

「あの手口を見りゃアお前と思うより他はあるめえ」

「えっ、じゃア親分は旦那から、あっしッてことをお聞きなすったんじゃアねえので？」

「何、旦那だと……？」

話が何だかぐれはまになってきたので、清吉はもどかしそうに眉をひそめた。

「いや、あの旦那はいよいよ洒落《しゃれ》た方ですねえ。今度は親分を担ごうッて云うンですかい。けッけッけッ」

松五郎はさも可笑しそうにそっくり返って笑った。

「担ぐ？　これ、とんでもねえことを云うな。仮にもお上の御用を勤める者を担ぐの何のと、気

をつけて口を利け」

清吉にそう中ッ腹《ちゅうぱら》で怒鳴られると、松五郎は慌てて手を振って遮《さえぎ》りながら、

「だから、だからあの旦那は粋《いき》だって云うんですよ。もうどんな遊びにも飽々して、今度は泥棒ごっこ、捕物ごっこをしようってんでさ。親分があっしを摑まえて行くと、流石は諏訪町さんの御眼力、恐れ入りましたてえンで、平清か松本あたりでわっと騒いで、骨折賃に切餅（二十五両包み）二つがとこ……」

「やいやい、何をべらべらすっとぼけたことを云やアがる。とにかく昨夜相生町の小西屋の土蔵で、金箪笥の錠前を破ったのはお前だろう」

「さいです、たしかにあっしで……」

「そんなら洒落も道楽もありゃしねえ。さア素直に俺と一緒に来い」

厳しい顔で清吉が立ちかかると、

「まま待っておくんなせえ」

松五郎は慌てて後へにじりながら、両手を上げて遮った。

「弱ったなアこいつア。親分は抑々《そもそも》のいきさつを知らねえから、まるであっしが盗みに入って、金箱の錠前を破ったように思うンでしょうが、昨夜は決してそうじゃアねえンで。あっしゃアね、あっしゃア旦那に頼まれてやったんでさア」

「何？　旦那に頼まれた？」

「そうですとも。いやもう、こうなると旦那の遊びも些《ちっ》と罪だぜ。昨夜さんざん怖《おっ》かねえ思いをしたり調戯《からか》われたり、此上親分にしょびかれたんじゃア、あんまり役が悪すぎらア」

松五郎はべそをかいたように顔中を萎《しわ》ませた。癇癪持らしく唇を噛んだ清吉は、今日に限って些とも勘の働かない自分にじりじりしながら、じれったそうに怒鳴りつけた。

「やい松、どんな話か知らねえが、その抑々のいきさつてえのを云ってみろ。些《ちっ》との間《ま》なら聞いてやろう」

「ええ、云いやすとも。実は親分、こういうわけなんですよ」

三

小梅の寮へ仕事に行った帰り道、三囲《みめぐり》の土手へ抜けて枕橋の方へ来かかると、背後《うしろ》から、

「これこれ、それへ参るのは松五郎ではないか」

と呼びとめられた。

振り返ると、釣竿と魚籠《びく》とを提げた三十がらみの、上背のある柔和な顔、黒羽二重紋附の着流しに雪駄ばき、一見旗本の二三男とも見えるいい男。

「へえ、松五郎でございますが……」

いずれ出入先の旦那であろうが、咄嗟に思い出せなかった。

「はははは、見忘れたようだな。うむ、いや、これはよい所で逢った。ちとお前に頼みたい事があるのだが、手間はとらさぬ、少々附合ってくれぬか」

やがて二人は三囲の裏手にある喜撰という料理屋へ入った。花見客や涼み客が相手の雑な家で、時違いのためか入込みの平座敷には他に客は誰もなかった。

小女が誂えの膳を置いて行くと、

「さア松五郎、遠慮なしに飲《や》ってくれ」

「へえ、こいつはどうも御馳走さまで」

二人は手酌で始めたが、松五郎はまだこのさばけた侍が何処の誰だか判らなかった。

「時に松五郎、お前は数ある飾《かざり》職人の中でも、錠前づくりにかけては江戸一番の腕だそうだが、今までにも多くの難しい錠前を作ったろうな」

「へえ、そりゃアもう色んなお好みがありやしてね」

「何事にも一芸に達するというは容易な事ではあるまいが、錠前づくりにも何か奥儀秘伝……と申すようなものがあるであろうな?」

「何、あっしたちの細工仕事に秘伝も口伝《くでん》もありゃアしませんが、こいつは何処までも理詰でござんしてね、無理は些とも利きやせん。ただ寸分の狂いも無え組合せ、それが二重にも三重にもなっている、ただそれだけのことでござんすよ」

「なるほど、然らば何か、お前などの腕前になったら、他の者の作った錠前でも、自由に明けることが出来るかな」

「へえ、よく鍵を亡《なく》したとか、錠前を毀《こわ》したとか云って呼ばれやすが、何、理窟は極っているんですから、大抵何とか明けちまいますよ」

「そうであろうな。ところでお前は本所相生町の質両替、小西屋の金箪笥の事を知っているか」

「小西屋の？　へえ、聞いています。大したもんだそうですね、何でも日本の品じゃアねえと云うじゃアありませんか」

「左様、今から二百年あまりも前、まだ堺の浦に異国の船が自由に出入りいたしていた頃、渡って来たとかいう品で至極巌乗《がんじょう》、鍵が無くては壊《こわ》そうにも何にも、いかなる盗人でも手が出せぬということだ」

「そうだそうですね、あっしも商売柄一度見てえと思っているんですが」

「大体どのような品か見当はつかぬか」

「へえ、南蛮渡りの品だけに一寸見当はつきやせんが、しかし錠前は錠前、理窟に二つはねえわけですから、明けて明けられねえことは無えと思いますよ」

「然らばどうだ、一つお前の腕で明けて見ねえか」

「えっ？」

俄に変る伝法な思いもよらぬその言葉に、吃驚して相手を見ると、に、、っと笑った侍は静に盃を膳へおくと、

「松五郎、頼みというなアこのことよ。一つその腕を貸してくれ」

「と云うと、お前さんは……？」

「お祭しのとおり盗人《ぬすっと》だ」

「えっ……」

松五郎は思わず膳から身を引いて、慌てて周囲《あたり》を見廻した。

「ははは、そう愕《おどろ》かなくてもいいだろう。俺は近頃御府内で稲妻とかいう噂のある、侍くずれの盗人だ」

「ええっ、そ、それじゃアお前さんが……」

松五郎はあまりの愕きに、ただまじまじとその侍の顔を見つめた。

稲妻！　それは去年の秋頃から専ら大名旗本の邸、又は富裕な町家《ちょうか》へ押込み、常に何百両という大金を奪い、立去る時は必ず何処かへ「稲妻やきのうは東きょうは西」の句を残して行く盗人で殊更に貧窮な人々を救っているという噂も聞かなかったが、悪評のある大家へ入るというだけで、浅薄《あさはか》な庶民の好奇心を唆《そそ》って、誰云うとなく義賊稲妻小僧などと忽ち江戸中の評判となった……。

「どうだ松五郎、決してお前に迷惑はかけねえ。ただいかな稲妻でも此の金箪笥は破れめえと、小西屋の奴等が威張っていると聞いたので、一寸悪戯《いたずら》をしてやりてえのだ。もしもお前が引受けてくれたら、その金箪笥に有りったけの金は、みんなお前にやろうじゃアねえか。俺は今も云うとおりただ鼻を明してやりてえのだ。頼む、どうか力を貸してくれ」

侍は両手の指先を一寸畳へ附けて頭を下げた。

「まま待っておくんなせえ。あっしアしら几帳面の職人だ。まだ一度も盗人なんざ……」

「さアそこが頼みだ。たとい俺が捕《つかま》って石を抱くようなことがあっても、決してお前の名前は出さねえ。ただ意地が立ててえのだ。どうか力になってくれ」

「と云ってお前さん……」

「松五郎、俺も稲妻と云われた盗人、こう打明けて頼んだからは、色よい返事が聞きてえものだが、どうだ、厭かえ？」

あくまでも静に微笑を泛べて云っているものの、松五郎、ヒヤリとするような殺気を感じた。断れば無論斬られる……。それに一方、異国渡りの金箪笥の錠前、その中に一杯つまっている小判……、それも大きな魅力だった。

（ええ、ままよ……）と覚悟を決めた。

「ようがす、旦那、やッつけやしょう」

四

その夜遅く、仕事道具を袋に入れて北番場の住居を出た松五郎、百本杭で稲妻と落合うと、相生町の小西屋へ急いだ。

稲妻は昼間逢った時と同じ服装《なり》で、頭巾を被っていなかった。その度胸に驚きながら、松五郎はともかくも手拭で頬冠りをした。

小西屋の裏手は竪川の河岸通りまで抜けていて、引廻した九尺高さの黒塀は、その上に忍び返しまでついていて、どうしてこれを超えるのかと今更に足の竦む思いだったが、稲妻は落附いたもので、三尺ばかりの切戸へ手をかけて押すと、戸はわけもなく開いた。

するりとそれを潜ると、中から振り返って手招きした。松五郎は慌ててその後に続いた。稲妻は家内の模様を心得切っているように、つッつッと素早く空地を通り抜けると、屋根附きの渡り廊下で母屋と繋いだ、大きな土蔵の前へ出た。

「さア、先ずこの錠前を外してくれ」

土蔵の錠前くらい松五郎にとって朝飯前の仕事だった。何の苦もなく音も立てずに外してしまうと、

「いや、さすが見事な腕前だな」

軽く笑った稲妻は土蔵へ入ると、袂から折畳みらしい厚紙の龕灯《がんどう》を出して灯を入れ、先へ立って二階へ上った。

とっつきは十畳くらいの広さで、箪笥長持など色々な調度が置かれ、更に正面の襖を明けると、そこは六畳位の綺麗な座敷で、その突き当りの床の間に、深さ一尺、周り二尺四方くらいのテラ

テラ光る、お厨子《ずし》のようなものが置かれてあった。

「さアこれが例の一件ものだ。夜明けまでに明けてくれればいいんだから、一つ悠《ゆる》りとやってくれ」

稲妻は更に袂から釘の刺さった大蝋燭を三本ばかり取出すと、それへ灯を移して畳の上へ突き刺したので、周囲は俄かに明るくなった。

なるほどそれは総体に赤銅で囲われた金箪笥で、正面に観音開きの扉があり、その合せ目の右側に径一寸位の丸い金具のつまみがあって、その中心に鍵穴があった。なおよく見るとそのつまみには細い目盛が附いていて、いじって見るとクルクル廻った。松五郎は思わず唸った。

「どうだ、よほど違うかな?」

「違うねえ、ここに目盛がありやしょう、こいつが秘伝ものだ。口伝がなくちゃア判らねえ。それにお前さん、こいつを明けてもきっと中には、又箪笥のようになっていて、そいつに一々鍵がかかっているに違いねえ」

「それでは明かぬか」

「さア明くか明かねえか、とにかくやって見やしょうよ」

暫くそのつまみを廻しては、その箇処々々の音を聞き定めていたが、思い断念《あきら》めたか、今度は扉の両脇の蝶番いを調べ初めた。

やがてニヤリと笑うと、

「ねえ、親分。このつまみの方は中々今夜一晩くらいじゃ明きそうもねえが、こっちの蝶番いの方なら、わりに楽に外れると思うが、こっちじゃアいけねえかえ?」

稲妻は暫くむっつりと考えていたが、

「うむ、些と忌々しいようだが、中さえ引き出すことが出来りゃアかまわねえ。とにかくやって見てくれ」

「ようがす」

それから一刻近くもかかって、やっと右側四ケ所の蝶番いを外した。鍵のかかった扉はそのまま軽くすうッと左方へ開いた。中は松五郎の云った通り四段の抽斗になっていて、それに一つ一つ鍵がかかっているのだった。併しそれにはもう目盛のつまみは附いてなかった。

「うーむ、これは中々要害堅固に作ってあるな……」

稲妻は些かあぐねたような吐息を漏した。

「なーに、今度はわけはねえ、すぐに明けて見せやすよ」

松五郎は弾んだ声でそう云うと、先ず一番上の鍵穴から、巧みに道具を使い分けて、暫くコチコチやっていたが、たちまち道具を投げ出すと、両手を鐶《かん》にかけてぐッと引いた。

「おっ、これは……」

抽斗《ひきだし》一面ギッチリ詰った裸身《はだか》の小判が、横合からさし出された蝋燭の灯に、息づくようにキラキラ光った。松五郎はもとより、流石の稲妻も暫く口が利けなかった。

ともかくもその抽斗を引抜いて畳へ降《おろ》すと二段目の鍵にかかった。もう松五郎は夢中だった。そして三段目四段目と全部の抽斗を引抜くのに半刻（一時間）とかからなかった。

畳へ置かれた四つの箱にはいずれも小判がギッチリ詰って、揺れる蝋燭の光りに黄色い波を立てていた。

どう少く見積っても一箱千両として四千両、しかし普通の千両箱よりずっと大きい。五六千両はたしかにある。

（これがみんな俺のものだ……）

松五郎はぼうッと目の前が霞んで、夢を見ているような思いだった。

「いや、流石に小西屋だ、これほどの金を持っているとは思わなかったな」

と、稲妻は呆れたように呟いた。

その声を聞いた途端、松五郎は俄に動悸《どうき》が烈しくなり、体中が顫えて来た。

「親分、こ、こりゃアあっしのものでしょうね。みんな貰っていいんでしょうね」

「はははは。何を蒼い面をして顫えているのだ。たとい何万両あったにしろ、俺も稲妻、初めの約束を変えやアしねえ。さア早く持って行け」

稲妻は苦笑しながら憫むようにそう云った。

「へ、へえ、あ、有難うごぜえやす……」

松五郎は思わず嬉し涙が胸を衝いて溢れてきた。

「だが、どうしてこれだけの金を持って行く？　一人で背負《しょ》えるか？」

「えッ……？　あッ、ああ……」

その四つの抽斗を睨んで、松五郎はまったく途方にくれた。

（ええ、こんなことなら友達二三人と、大黒様が背負ってるような、大きな袋でも持ってくるんだったッけ……）と足摺《あしず》りしたいほどだった。

その時だった。誰もいる筈のない背後から、

「あッはッは、あッはッは、わッはッは」

と二三人の笑い声が一度に起った。

五

ぎょッとして振り返ると、でっぷりした年輩の男を中に、若い男と女の三人が、さも可笑しそうに腹をゆすって笑っていた。

吃驚した松五郎は夢中で飛上がると、稲妻の背中へ獅噛《しが》みついた。

「お、親分……」

助けてくれ……の声は出なかった。

「はははは。松五郎、そう愕くことはない。心配するな、心配するな」

何故か狼狽もせず笑いながら振り返った稲妻は、怯えきった松五郎の肩を叩いた。

と、正面に立ったでっぷりした男は、つかつかと近寄ると、金箪笥の前へぴたりと坐った。

五十年輩、大きな眼を細めて笑うと、

「いや松五郎さん、どうも飛んだ仕事をさせて済まなかった。お詫から先へ云うが、どうか堪忍しておくんなさい。わたしは当家の主人小西屋清兵衛ですよ」

と云った。

「ええッ？」

松五郎はいよいよわけが判らなくなって、

「親分、こ、こりゃア一体……？」

と額の膏汗を手の甲で拭いながら、落着き払っている稲妻の顔を見上げた。

「はッははは。どうも飛んだ悪戯をして何とも済まぬ。実は拙者、稲妻小僧でも何でもない。御直参のはしくれで本多三千之助と申す者だ。当家の主人とは多年の悪友、もう遊びという遊びはしつくしたが、さて人に許された遊びでは、面白いと云っても高の知れたもの、ほとほと此程は飽きはてて、何か変った趣向はないかと考えあぐんだその末に、思いついたのが盗人遊びだ。一体本物の盗人はどのようにして仕事をするか、それが見たい……という事になった。それには屈《くっ》竟《きょう》のこの金箪笥、そこで見立てたのが錠前づくりの名人と云われたお前だ。これから先は云うまでもあるまい、うまうま稲妻小僧に化けて、お前を誘い出したというわけだ」

松五郎は夢に夢見る心地だったが、おぼろげながらもだんだんと事の仔細が判って来た。

「松五郎さん、さぞ腹もお立ちだろうがこれも災難と断念《あきら》めておくれ、その代りお礼と云っては何だが、まア今夜の骨折賃として五十両、これをお前さんに差上げるから、どうぞ堪忍しておくれ」

清兵衛は笑いながら懐中から、切餅二つを取出すと、懐紙へ載せて松五郎の前へすすめた。

「なア松五郎、こっちの洒落が判ったら、お前も笑って今夜のことは、水に流してもらいたい」

稲妻に化けた侍は抜々とした顔で云った。

なるほどそう云われて見れば、この侍の初めッからの悪落着きに落着いた態度や、塀の切戸のわけもなく明いたことや、土蔵の中の案内の手にとるように詳しかったことや、一々可笑しなことだらけだった。

しかし、からかわれた、担がれたと思うと流石に些と業腹だった。だが此方もうかうかと誘われて盗みに入ったという弱味があるので、忌々しいという気持より、恥しさが先に立った。眼の前の小判の山は惜しかったが、ここはおとなしく洒落にして、切餅二つで引退った方が悧巧だと、咄嗟の間に思案を極めた。

「へえ、ようがす、判りました。あっしア此まま引退ります。だが旦那方も随分罪な悪戯をなさるじゃアありやせんか。おかげであっしア十年がとこ寿命を縮めやしたぜ」

それが松五郎としては精一杯の皮肉だった。

「いや、あやまるあやまる」

と頭を下げた清兵衛は、

「それじゃア松五郎さん、それを納めてもらったら、一つ機嫌直しに、此方で一口あがっておくれ」

その言葉を合図のように、何台かの燭台に一度に灯が移されると、いつの間に支度をしたものか十畳の間の方に、三人分の膳が待っていた。

松五郎は切餅を腹巻の中へしまい込むと、清兵衛と侍とともに膳へついた。

二十五六の小柄な、丸髷に結った、細面のどことなく上品な女と、三十がらみの苦み走った顔立ちの手代らしい男とが、しきりと酒をすすめたり料理を搬んだりして饗応した。

間もなく入江町の鐘が聞えた。

「おおもう七ツ（四時）か。それじゃア松五郎さん。店の者が起き出すと困るから、今日はこれでお開きとしてくれないか。この蝶番の直しは後程あらためて使いを出すから」

「へえ、それじゃア又後程。どうも有難うござんした」

松五郎は手代らしい男に切戸まで送られて小西屋を出た。

（ヘッ、妙な晩だったッけ……）

水明りで仄に明るい竪川の河岸を、一つ目の橋ちかくまで来かかると、何か背後に人の近づく気勢《けはい》がした。おや？　と思って振り向くと二三人の人影がいきなりぬっと迫って来た。

うろたえた松五郎は、ふところの切餅を押えると、そのままドブンと竪川へ飛込んだ。

六

「へへへへ、そんなわけで親分、あっしア小西屋の旦那のおもちゃになったようなもンなんで、そりゃア盗人心を出したなア重々いけねえとこでしょうが、今度ンところはどうかまア御勘弁なすっておくんなさいまし」

「おい松、お前はしきりと小西屋の旦那旦那というが、今迄にも小西屋の旦那に逢ったことがあるのかえ?」

「いいえ、昨夜逢ったのが初めてなんで」

「五十がらみのでっぷりした奴だって?」

「へえ」

「大違えだ。小西屋の主人てえのは、まだ三十にならねえ痩せた男で、遊びに飽きるどころか、商売の他は見向きもしねえという珍らしい堅人《かたじん》だ」

「えっ、そ、それじゃア昨夜のあの男は?」

「稲妻小僧よ」

「ええッ?」

「ちゃんと金箪笥の扉の上へ、稲妻や昨日は東今日は西の句が書き残されてあったんだ」

松五郎はあっと息を嚥んだまま、眼を瞠ったきりだった。

「つまり前々からああした筋書を書いておいて、お前を巧くたらしこみ、金箪笥を明けた途端、これは旦那の悪戯だ、遊びだ洒落だと丸めてしまい、切餅二つでお前を追っ払ってしまったんだ」

「ちち畜生……」

松五郎は思わず歯ぎしりをして宙を睨んだ。

「ところで松や、その五十両は贋金じゃアねえのかえ?」

「ええッ?」

あわてた松五郎は鼠入らずの戸棚から、まだびっしょりと濡れている金包みを取出して封を切った。ざらざらとこぼれる山吹色の一枚を拾ってピーンと弾《はじ》いた。

「親分、こいつは本物のようですぜ」

清吉もその一枚を手にして見たが、それはたしかに本物だった。

「うむ、こいつは本物だ。だが此金はお前のままにゃア出来ねえぜ」

「ええ……?」

松五郎は眼を剥《む》いて、掌《て》の金と清吉の顔とを五分々々に見くらべた。

「盗人の手伝いをして貰った金じゃアねえか。とにかくこの一件が片附くまでは、お上で預かっておくことにする。みんな出しねえ」

「へえ……。そ、そんな寸法になりやすかねえ……」

残念そうにその小判を畳へおくと、

「そうして奴等が盗った金は、一体いくら有ったんですえ？」

「八千両よ」

「えッ、八《はっ》、八《はっ》、八《はっ》……」

松五郎はそのまま前へのめってしまった。

——清吉の介抱でやっと正気に返った松五郎は、いかに云訳したところで自分の仕業を考えれば、どうで巻添のぶち込まれと、すっかり観念の眼を閉じたが、何を思ったか清吉は、一味の人相、風体、言葉の端々などを訊き糺《ただ》すと、そのまま松五郎をしょびきもせずに帰って行った。

抛《ほっ》ておいても生洲《いけす》の雑魚《ざこ》で、いつでも掬《すく》えると思ったものか、その本心は判らなかったが、ともかくも松五郎、ほっと胸をなでおろした。

しかし思えば彼奴等に巧々《うまうま》一杯嵌められたのが、口惜しくってたまらなかった。あまりの忌々しさに家を飛出し、行きつけの小料理屋でやけ酒を煽ると、その勢いで吉原へくり込んだ。

もうそろそろ引け四つになろうという廓だったが、少し蒸し暑いような陽気のせいか、ぞめきの客は絶えなかった。

松五郎は馴染のいる京町の辰伊勢へ行くつもりで、蛍売りのこぼして行ったか、青い火のすういすういと飛んでいる、新丁字屋の暗がりの角を曲ると、ぶつッと雪踏の鼻緒が切れた。

（ちぇッ、悪い辻占だぜ）

と、その場へしゃがんで観世縒《かんぜより》を縒《よ》っていると、筋向いのあたりから、ああーッというとてつもない大きな欠伸《あくび》。びっくりして振り仰ぐと、新桔梗屋という女郎屋の妓夫台《ぎふ》で、若い者が両手を上げて伸びをしている。

色消しな野郎だナ……と呆れながら鼻緒を立てていると、その妓夫太郎、ぶつぶつと口叱言。

「ちょッ、どうしてこう閑暇《ひま》なんだろう。尤も玉が悪いからナ。これじゃア客もないわけだ。悪いにもいろいろあるが、よくもこう体形《なり》の小さい見伊達《みだて》のない、年増ばかり残ったものだ。どうしても花魁《おいらん》は大々《だいだい》としてる方が店付が立派だナ。モウひけだろうに些とも客足がとまらねえ。モシ喜瀬川さんえ、立膝の頬杖は恰好が悪うがすぜ、虫歯で困る観音様のようでいけねえ。小桜さんえ、お辞儀をしていずに顔を上げて、容色《きりょう》の好いとこを見せてやっておくんなさい。いけねえナ、豆なんぞ食べていては。辻占でも見て鼠啼《な》きでもしていなけりゃア有難くないネ。色を売る渡世だ、艶をつけておくンなさい。ああどれもこれも昨日今日泥水へ飛込んだ新妓《しんこ》じゃあるまいし、枕だこのある強者《つわもの》のくせに仕様のねえ女郎たちだ。ああーッ」

叱言が愚痴に、愚痴が欠伸に……。

松五郎クスクスと笑いながら、

（此店も一頃はひどく景気がよかったが、どうしてこうもさびれてしまったンだろう……）

などと思っていると、不意に背後で、

「おいおい、おい」

と、一寸周囲を憚るような、どすの利いた男の声。

俺か……と思って振り返ると、手足のまるで顕れた、ただ胴体だけに妙な布を纏っている頬冠りをした奴が、用水桶の影から、向うの新桔梗屋の若い者を手招きしている。

「へ、へい、どちらさまで……」

びっくりした若い者は肩を竦《すく》めて揉み手をした。

「馬鹿野郎、俺だよ、判らねえか」

「あっ、旦那で」

「馬鹿ッ、黙って来い」

若い者は小走りにその男の側へ駆け寄った。

鼻緒を据え終った松五郎は、何だか面白くなってきたので、わざとそのままの恰好でその方を窺っていた。

すると薄暗がりの二人は何やら押問答をしていたが、やがて若い者はくるくると帯を解いて着物を脱ぐと、一方の男もその妙な布を脱いだ。それは風呂敷に平紐をつけたようなもので、それを若い者に無理に着せると、自分は若い者の着物を着て帯を締め、頬冠りの手拭をとって若い者へ投げつけると、エヘンと乙に咳払を一つ、つかつかッと明るい格子の前を通って新桔梗屋の店へ入った。

その横顔を見た途端、あッと松五郎は尻餅をついた。

夢ではないかと自分の眼を疑った。やがて気を落ちつけると、裸にされて用水桶の影にしゃがんでいる若い者の側へ寄って行った。

「おい、若い衆さん」

「へ、へい、いらっしゃいまし。お手軽でいかがさま」

「ぶッ、いかがさまも無えものだ。当今吉原《なか》も物騒だな。追剥ぎ出るのかえ？」

「へッへへへ。どうも飛んだところを見られやしたな」

「いってエそりゃア何んだい？」

「へえ、馬の腹掛けだそうで」

「馬の腹掛けだ？　ぎふが馬の腹掛けとは洒落てるな」

「冷かしちゃアいけません。これも忠義で仕方がねえんで」

「馬の腹掛けをするのが忠義たア一体どういうわけなんだい？」

「実ア今のは手前どもの主人なんで」

「へえ、新桔梗屋の御亭主かい、今のが？」

「左様で」

「御亭主は馬の腹掛けで歩くのが道楽かい？」

「冗談じゃアありません。こりゃア極内《ごくない》ですが、これが好きでね」

と、つぼを振る手真似をして見せ、

「今夜も鳶細川《とんびほそかわ》の部屋で、すっかり取られて来たんだそうで。へへへへ。いかがさま、お安くお遊びなすって」

「いけねえいけねえ、こう前表が悪くッちゃア、どうで振りとばされの、食い倒されの、あすの朝は始末屋に下げられて、馬をつけられて帰るのがオチだ。まア出直して来ようよ、はははは」

何気なく笑ってその場を外すと、松五郎は駆け出したいのを我慢して、わざとゆっくり歩きながら仲之町の通りへ出た。追かけられるような思いで大門を出たとたん、

「おい、駕籠屋ア」と大きく呼んで、

「諏訪町までやっとくんな」

と急き込んだ時、

「おい、もう一梃諏訪町までだ」

ぎょッとして振り返ると、清吉の子分の小竹がにやにや笑って立っていた。

「あっ、小竹兄い」

「北番場から、ずっとお前を尾《つ》けていたんだ」

と、ずいッと松五郎の側へすり寄り、

「何か目串《めぐし》を串したらしいの」

「ゆ、昨夜の手代に逢ったんだ」

七

「まったく思いがけない拾いもので、翌る朝わたしは早速吉原へ参りましてな、何、会所で調べてもいいんですが、もしか洩れたりするといけませんので、心易い仲之町の西之宮という引手茶屋へ行き、亭主に逢って聞きますと、新桔梗屋の亭主は新之助と云って、京二にある桔梗屋の出店。初めは本家同様に玉も揃って客の受けもよかったが、この新之助というのが中々の道楽者、ことに手なぐさみが好きで、そのためとうといい玉は他処《よそ》へ鞍替えに出してしまい、この節ではすっかりさびれてしまった……と云うのです。そこで、

『つかぬ事を訊くようだが、桔梗屋では何処か川べりに、控家か寮のようなものを持ってませんかえ?』

『ありますよ、橋場に一軒。大川に向いた粋な家で、そこに何でも若い妾がいるそうですよ』

『舟なんか持ってる話を聞きませんか』

『持ってます持ってます。大そう釣が好きだそうで、よく夜釣などに行くそうです』

『五郎兵衛というのは五十すぎのでっぷりした、眼の大きい男でしたね』

『そうですよ、御存知で』

『時に桔梗屋か新桔梗屋かに、三十がらみのいい男の侍が、親しく出入するのを知りませんか

え?』

『さア私はよく知りませんが……。そうそう、宇治の紫文さんは桔梗屋の気に入りで、ちょいちょい橋場の方へ、行くそうですから、あの男に訊いてみましょう』

紫文というのは一中節《いっちゅうぶし》の師匠で、わたしも前々から知っている間でしたので、すぐに呼び寄せて訊いてみると、その侍というのは橋場にいる妾の兄で、近くの瓦町辺に住んでいるらしいと云うのです。

川添いの控屋や持舟のことを訊きましたのは、何しろ女連れの盗人《ぬすっと》が八千両からの重い金を持って、わずかな暁の闇の中を、そう遠くへ逃げられるものではない。殊に酒肴の膳部から燭台まで用意して来たことや、又小西屋の裏手がすぐ竪川の河岸通りになっていることから見ても、必ずその往き復《かえ》りは舟を使ったに違いねえと睨んだのです。

まアそんな手前味噌はとにかくとして、すぐに召捕る用意をしまして、新之助は細川の部屋から帰る所を、五郎兵衛は橋場へ行く途中を、それぞれ行き逢い捕りにしてしまいましたが、侍の奴には巧く逃げられてしまいました。

江戸中を騒がした稲妻という盗人は、この三人の仕業でして、女郎屋の亭主に化けていようとは気が附きませんでしたよ。無論五郎兵衛、新之助は打首獄門。それぞれの女房は遠島、橋場にいた妾は召捕《めしとり》に向った時、すでに自害して死んでいました。

お上でも哀れと思召しになったのか、死骸はお構いなしという事になったので、わたしがあの大……、いえ、さる寺へ埋めてやることにしましたよ……」

清吉はその長い話を終えると、冷えた盃の酒をすすった。

うなだれて聞いていた侍は、やがて顔を上げると静かに云った。

「悪い兄を持って、その女も哀れでしたな……。してその侍は、いまだに捕《とらわ》れませぬか」

「ええ」

「いや、天網恢々疎《てんもうかいかいそ》にして洩さず、遁れ切れるものではない。今にも直ぐ御手前の手に、即ちかくいう……」

と云いかけるのを、清吉は軽く遮って、

「おっとっと。何ですねえ、今更捕まえたってどうなるもんですか。その侍も今は余程いい年でしょう。命があったら、何か罪滅しにでも使ってくれた方が、世間の為にどれだけいいか知れませんよ」

と笑って云った。

「むむなるほど……。いや、これは申される通りだな。清吉殿、一つ献じよう……」

眼をしばたたいた侍は、盃の滴《しずく》を切ると清吉へ差した。

いつしか晴れた五月雨に、あたりの若葉は燃えるように光っていた。

辰巳八景

一

「ちょッ、何で今夜はこんなに灯《あかり》が暗いんだろうねエ」

おふみは癇癪らしく青眉《まゆ》をひそめ、邪慳に黄楊《つげ》の櫛で潰島田《つぶし》の髷を掻き上げると、横にいざって筒行灯《つつあんどん》の蓋を明け、芯剪《しんきり》で灯先《ほさき》を剪《き》った。

部屋の中はパッと生き返ったように明るくなった。ようやくやんだらしい朝からの生温い雨が、ぽつんぽつんと廂《ひさし》から音を立てて落ちている——。

「お前さん、何をぼんやりしてんのさ。さア熱いのが燗《つ》いたよ」

黄と紫の滝縞のお召しの半纏の袖口から、すんなりした白い右腕がすっくと伸びて、長火鉢の銅壺から藍竹の徳利をひっこ抜くと、思案らしく腕を組んで俯向いている平吉の前へ突き出した。

「うむ……」

初めて気のついたように平吉は、膳の上の冷えた猪口《ちょこ》を取り上げると、きゅッと飲《あ》けて差し出した。とくとくッと芳《かんば》しい香気とともに、こんもりと猪口が山吹色にもりあがる。

「おやッ？　誰か来たようだよ。はい、どなた？」

おふみは聞耳を立てた。

平吉もキラッと門口の方へ眼を遣った。が、返事はない――。

「風かしら……」

そういえば先刻から、ぱちゃんぱちゃんと、河岸《かし》の石垣を洗う波の音が、かなりに強く聞えていたっけ――。

「いやに陰気な晩じゃアないか。フン、これでおしまちゃんの幽霊でも出りゃアお誂えだよ」

「ば、ばかなことを云うな」

平吉は怯《おび》えたように顔を硬《こわ》ばらした。

「ほほほほ。ほんとにお前さんは臆病だねえ。焼酎火《しょうちゅうび》を燃やすのは、お前さんのお得意じゃアないか」

「べ、篦坊め、それとこれとはわけが違わア。つ、つまらねえことを云ってくれるな」

平吉は怖しさを払うように、猪口をあおって差し出す。

ちっと小作りの色の蒼白い細面、眼が少し細くって吊り気味だが、唐桟縞《とうざんじま》の袷に小弁慶の下馬《したうま》をつけた小粋な様子は、堅気の職人か遊人《ゆうじん》か一寸けじめがつけかねた。

三つ違いで二十二《ならび》になるおふみは、平吉によりそうように横坐りに坐って酌をしながら、

「ねエちょいと、おしまちゃんは、本当に藤さんが殺ったんだろうか?」

平吉はごくッと音を立てて飲みほすと、むせるように咳をしながら、

「さ、そいつを今も考えていたんだ。あの気の弱え藤兵衛さんが、何ぼ何でもあんなひでえ真似はしめえと思うが、しかし八丁堀の旦那衆達が、そのお見込みでしょびいて行ったてえんだから、まア間違エは無えのだろう」

「お前さんもその現所は見なかったんだねえ」

「俺か? 当り前《めえ》じゃアねえか。俺アその時刻にゃアまだ芝居の中で働いていたんだ。葺屋町から深川仲町、一里近くも離れてんのに見る筈が無えじゃアねえか」

「ほほほほ。何もお白洲でのお調べじゃアあるまいし、そんなにむきになって云い開きをしなくたっていいじゃアないか。あたしは恰度お弟子たちと木母寺《もくぼじ》の梅若さまへお詣りに行ってたので、帰って来てから駆けつけて行った時は、もうお前さんたちも集まっていて、おしまちゃんの死骸にも着物を着せ、奥の間へ寝かしてあったので、風呂場も覗きゃアしなかったけど、お浜の話を聞いただけで、あたしゃアほんとに身顫いがしたよ」

「うむ、真ッ裸で絞め殺されていたんだってなア……」

「お調べからお通夜からお葬《とむら》い、その間お前は芝居が忙しく、稀《たま》に顔を合わすだけで碌々口も利かなかったんで、こうやって家へ帰って落附くと、何だか山ほど話が溜ってるような気がして……」

「そりゃア俺も同じことさ。死んだほとけを悪く云っちゃアすまねえが、あのおしまちゃんてえ女はどうもよくねえ噂ばかりで、今に何か起らなきゃアいいがと思っていたのさ。だが、お前には何と云っても実の妹、さぞ口惜しいことだろう」

平吉は猪口を置いてしんみりと云った。

「ふふッ、改まったお悔みで恐れ入るネ」

おふみは苦笑に紛らしたが、それでも流石に声を湿らし、

「生きてるうちは、さんざ喧嘩をした子だったが、こうなって見ると、やっぱし可哀そうでねエ……」

と、そっと紅指で瞼を押えた。

「うむ……。俺アまだ詳しい事ア知らねえのだが、一体《いってえ》どういう風だったんだい、その時は？」

「何ネ、下働きのお浜が夕方玄関掃除をしていると、藤さんが浮かない顔をして帰って来た。盛塩をしながらお帰んなさいと声をかけると、黙って勝手口から家へ入った。お浜が掃除をすまして裏手へ廻ると、急に湯殿から、おしまおしまッて云う藤さんのただならない大声に、びっくりして焚口の切戸から顔を出すと、真ッ裸の藤さんが、これも真ッ裸のおしまちゃんを抱いて、しきりに呼び生《い》けていたッて云うのさ」

「ふうむ、それじゃアお浜の云い立てで、藤兵衛さんが下手人てえ事になったんだな。そいで藤兵衛さんはその云い立てを、違うとも何とも云わねえのかえ？」

「ああ、お浜の見た通りに違いない。ただ私は座敷女中のお村から、おしまが湯へ入っていると聞いたので、自分も入りたくなって湯殿へ行き、裸になって中へ入ると、おしまが殆ど大の字なりに、狭い流し場に倒れていた、初めは酔ッぱらって寝てるのかと思って、抱き起して声をかけたが返事がない、体は冷たくなっている、それで吃驚して大声を出した……と、こう云うのさ」

「ふうむ、それだけじゃア些と云訳にならねえな」

「おまけにこんな事も云ったそうだよ。私が手にかけたのではございませんが、実は今までに、何度殺してやろうと思ったか知れません、その都度、いやいやそれでは恥の上塗りと胸を押えてまいりました。今こんなことにぶつかりましたも何かの因縁でございましょう、何卒よいようになすって下さいまし……と、しごく神妙に云ったんだってさ」

「なるほどね、いかにも藤兵衛さんらしい云い方だが、他の者には通じねえな」

「そうなんだよ、それにネ、喉ンとこに紫色の痣になって残っていた指の痕が、藤さんの親指の大きさにぴったりと合うんだってさ」

「えっ、指の痕？　そんな証拠が残ってたのか……？」

「ああ、それでもう否応なしに連れて行かれてしまったのさ。だけどあたしゃアたといどんな証拠があろうと、下手人は藤さんじゃ無いと思うよ」

「へえ、そりゃア何故にね？」

「だってあんな心の優しい人に、何で人殺しなんかが出来るもんかネ」

はっきりとそう云い切ったおふみの顔を、平吉はじろッと白い目で見ると、唇尻《くちじり》を曲げて嘲けるように云い返した。

「ヘッ、大きにそうでござんしょうよ。いっそお奉行所の白洲へ出て、あたしが慥《たしか》に受合いますと、云い開きをやったらどうだ？」

「おや、変に絡むじゃないか。あたしが藤さんの肩を持つのが、何でそんなに腹が立つのさ？」

「とかくに前の旦那てえものは、何彼につけて懐かしいもんだってえからな」

平吉は頬を硬ばらして外方《そっぽ》を向いた。

おふみは吃驚したように眼を瞠ったが、忽ちぷッと吹き出すと、白い喉を反して笑った。

「まア呆れた、いけ好かない甚助だよ。何も藤さんなんかの事で、そんな焼餅をやかなくたって、ふッふッふッ。ねえ、ちょいと、お前さんてば、厭だねえ、そんな脹れたりして」

「悪かったな、脹れたりして。フン糞面白くもねえ、そんなにあの藤兵衛が好きだったんなら、妹なんかに取られねえように、しっかりと摑めえてりゃアいいじゃア無えか」

「あら、妙なことをお云いだねえ。何時《いつ》あたしがあの藤さんを、おしまに取られたって云うんだい？　え？　あたしが藤さんに落籍《ひか》されて、冬木河岸に囲われてた時、しくじったのは誰のためさ。お前さんてえ人が出来、淫事《いたずら》をしててんのを見つかったからこそじゃアないか。あんまり勝手なことをお云いでないよ」

「フン、しくじってお気の毒さまなこった」

「アレ、まだそんな、口惜しいッ」

真蒼になったおふみは、かッと平吉に摑みかかると、左の腕を強く噛んだ。

「な、何をしやがる、気狂エめッ」

平吉は力まかせに突き放した。おふみはしたたか長火鉢に背中を打って呻きながらも、「チチ畜生、義理知らずッ」

と、又してもむしゃぶりついて行った。

二

「まア大体そんなとこで、それからすぐに徳利が飛ぶ鉄瓶が飛ぶ、イヤもう大変な荒れようで……」

その翌る朝八時《いつつ》頃、浅草諏訪町の紅勘横丁。からりと晴れた春の陽が部屋いっぱいに射している茶の間で、先頃の黒手組の捕物に左の足首に大きな怪我をし、いまだに寝ついている清吉の枕元で、子分の三太が、昨夜窺って来た深川永木横丁、清元延富美の家の一件を身ぶり手真似で報告していた。

「フム、するてえとそのおふみてえ姉も、初めは藤兵衛の世話になっていたってわけだな」

「左様で。元は仲町の尾花家から富美吉と云って出てた奴ですが、面はよし気ッぷはよし、清元《きよもと》は名取てえので、当時は随分売れた芸者《はおり》だったって云いやす。それを藤兵衛が落籍《ひか》して、程近い冬木河岸に船板塀に見越しの松。ところが直《すぐ》と清元の浚《さらい》か何かで、その平吉てえ気障な野郎と、ヘひょんな縁《えにし》でこのような、ついこうなった仲じゃゆえ……なんてェ事になったので、流石の藤兵衛も愛想をつかし、とうとうお払い箱にしちまったてえわけで」

「姉妹揃って浮気者だな。して、その平吉てえ奴は市村座《ふきやちょう》で何をしてる奴なんだ」

「小道具の方だそうですよ」

「小道具か……」

眼を瞑《つぶ》って眉をひそめる清吉を、訝しそうに覗き込んだ三太は、ややあって声をかけた。

「ねえ親分、お前さんは最初《はな》ッから平吉の野郎に眼をつけていなさるようだが、そんなに彼奴が臭うがすかえ?」

「なに、これと云って証拠は無えが、初めにおしまを取巻く人形を聞かされた時、妙に其奴が気になってての」

「へえ、いつもの勘ですネ。そんならいっそのこと引上げて引ぱたいて見やしょうか? 親分の勘はいつも凄く当るんだから」

「いけねえいけねえ、仮にも定廻りの安原さんや佐賀町の弥太郎が、下手人は藤兵衛と引縛《ひっくく》った後を廻ってほじくるんだから、平吉に限らず無闇に引張るわけにゃアいかねえ。まア片ッ端から洗った上、よほどの手証を握らねえことには手出しは出来ねえ。ところで平吉にこだわるようだが、もう些と詳しく洗って来てくれねえか」

「へえ、じゃアともかくも芝居の方を洗って来やしょう」

「如才《じょせえ》もあるめえが、おしまの殺られた十五日はどうしていたか、そこをはっきり突とめてきてくれ」

「あい、ようがす」

気の早い三太は直にそそくさと出て行った。

殆どそれと入れ違いに竹五郎が、仲町からの報告を齎《もたら》して来た。彼は三筋町で古着屋をしているのと、体が小さいのとで、古竹とも小竹とも云われていた。

「殺されたおしまてえ女は、おいち、おふみと三人姉妹で、何でも蛤町の雑魚《ざこ》売りの娘だてえことです。小せえ時に両親に死別れ、彼方へやられ此方へ遣られで、ひどく苦労をして来たせいか、若えに似合わず度胸の坐った、尻腰《しっこし》の強え女達で、男にかけても金にかけても仲々凄え腕を持ってるてえ、土地じゃア札つきの女だそうです」

「ふうむ、そんなしたたか者の揃いかえ？　そうして姉妹仲はどうなんだ？」

「さアそれも他人に、殊に男なんかに向っちゃアいつも姉妹一緒になって、身の皮を剥ぐような荒ッぽい真似をしてるてえますが、姉妹同志はいつも喧嘩ばかりしてるそうですよ」

「どんな喧嘩だ、情夫《いろ》の取りッくらでもしてンのか」

「なアに、そんな色ッぽいんじゃア無えので、分前を誰が余計にとった、誰が内証でピンを刎ねたとか、そんな事ばっかりだそうで」

「イヤ、こいつア色ッぽく無え奴らだなア。そんな手合が伸《の》してるようじゃ深川《たつみ》も末だな。ところで一番姉のおいちてえのは？」

「こいつがまア一番苦労もしているだけに腕もよく、七八年前、仲町の尾花家から市松と云って出ていた時分にゃア、豊国の描いた辰巳八景てえ八枚つづきのうち、仲町の夜雨《やう》てえ見立の中に描かれたくれえのいい女で。そのころ大伝馬町の松坂屋、あの太物《ふともの》問屋の親父に落籍《ひか》されて、それで出したのが仲町の平松てえ料理茶屋で」

「ふうむ、だが、そんな奴じゃア旦那一人を大事に守ってるなんてことアあるめえ」

「お手の筋で。何でも芸者に出てた時からの間夫《まぶ》で、尾形金五郎てえ悪足《わるあし》が附いてるそうです」

「浪人かえ？」

「いいえ、鉄砲方同心で」

「フム、磨き同心か。安御家人にゃア性質《たち》のよくねえのが多いから、それじゃアおいちも相当しぼられているんだろう」

「イエそれが大違えで。情夫《いろ》にだって大した小遣を遣りゃアしません。女中の話だとせいぜい二分か三分、一両と纏まって遣るようなことアねえそうで」

「イヤ呆れ返った吝《しみ》ッたれだな。子供は無えのか？」

「ありやせん。もう二十七だてえますから、今からは無えでしょう。だから血眼になって貯めこんでるッて評判です」

「なるほどな。次のおふみは三太から聞いたと。そこで肝腎のおしまの方はどうなのだ」

「へえ、これがまた三人の中じゃア一番容貌《きりょう》もいい代りにゃア浮気者で、御寄進の輩《ともがら》も何人いるか判らねえくれえ。何でも十五の時、裾継《すそつぎ》のつまらねえ店に預けてあったのを、おいちが平松の店を持った時に引取り、娘分にしておいたのを、割下水の本多備後様の御隠居の眼にとまって御部屋へ上る。三年ばかりで隠居が死んで、たんまりお手当を貰って帰って来た時、恰度おふみに間男《まおとこ》をされて、むしゃくしゃ腹で遊んでた藤兵衛が見染めて、是非世話をしたいと云い出した。何しろ藤兵衛もまだそのころは、松屋河岸の尾張屋と云えば内証はともかくも桧物では一二と云われる材木問屋、旦那にとって不足はない。殊にお人好してえことはおふみの時で判っているので、おいちの方が乗気になり、おしまを口説き落して旦那に持たしたてえわけなんで」

「なるほど、それで菊本てえ待合茶屋が出来たんだな？」

「さいです。ところが其頃はもう尾張屋の身上はガタがタで、御内儀《おかみ》さんはあまりの放蕩に呆れ返って、二人の娘を連れて実家へ帰る。商売はいよいよ手詰る。そこで一気に盛返そうと慣れねえ米相場へ手を出したのが運のつきで、忽ち分散てえ事になり、藤兵衛は殆ど着たきり雀てえ恰好で、菊本へ転がり込んで来たてえわけです」

「うむ……」

清吉は眉をひそめるとともに、一昨日の晩、阿部川町の弁長が連れて来た藤兵衛の娘、お照の顔を思い出して暗然とした——。

そもそも今度の一件は、清吉にとって、まことにやりにくい迷惑な事件《こと》だった。

弁長という坊主はこれという寺を持たない、頼まれれば何処へでも読経《どきょう》に行くお斎《とき》坊主で、その弁長から深川仲町のおしま殺しの下手人について、再調べをしてくれと頼み込まれた。それというのは相長屋のお照が父の無実を嘆いて、是非清吉に頼んでくれと訴えたからだった。十七になるお照は、父に限って人殺しなどをするような者ではないと云い張った。

お照のそう云い張る拠《よりどころ》は、おしま殺しのあった前の日の十四日に、この一日《ついたち》から深川永代寺で開帳されている下総成田の不動尊へ参詣に行った帰り、その境内でぱったりと父の藤兵衛に逢った事から初まる——。

お照は三年前、母に連れられて妹のお浅とともに、日本橋立花町の丸伊と云う質店である実家へ帰っていたが、間もなく母は患いついて亡なった。それが不幸の始まりで、つづいて二度の類焼、当主の発狂と、災難ばかり重なって、遂に阿部川町の裏借屋まで落ちて来た。そして今では浅草寺境内の水茶屋に愛嬌を売る身の上だった。

そのころ藤兵衛は、おしまから僅ばかりの小遣銭を貰っては、毎日講釈場や落語の席、或は神社仏閣名所歩きと、金のかからぬ所を選って永い日をつぶしていた。他人《ひと》からはひどく羨しがられる身分だったが、実は菊本にいてはおしまの邪魔になるからだった。

おしまは藤兵衛から金が出なくなると、もと自分を贔屓にしていてくれた客を次々に呼び寄せた。むろん芸者は呼ばず、女中さえも遠ざけて、客と二人長い時間《とき》をつぶしていた。

事を荒立てれば、金の切れ目が縁の切れ目で、藤兵衛は菊本を出て行かなければならなかった。五十に近い藤兵衛とて嫉妬の炎の消え去ったわけではないが、菊本を出ては其日から身を寄せる家もなかった。藤兵衛は出て行けがしのおしまの仕打ちにじっと目を瞑《つむ》って、何事も知らぬ顔になるべく家を外にしていた。

もとよりお照はそうした藤兵衛の日常を知る由もなかったが、窶《やつ》れた父を一目見た時、今までの怨みは消えた。藤兵衛も今迄の所行《しょぎょう》を心からお照に詫び、二三日の中には必ず阿部川町へ訪ねて行く、いずれ詳《くわ》しい話はその時にと、約束をして別れたのだった。

初めて見た情《なさけ》のこもった父親の顔、あの父親にどうして人殺しなどが出来ようか……。ただそれだけがお照の拠《よりどころ》であったのだ。

岡っ引にとって、下手人の身内から泣きつかれるくらい苦手なことはない。ことにそれがいたいけな子供や、年老いた母や、うらわかい娘などの場合、まことに持て余すものなのだが、この場合もそうであった。結句、それでは念晴らしに、もう一度自分の手で洗って見よう、すべてはその上の事として、ひとまずお照を帰したのだった――。

「アアそれから親分、妙な事を聞いて来やした」

はっと夢から覚めたように清吉は、思わず鋭く小竹を見上げた。

三

「こりゃア平松の女中のお民てえのから聞き出したんだが、十四日の日の夕方に、おしまの奴が平松へ二百両てえ金を持って来て、おいちに預けて行ったらしいッてこってす」

「えッ、二百両を……？　らしいてえのはどういうわけだ」

「何ネ、お民てえのが燗《かん》番をしながら所々聞いたんだてえんですが、その少し前からおふみの奴も来てたそうで、恰度客があって、おいちがその座敷へ行ってると……」


「おしまちゃん、お前、あんな大金を、どうして姉さんなんかに預けるんだい？」

「どうしてって、家へ置いといちゃア危いからさ」

「危いッて？」

「何、うちの兵六玉が何思ったか、あたしに些《ちっ》と金を貸せって云うんだよ。いくら要るんだって聞いたら、俺もこうやって何時までもお前の厄介になってるのも心苦しい。まだ老い朽ちたって年齢《とし》でもないから、もう一度立ち直って見たい。それについて資本《もとで》として、百両ばかり貸してくれってこう云うのさ。冗談じゃアない、そんな大金があるもんかねッて云うと、何、無いこともないだろうッて妙な目附をするんだよ。ここ二三年で貯め込んだ此の二百両を嗅ぎつけられたかと、思わずぎょッとしたんだけど、どこまでも無い無いの一点張りで押し切ってしまったのさ。だけど、あのようすじゃアいつ何時《なんどき》盗まれッか知れないんで、そいで姉さんとこへ預けに来たのさ。この巌乗《がんじょう》な金簞笥なら、本物の泥坊が来たって大丈夫だからネ」

「ふふふ、泥坊よか姉さんの方がよっぽど怖いよ」

「えッ？　ま、まさか……。いいえ、もしもそんなことがあったら、あたしゃア姉さんの喉笛へ喰《くら》いついて、食《く》い殺してやるから……」

「はッはッはッ、何奴も此奴も金の亡者で、ひでえ奴等じゃありませんか」

道楽をしていた時は落語の前座までしたという小竹が、面白可笑く話すのを苦笑しながら聞いていた清吉は、ふと俄に眉をひそめた。

「じゃア何か、十四日の夕方に、藤兵衛がおしまに金の無心をしたと云うのだな？」

「へえ、さいで」

「ふむ……」

はッと清吉の思案の中に二つの大きな目標《まと》が立った。無心を刎ねられた怨みからおしまを扼《し》め殺した。しかも互に裸のままであったというのも、永く一つ寝を拒まれていたであろう藤兵衛の気持として、自分では心づかない逆上だったかも知れないが、肯《うなず》かれないこともない。又無心をしたというその理由《わけ》も、お照の語った言葉と思い合せれば、どんなにそれが突きつめた無心だったかもよく判る。

しかし一方邪推をすれば、おしまが死ねば、その二百両は結句そのままおいちのものになるということである。まさか……とは思うものの、並々ならず金に執するおいちとしてこの場合、一応は考えておいてもいいと思った。が、双方とも清吉には、どうにもまだ納得できないものがあった。

「おしまは近頃もっぱら元の馴染を咥え込んでいるてえことだが、その連名を読んでみてくれ」

「ナニ、数アそんなに多かアありやせん。先ず魚河岸の伊勢新の隠居に、おなじ日本橋室町の鼈《べっ》甲《こう》問屋長門屋の伜の文太郎、それと芸州様御留守居の依田てえ侍、他に茅場町にいる遊人《ゆうじん》で虎吉てえ野郎、此奴アまア情夫《いろ》みてえなもので、おしまの方から小遣銭を遣ったり、着物を拵《こせ》えてやってるそうで。まアこの四人が常連で、後アその日の出来心てえとこでござんしょう」

「フム、伊勢新の隠居も講中かい、イヤハヤどうも達者なものだな」

清吉は思わず苦笑して呟いた。

伊勢新と云えば魚河岸では聞えた問屋で、隠居の新兵衛はもう六十を越していたが、佃のぼてふりから仕上げたというだけあって、おそろしく利かぬ気の、芝居で見る金藤次か瀬尾《せのお》を世話にしたような元気のいい老人で、清吉も何度か逢って知っていた。

鼈甲問屋の長門屋も日本橋では古くから知られた店で、一人息子の文太郎は女房もある身だが、最近もっとも烈しく菊本へ通って来ていて、ずいぶん金も搾《しぼ》られているらしいという。又遊人の虎吉はまだ二十《はたち》そこその、仲間では猫虎々と云われているおとなしい男で、おしまとは裾継《すそつぎ》にいた頃からの仲だった。

伊勢新、文太郎、猫虎と、小竹がそれとなく当って見たところでは、これという怪しい節はないと云う。ただ依田某という侍だけは寄りつけなかった。尤もこれは月に一度か二度の鷹揚な遊びで、こそこそと忍び込むような客ではないから、詮議の他だと云うのだった。こうなると藤兵衛にとっては、どこまでも不利な情勢《かたち》となって来た。

「ムム、ところでその男たちの間には、おしまを中に、何か紛擾《いざこざ》はなかったのかえ?」

「いざこざ? あ、そうそう」

小竹は怱ち可笑くてたまらぬように、吹き出しながら話し出した。

「イヤもうあのおしまてえ女は、生得淫乱てえのか、いつも二人三人の男と関り合っていねえと気のすまねえ女らしく、何てえますか始終そういう野郎を巧く操るてえことを、ひどく面白がってるような変な阿魔で。此間も何だそうですよ。真ッ昼間、猫虎と一緒に湯へ入っていちゃついているとこへ、伊勢新の隠居がやって来てネ、『おしまは?』ッて聞く。女中のお村が慌てて『おかみさんは今お湯へ入ってますが、もうすぐに上りますから』ッて云うと、隠居も隠居さ『そんなら俺も入ろう』と、のこのこ湯殿へ行く。イヤ見られたら大変と、お村は横ッ飛びに駆《か》けてッて、ガラッと戸を明けると、いかに湯殿と云いながら、顔から火の出るひどい濡れ場、あッと思わず立往生に『ばかッ、何をいきなり明けるんだい、早く引ッ込みッたら』と大目玉。

『デ、デモ伊勢新の旦那が……』『えっ、伊勢新のッ？』そこへ隠居が『俺も入るよ』と、お村の肩越しに鎌ッ首をにゅッ。猫虎あわてて湯舟へぼちゃんと潜ったが、もう追ッつかない。『オヤ先客さまかい、コレハ失礼』と、そのままさっさと帰っちまったが、それっきり何度呼び出しをかけても来ねえそうで。おしまの奴は口惜しがり、金蔓《かねづる》が一つ切れた、これもお前がトンマだからと、お村に叱言を云ったそうで。お村もこんな間尺に合わないことはないとこぼしていやした。はッはッはッ」

小竹の高笑いを聞きながら清吉の脳裡には、藤兵衛、猫虎、伊勢新、文太郎、依田某と、じかにおしまを取巻く男たちから、おいち金五郎、おふみ平吉の二組の男女が、伊勢新の他は顔も知らない相手ながら、ずらり列《なら》んでくるくると、吹矢の的のように廻っていた。

「ねえ親分、こいつア佐賀町が目串を刺しなすった通り、やっぱし藤兵衛の仕業のように思いやすがねえ。いかにお人好しの藤兵衛でも、手前が店を持たし囲っておいた妾《めかけ》が、いくら此方が落ぶれたからって、取ッ替え引っ替え野郎を呼び込み、いちゃつくのを見せられちゃア何ぼ何でも我慢が出来めえと思いやすネ」

「うむ……」

「仮りに藤兵衛の申立てを本当とすれば、藤兵衛が湯殿へ入る前に、誰かが入って扼《し》め殺して逃げたてえ事になりやすが、そう広くも無え家で、帳場にはお村、戸外《そと》にはお浜がいたんだから、怪しい奴が忍び込むとか、湯殿できゃアとかすウとか喚めきゃア気のつかねえ筈は無えので」

「お村は本当にずっと帳場にいたんだろうな」

「そりゃアもうあっしが厳しく洗いやした。それに例のおしまの咽に残ってる紫の痣《あざ》、つまり親指の痕《あと》てえのが相当大きい痕だそうで、藤兵衛の指をあてて見るとぴったり合ったってえます。何しろ藤兵衛は先代が生きてる間は小僧同様に追い使われ、材木も担げば、立てかけた高い材木の上を、ぴょいぴょい飛んで歩いたくらいだそうですから、骨組は厳丈で、手足も相当にごついそうで……。こりゃアいくらほじくッても、何だか無駄なような気がしやすぜ」

淡白《あっさり》した気性の小竹は、もうなかば投げた口調でそう云った。

先程から床の上に起き直り、痛む足を投げ出して腕を組んでいた清吉は、判断のつかぬ時のいつもの癖で、いよいよ眉間の皺を深めた。それと見て小竹は、ちょっと首をすくめると、腫物《はれ》に触るような調子で云った。

「親分、それともお前さんにゃア、何か他に刺した目串があるんですかえ」

「それが無えから困ってるんだ。強いて云えば、それほど浮気な女だから、ひょんな所にひょんな伏玉《ふせだま》があるような気がするんだ」

「へえ、するてえと、たとえば……?」

「たとえば? そうよな、まア仮の話が、おいちの情夫《いろ》の金五郎、おふみの亭主の平吉、此奴らとも何か関り合いがあるかも知れねえし、又お前が今話した二百両の一件も、いえさ、何もおいちが何うしたと云うのでなしに、何かさらりとしねえじゃねえか」

「なるほどねえ……」暫く考えていた小竹が、大きく肯《うなず》くときっぱり云った。「わかりやした。じゃアもう一度、奴等のあの日の足取りを洗って見やしょう」

「ムムそうしてくれ。平吉の方は三太がやってるから、お前は米三と二人で、金五郎、猫虎、文太郎などを当って見てくれ」

「へえ。伊勢新はようがすかえ?」

「伊勢新……と、そうよな……」

「湯殿で濡場を見てから此方、てんで現れねえとは云いやすが」

「まアあの隠居はいいだろう。じゃア念晴しに一つ頼む」

「あい、ようがす。だが親分、お前さんも体が利かねえでじれってえだろうが、まア癇癪《かんしゃく》を起さねえでいてくんねえ、ようがすかえ」

小竹は清吉の気むずかしい顔附に、笑いながらそうなだめて出て行った。

四

「ねえ、姉さん、あの菊本の方は一体どうするつもりなのさ」

「どうするッて、あんなけちのついた家、どうにもなりゃアしない。当分はまアああしておくさ」

「ふーん。ねえ、そんならどうだろう、あたしに遣《や》らして見ちゃアくれないかえ?」

「え、お前さんに?」

「ああ、いくらけちのついた家だって、何も化物屋敷じゃアあるまいし、やりようによったら、かえって巧く行くんじゃないかと思うのさ。ねえ、やらしておくれよ」

「そうさねえ……」

「あたしンとこもお弟子は少し、うちの人の芝居から貰ってくるお給金ぐらいじゃア、好きな酒も飲めやしないのさ。ねえ、ここらで何とか身《み》じんまくを立てたいンだから、一つやらして見ておくれよ」

「そうだねえ……」

おいちは愛想のない白けた顔で、すぱすぱ煙草を喫っていた。

「いけないかえ?」

長火鉢の真向うに坐ったおふみは、キラッと眼を上げて、わざとおいちをまともに見すえた。

「いけないッてわけじゃアないが、あたしのつもりじゃアどうせけちのついた家、人の噂も七十五日で、ほとぼりの冷めた時分に、さっさと売ってしまいたいのさ」

「えッ、売っちまう……?」

「ああ、その方が気が利いてるよ」

「へーえ……」

いささか毒気をぬかれた形で、いつもキチンと身だしなみのいいおいちの舐《な》めたように艶々と撫でつけられた丸髷から、キッチリ合せた上田縞に黒八のかかった衿元を、おふみは目を丸くして見上げた。

「いけないかい?」

ポンと朱羅宇の煙管をはたいたおいちは、つめたい口調で切り返して来た。

長火鉢のふちに手をかけたまま、何にも云わずに見返していたおふみは、やがてにやッと笑って云った。

「それやアまア値よく売れりゃア売ったたっていいけど、姉さん、その時やアあたしにも、山分にしてくれるんだろうねエ」

「えっ、何だってッ?」

「おしまちゃんの形身《かたみ》代り、仲よく二人で分けるんだろ?」

「冗、冗談だろう。あの子にはあたしゃア今まで、さんざ金を注ぎこんで来たんだ。口幅ッたいことを云うようだけど、お前さんにしろおしまにしろ一人前にするまでにはどんなに苦労したか知れやしない。いわば親代りのあたしだから、あの菊本の家一軒くらい、どうしようとあたしのままさ。お前さんの差図は受けないよ」

おいちは細面の頰を硬ばらしてつけつけそう云うと、わざと大きく煙の輪を吹いて見せた。

「へーえ、なるほどねえ、親代りか、ふふふふ」

と、鼻ッ先で笑ったおふみは、嘲けるように云い返した。

「そりゃアずいぶんお前さんには世話になったさ。だけど姉さん、その代りにはずいぶん又お前さんの食物にもなって上げたよ。十五や六から客をとって、ここの家の身上を肥らしたのも妹なればこそじゃアないか。菊本の家くらい熨斗《のし》をつけてくれたって、文句は無い筈だと思うがねえ」

「ば、ばかなことをお云いでないよ。お前があの平さんと一緒になってからだって、毎月無心に来ない月があったかい？　それ三両貸せ五両貸せ、十両と纏まって貸してやったことだってあるんだよ。あんまりいい気におなりでないよ」

「へえ、そりゃアお悪うござんしたネ。だけどいくらおしまちゃんが死んだからって、あの家をそっくりお前さんが奪るってことはない。ふふん、まアこりゃアいずれ町役人の旦那にでも聞いてもらおうよ。それはそれとして、ねえ姉さん、今日百両ばかり貸しておくれ」

「えっ、百、百両……？」

「ああ、こないだおしまちゃんが預けた二百両。まさかあれまでお前さんが猫ばばを極める気じゃアないだろうネ。そこの金簞笥に蔵《しま》ってある筈、あン中から半分出して貸しておくれ」

「ばば馬鹿も休み休みお云いよ。百両なんて大金を何でお前なんかにやれるもんかい」

「やれないッて、あの金はお前さんのものかえ？」

「たとい誰のものだろうと、あたしが預った二百両、滅多な奴に貸せるもんかい」

「へえ、それじゃアその金までくすねてしまう心算なのかい？　ふーん、それじゃアおしまちゃんが殺されたのも、誰の差金だか知れやアしない」

「な、何だってッ？」

さっと顔を蒼くしたおいちは、思わずすっくと膝で立つと、身を顫わしておふみを睨んだ。

「何がどうしたのさ。ああ、世の中は恐ろしいってことさ」

おふみはわざとふてぶてしく薄笑いを泛べると、じろりおいちを尻眼にかけ、珊瑚の簪《かんざし》を引抜いてやけに潰島田《つぶし》の根を掻いた。

「ち、畜生ッ」

おいちの顫える手がさっと伸びて、その潰島田の髷を摑んだ。

「あッ、なッ、何をするのさッ」

二人はぱっと立上がると、むちゃくちゃに摑み合った。

とその時、襖を明けた一人の男、にやにや笑いながら部屋へ這入ると、二人の肩へ手をかけて力まかせに引き放した。

「痛ッ、痛ッ、痛ッ」

二人の女は摑まれた肩の痛さに、もろくも互に手を放し、へたへたと其場へ崩折《たお》れた。

「だ、誰だい、お前さんは？」

肩に手を当て、烈しい呼吸をつきながら、おいちは押入って来た男を咎めた。

「ははは、すまねえすまねえ。いくら声をかけても返事が無えから上って来た。俺は御上の御用を聞く目明しの下ッ端で、三太てえ者だ」

男はぬけぬけとした顔でそう云うと、懐中から十手を出して見せた。

御用聞と聞いて流石に二人は、はっとしたように居住いを直した。

「おい、おふみてえのはお前だな。さア大急ぎで一緒に来てくれ」

「えっ……」

おふみは恐怖に顔を白けさして三太を見上げた。

「何、お前をしょびくの何のてえのじゃア無え。実ア大変なことが起きたんだ。おい、驚いちゃアいけねえぜ。いいかい、実アお前の亭主の平吉が殺されたんだ」

「ええッ……」

おふみはうーんとそのままそこへのけぞって倒れた。

「とッ、だから云わねえこっちゃアねえ」

三太はすぐに抱き起すと、

「おい、何をぼんやりしてんだ。水だ、水だ」

気のぬけたようにべったり坐っていたおいちは、慌てて長火鉢へいざり寄ると、猫板の上の土瓶をとって差出した。

「人の一念てえのか、潮の加減か、江戸橋の橋桁に引ッかかって浮いていたんで。何しろ魚河岸に近えから、朝早くッから人通りのはげしい所で、朝六時《むつ》すぎになって、誰かが見つけて大騒ぎになり、引揚げて見たが何処の誰だか判らねえ。そこへまア八時頃《いつつ》だったか、私が通りかかったってえわけで」

「ふむ、するてえと平吉は昨日夕飯を食って永木横丁の家を出たっきり、帰《けえ》らなかったっていうんだな？」

「さいで。何しろ芝居の方は、先刻《さっき》も云ったように十五日の日は、午過ぎ四時頃《ななつ》から帰《けえ》っちまったてえことが判ったんで、さすが親分の勘は凄えと、追っかけ廻してたとこなんで」

「何で殺《や》られてたんだ？」

「それが親分、やっぱり扼《し》め殺されてんで。しかも喉ンとこへ、大きな指の痕があるんで」

「ええッ？」

「よっぽど取ッ組み合ったか、むしり合ったかしたと見えて、髪は散ばら、袖はちぎれ、顔や肌は傷だらけで」

「ふうむ……」

先の夜、平吉はおふみに、おしまの殺された時刻には、自分はまだ芝居にいたと云訳らしく云っていたが、それが偽《いつわり》と判ったからは、彼もこの一件に何か一役買っていることはたしかである。しかもその平吉が、おしまと同じように強い力で、喉を扼められて殺されている。とすると、この下手人はおしま殺しの下手人と同じ者と思ってよかった。やはり藤兵衛は下手人ではなかった……と、清吉はほっとした気持だった。

「ところで何か証拠は無しかえ?」

「さ、親分、そいつがこれで……」

三太は一寸矜《ほこ》らしげに微笑みながら、懐中から鼻紙をとり出すと、その折目を展《ひら》いて清吉の手へ渡した。

受取って見ると、紙の上には四五本の短い白髪が載せてあった。

三太は清吉の訝《いぶか》しげな眼の問いに答えて、

「親分、こいつが平吉の右の指の間に挟まっていたんで」

「ふうむ……」

「ねえ親分、これで見ると相手はかなりの爺らしいが、若え者と取っ組み合った上、力まかせに扼め殺すとは、豪気な力じゃありませんか」

「うむ……」

暫く考えていた清吉は、あッと叫んで手を打った。

「伊勢新だッ」

「ええッ、あの隠居が……?」

「そうだ、急いで魚河岸へ行って引上げてくれ」

「へえ……」

まだ納得の行かないように、まじまじと清吉の顔を見ている三太へ、

「エエ何をぼやぼやしてるんだ。早く行かねえと、取り返しのつかねえことになるぞ。うむッ、俺も行こう、駕籠をそう云ってくれ」

清吉は腰でいざって寝床から降りると、柱に摑まって立上った。

清吉と三太と、折よくそこへ来合せた小竹と三人で、日本橋の魚河岸、伊勢新へ駕籠を飛ばしたが、その時すでに新兵衛は、店の裏手へ建増された隠居所で、自ら縊《くび》れて死んでいた。

目に一丁字ない新兵衛には一行の書置もなかったので、三人の死についてどういう経緯《いきさつ》があったのか、それは一向に判らなかった。と、何事か肯いた清吉は、小竹と三太に耳打ちをすると、すぐにその駕籠を仲町の菊本へ急がせた。主人のいなくなった薄暗い帳場に、ぼんやり坐っていたお村は、三人を見ると怯えたような顔で迎えた。

「おい、お村。平吉は伊勢新に殺されたぜ」

「ええッ?」

「おい、汝《てめえ》はよくもお上の目を昏まし、人を張才房《ちょうさいぼう》（嘲斎坊）にしていたな。さア痛い目を見ねえうち、すっかり泥を吐いちまえ。此上悪くへし隠すと、汝は主殺しの磔《はりつけ》だぞッ」

主殺し……、お村はさっと蒼くなると怨ちわなわなと顫え出した。小竹はピシリと十手の先で長火鉢の縁を叩くと、なおも厳しく責め立てた。お村はついに泣きじゃくりながら口を割った。

「……あたしは、おかみさんやお師匠さんに知れたら困るからと、ずっと断っていたんですけ

ど、あの平さんてえ人は見かけによらぬ押しの強い人で、この正月とうとう何されてしまいました。それから月に五六ぺん、いつも女将《おかみ》さんがお湯へ入ってなさる頃を見計らって、そっと忍んで来るんです。あの日も恰度やって来て、二階で何していますと、階下《した》で『オイ誰もいないのかい』ッて伊勢新の旦那の声。『はい』ッて云おうとすると、平さんが押さえつけてて返事をさせないンです。それから暫く経って降りて行くと、いきなり湯殿の戸がガラッと明いて、伊勢新の旦那が血相変えて飛び出して来なすったんです。『まア旦那、どうなすったんです』ッて云うと、びっくりした旦那は、とても怖い顔をして『叱《し》ッ、静かにしてくれ。さ、これを遣るから誰にも何にも云うんじゃねえぞ』ッて懐中《ふところ》から財布を出して投げつけながら、『金ならまだ幾らでも遣るから、俺がしたってことは黙ってろよ』ッて、そのまま急いで帰っちまったんです。と直ぐ平さんが降りて来て、その財布を引たくると、旦那を追かけて出て行きました。あたしはもう何が何だか見当が附かず、湯殿へ見に行くのも怖くって、ただぶるぶる顫えてますと、そこへうちの旦那が帰って来て、それからあの騒ぎになったんです……」

お村の白状で事の仔細がやっと判った。

おそらく平吉は、それから度々新兵衛を強請《ゆす》ったことと思われた。しかし新兵衛は並々の隠居ではない。平吉などより気力体力の勝る彼は、いっそ毒食わば皿で、うるさい平吉を片づけてしまったものと思われた。

ただ新兵衛のおしまを殺した動機が判らなかった。推量すれば、湯殿に人の気配がするので明けて見ると、おしまが一人入っている。その裸を見た時、ふっと此間の若い男とのいちゃつきを思い出し、むかむかッとして手にかけたか、又はいたずらでもしているうち手が廻って殺したか、そんなところと思われた。

むろん藤兵衛は放免《ゆる》されて、しかも菊本の家も、おいちが預かった二百両の金も、すべて藤兵衛へ下されることとなった。藤兵衛はそのうち五十両をおいちおふみへ分けてやり、菊本の家は売り払い、越前堀に小さい材木屋の店を持ち、阿部川町からお照お浅の二人の娘を呼び迎えた。

それは後日《のち》の話として、その翌る日、諏訪町の家の茶の間で、左の足ッ首へ黒い膏薬を塗りながら、清吉はそばの小竹へ述懐らしく呟いた。

「だがなア竹、おいち、おふみ、おしまと人一倍いい容貌《きりょう》に生れながら、よくも揃ってああした根性に育ったものと、俺アまったく女ッてえものが怖くなったよ」

「ふふッ、だからお前さんは、いまだに女房を持たねえンだね？」

「な、何を云やアがる」

「はッはッはッはッ」

せまい庭には山吹が今を盛りに咲き乱れていた。

百両牡丹

一

「今晩は。よく降りやすねえ」

と、水口《みずぐち》から入って来た源次、素袷の肩や袖に水ッ玉の染みたのを手拭で拭きながら、

「オヤまた本ですかえ？　好きだねえ親分は。あれでしょう、さみだれや大川の前に五六軒とか、七八軒とかてえやつでしょう」

と狭い身幅を引っぱりながら、長火鉢の向うへ膝ッ子を揃えると、夢中で小本を読んでる清吉へ、そう云って笑いかけた。

「ははははは、大層気前よく殖《ふや》したな。何、こりゃア小話の本よ。洒落た話があるぜ、こんなのはどうだ。……嫉妬深き女、頓死して地獄へ行き、何卒幽霊となってこれまでつれなくせし夫に恨みを返さんと、恐る恐る閻魔大王の御前へ出で、幽霊の願いを訴訟しければ、閻王つくづくと女の面《おもて》を御覧ぜられ、コレようく承《うけたまわ》れよ、汝その不容貌《ぶきりょう》を以て幽霊などとは言語道断、聞き届

け難し、退れ退れと大声に叱りつけられ、恐れ入って頭《かしら》を垂るれば、後に控えたる赤鬼、不憫に思い、そっと女の袖を引きてコレ、化物と願え、化物と願え」

「はっはっはっ。なるほどこいつは洒落れた話ですね。ところで親分、幽霊と云やア実ア一寸妙な事を聞き込んだので」

源次は本所の元町に住む飴の鳥や新粉細工の荷商いをする男で、内々清吉の下ッ引をしていた。従って表立った捕物などに出向く事はなかったが、稼業柄で聞込みや種出しなどには中々いい腕を持っていた。

「お前さんも知っていなさるかどうか、本所の四つ目に猪飼五郎太夫てえ七百石の旗本がありやす。何でも三河以来の御譜代てえことですが、当時小普請の無役でして、先年奥方が亡なって此方打って変った不行跡、近周《まわ》りの札つきを集めて朝から博奕《ばくち》の開帳さ。だからもう邸《やしき》は荒れ放題、十人以上いた家来も女中も愛想をつかして暇を取り、残っているなア悪ばかり。ただ用人夫婦だけは譜代と見えて、邸内《やしきうち》の小屋に住んでますが、一つも給金をくれねえので、花簪《はなかんざし》の内職をしてるッてことですが、その邸で昨夜のこってす。林町にいるお城坊主の次男坊で中川三鉄てえ若えのが、雨の中を遊びに行ったと思いなせえ」

「猪飼の御前、御不在かな? 中川三鉄、久々で一戦に参った。御前、お縫さん、お松、平助……。コレ誰もいないか」

玄関から案内も請わず、づかづかと奥の間へ這入って来た三鉄、いくら呶鳴っても返事がないので流石に些《いささ》か驚いた。

「コレ本当に誰もいないか。居ない居ないばあなどはもう古いぞ。お縫さん、お松……。ふむ、さては中二階総出の買物と来たか。さて、どうしたものかな」

この雨の中を引返すのも面倒、いっそ主人の帰るまで土産に持参の酒でも飲んで待つとしよう、それそれと肚を決め、それにしても何か肴が有りそうなものだと、勝手知ったる台所へ来て、戸棚をガタピシ探していると、勝手口を明けて入って来た男、傘の滴を切っている。

「誰だ、おお、建具屋の兼公か」

「オヤ林町の若旦那でございますか。こんな所で何をしておいでなさいます」

「実は今、酒を一升さげて来たが誰もいねえ。あまり淋しいから独酌《どくしゃく》ときめこみ、何か食う物は無えかと出張って来たが、扨々《さてさて》食物の無え家だなア」

「そりゃアありますめえ、食えねえ奴ばかりの集りどころだから」

「違いねえ、その通りだ。はははは。むむ、ここに出し置きの沢庵と目刺がある。これで飲もう。兼公、此方へ来ねえ」

「へえ、左様ならお相手と出かけやしょう」

二人は奥の間へ来て火鉢で目刺を焼きながら、湯呑で冷酒をちびりちびり。

「時に兼公、滅多に外へ出た事の無えお縫まで見えねえが、一体どこへ行ったんだろう」

「オヤ旦那は御存知ねえのですかえ、二三日前から病気とかで、清水町へ帰ってるそうですよ」

「何、病気で？　そいつは不可《いけ》ねえな。清水町と云やアあの長岡庄左衛門も、俳句などを捻っていい名主だが、お縫を当家へ寄越したのは、どう考えても解せねえ事だ」

「何、あの名主は昔この邸へ奉公していた若党なんでございますよ」

「そうか、それで判った。主と病にゃ勝たれねえというやつか。アア可哀そうな女だな」

「へへへへ、旦那はお縫さんに恩召《おぼしめ》しがお有ンなさるようだが、御前に知れたら事ですぜ」

「はははは。そういうお前も万更気の無え方でもあるめえ」

「へへへ、まアちょッぴりとほの字ですが、まったくおとなしくッて愛くるしくッて、それに長唄なんかも中々うめえもんでして」

「うむ、いつか拙者も〽迷う心の細流れ、ちょろちょろ水の一筋に……などと稽古をしているのを聴いたが、滅法いい咽《のど》だった」

「オヤ？　いい咽と云やア三味線の音がするようですぜ」

「何、三味線の……？」

三鉄は湯呑を置いて耳を傾けると、雨の音に混って、水調子の爪弾きの音が聴える。

「むむ、たしかに当家だ。と、お縫のわけだが、いつの間に帰ったのだろう。とにかく呼んで来い。何か弾かせて唄うとしよう」

「そいつアいい思いつきだ。呼んで参りましょう」と廊下へ出た兼吉、

「どうも薄ッ暗え家だな。まるで化物屋敷だ」

どこまで行ったか暫くして帰って来ると、

「旦那、旦那、妙でござんすぜ」

「何が妙だ」

「それがねえ、お縫さんの部屋へ行くまでは、しめやかな糸の音がしてたんだが、襖を明けて見ると真暗で、声をかけても返事も無えし、三味線の音もしやせん。こいつアもしかしたら隣邸《となりやしき》で弾いてたのかも知れねえと、襖をしめて此方へ来ると、又爪弾きの音が聴える。立止って聴くと座敷の中、明けて見ると誰もいねえ。何だか薄ッ気味が悪いンで引返して来ましたが、ねえ、妙じゃござんせんか」

兼吉は火鉢の側へ蹲《しゃが》むと、一寸毛羽立《けばだ》ったような顔を見せて云った。

「はははは、何を申すか。今時そんな篦棒《べらぼう》な事があってたまるものか。よしよし、そんなら拙者が行って連れて来よう。お前も一緒に蹤《つ》いて来い」

手燭に火を移した三鉄、兼吉を従えて廊下へ出ると、又水調子の爪弾きの音が、とぎれとぎれに聴えてくる。

「はははは、お前の臆病を知ってるから、お縫がわざとからかったんだ。きっといる、それ」

襖に手をかけて明けて見ると、手燭の灯にぼんやりと映し出された座敷の中、正面の壁際に向うを向いたお縫が、ひどく項垂れた姿で三味線を弾いている。

「それ見ろ、やっぱりいるじゃアねえか。おい、お縫さん、こんな真暗な中に一人いるとは、お前も余程変り者だな。さア一緒に此方へ来なせえ。お縫さん、お縫さん」

その時、お縫の肩が捻《ね》じ曲って此方《こっち》を向いたが、その途端、

「きゃッ」

手燭をおッ放りだした三鉄は、兼吉を突きのけて逃げようとした。兼吉も三鉄を突き飛ばして逃げようとした。細い廊下を二人は揉み合いながら玄関まで駆け出ると、夢中で雨の中へ飛び出した。

それは此方を捩じ向いたお縫の肩に、顔が載っていなかったのだ。顔の無いその胸に、白い手首が三味線の棹を握っていたのだった――。

「まア大体こういうわけで、その首無しの幽的は、三四日前から邸にいねえお縫という妾に違いねえと、こうまあ兼公は云うんです」

「だがその女は病気のため、清水町の名主の所へ帰っていると云うじゃアねえか」

「さアそこなんですよ。私もそんな話をそのまま此方へ持って来て、後で本所名物狸の化けたんだなんてことになっちゃあ、とんだお笑い草ですから、今朝すぐ清水町へ探りに行きやした。そのお縫てえのは名主の姪で、両親の無え孤児《みなしご》だそうですが、この春先に猪飼の邸へ行ったきり、一度も帰って来ねえそうです。いいえ、名主の所の女中から訊き出したんだから、こりゃあ、確で

す。ねえ親分、だから私ア此奴は事によると、とんだ皿屋敷のお菊で、古井戸か何かへ吊し斬りの、もう此世にはいねえンじゃねえかと思うんだが、どうでげしょう」

源次はいささか得意気に薄い小鼻をひょこつかせた。

二

卯の花くだしもカラリと晴れて、すがすがしい朝空の下を、ちょうど来合せた子分の小竹を連れて清吉は、八丁堀玉円寺裏に、町方同心近藤源四郎の役宅を訪ねた。

「おお清吉か、ちょうどいい所へ来た。いま迎えにやろうと思っていたのだ。実アな本所四つ目河岸にある猪飼という旗本の邸から、縫という十九歳になる奉公人が、主人の金を百両拐帯《かいたい》して、出奔したという訴えがあってな」

「え、猪飼の邸から?」

「うむ、お前、知っているのか」

清吉は事の意外に驚いたが、まさかに幽霊の話も出来ないので、

「いいえ、あの邸は大層風儀のよくねえ邸だということで……」

と言葉を濁した。

「どうで小普請へ突込まれるくれえだから、真当《まっとう》な邸じゃァあるめえ。と云ってこう届け出たも

のを、打棄《うっちゃ》っておくわけにも行かねえ。邸相手の仕事は何かと面倒だろうが、一つ骨を折ってもらいてえ」

「畏まりました。何とか目鼻をつけて見ましょう」

清吉はともかくも受合って八丁堀を出た。

「ねえ親分、猪飼から訴えた事は本当でしょうか」

と、小竹が不審らしく首を捻った。

「さあ、何とも云えねえな」

清吉は今までの経験から、当の下手人がなまじに下手な細工をして、却って藪蛇となった場合を知っていた。

それから半刻ばかりの後、小竹は本所の一つ目弁天の境内へ、建具屋の兼吉を引張り出して訊いていた。兼吉は小鬢を掻き掻き、

「何ね、生きてるお縫さんの幽霊なんかが出るわけも無えのだし、狸か貉《むじな》に極ってるんだが、何しろ薄ッ暗え中からだしぬけでしょう。もうまったく胆を潰しちゃってね。初手から化物《れこ》と知ってりゃア引摑まえて見世物へ出すとこだったが、とんだ惜しい事をしましたよ」

「なるほどね、ところで一寸わきから聞いたんだが、お縫は病気で帰ってるんじゃアなく、何か御前の御機嫌を損じてお暇になったんだっていうんだが、お前、何か聞き込んだことはねえかえ?」

「へえ、そいつア初耳だ。一体どんなことでしくじったんだね？」

「さアそれが俺には判らねえのだが、お前、何か心当りはねえかえ？　たとえばお縫に、誰か情人《いい》《ひと》があったとか何とか……」

「えっ情人？　さアそいつアどうだかな、とにかく誰もが多少は思召があったからね。まア早え話が博奕にでも勝つと、お縫さん、失礼だが菓子でも買いなせえとか、半衿でも買いなせえとか、二朱なり一分なり遣ってたからね。何しろ、云っちゃア悪いが貧乏旗本で、御前が碌に小遣銭もやらねえのだから、お縫さんもその金で手廻りの物を買ってるようで、そりゃア可哀そうな御部屋様さね」

「ふむ、ところで毎日の定連《じょうれん》で、ここ五六日俄に顔を出さなくなった者はいねえかえ？」

「そうさねえ……、むむ、そう云えば栄次の奴が、此処ンところ来ねえようだな」

「栄次てえのはどんな男だ？」

「何、やっぱし本所の庵崎《いおざき》にいる遊人で、そうさ、二十五六にもなりやすかねえ、一寸いい男ッぷりで、口前も中々うめえ気の利いた野郎でね。ふうむ……もしかしたら彼奴かな」

「庵崎の何処にいるんだ」

「何でも秋葉の社の近くで、煙草屋にいるとか云ってたが、私は行ったことが無えので」

小竹は兼吉に固く口留をして別れると庵崎へ急いだ。

一方猪飼の邸へ向った清吉は、その門前に立って些か呆れた。相当に広い邸地だが掃除も行き届かぬと見えて、門前から玄関まで箒目《ほうきめ》どころか、所々に青い草さえ生えていた。

「お頼み申します」

清吉は内玄関に立って二三度声をかけたが返事がなかった。

すると横手にある別棟の小屋の窓から、五十あまりの痩せた色艶の悪い女が顔を出した。

「何の御用でございますか」

清吉は、(ははアこれが用人の御新造だな)と思いながら、その窓下へ寄って行って、町方の者だということを伝えた。

「これは失礼いたしました。しばらくお待ち下さいまし」

窓の障子が閉ると暫くして、六十位の小柄な侍が、袴の紐を結びながら出て来た。彼は清吉を案内して式台を上ると、割に小綺麗な座敷へ通した。

彼は当家の用人で飯尾三郎治と名乗り、目下主人は他行中、御用の趣は某《それがし》が承ると挨拶した。

そこで清吉は御当家から御訴えの件に付、詳《くわ》しい事を承《うけたまわ》りたく参上したという旨を述べた。

「ははア、主人から左様な訴えがありましたか……」

用人はひどく迷惑らしく眉をひそめた。

「それじゃア貴方様は御存知なく……?」

「いや、その拙者はここ十日あまり病気で臥《ふせ》っておりましたでな、つい、その……」

「それじゃアお縫の駈落《かけおち》も?」

「いや、その儀は家内より承ったが、まさかに左様な大金を拐帯いたしたとは……」

用人は信じられぬように首を振ったが、清吉から色々と邸内の事を訊かれると、是非なさそうに渋々答えた。

「何ともはや主人を取巻く者共が、いずれもよろしからざる輩《やから》、此分では遠からず何か不祥事が起りはせぬかと、日夜心痛いたしております……」

人気のないがらんとした邸内に、老人の吐く重い吐息が、渦のように拡がって行くのが感じられた。

清吉は気の毒になって思わず庭へ眼を移すと、荒れはてた庭の築山の蔭にこれは如何に、たったいま閻魔大王の口から吐き出されたかと思うような真赤な牡丹が、目ざめるばかりあでやかに咲いていた。

「お見事なものでございますねえ」

「何？　はは、牡丹でござるか。此辺は地味に合っておると見えて、毎年よい花をつけますて」

「貴方さまの御丹誠で？」

「左様。年寄役でな。此界隈でも当家のが一番早く咲くようでござる」

老人はいささか得意そうに眼を細めた。

三

「そんなわけで栄次の奴は、ここ四五日帰らねえそうです。こんな事ア滅多に無え事だと煙草屋の親父も不思議がってました」

「評判はどうだ」

「悪い方じゃアありません。元は几帳面《きちょうめん》に小間物の荷を背負って歩いてたそうですが、ここ一年ばかりすっかり博奕打ちになっちまったそうで。何でも深川の方に馴染の女が居るらしいてえ事ですが、場所も名前も判らねえので弱りやした。何、どうで岡場所の女か何かで堅気の女じゃアありますめえ」

「ふだん行ったり来たりするような奴は？」

「それが些《ちっ》ともいねえらしいので」

「江戸の者か？」

「いえ、相州小田原在の者だそうで。上方のこともよく知ってるから、そっちの方にも行ってたことが有るんだろうと云ってました」

「そうか、今のところ其奴が大事なほしだから油断なく見張っててくれ」

「あい、ようがす」

そこへ源次がいつになく赤い顔をして這入って来た。

「おそくなりやした。実アね、先刻尾上《おのえ》河岸までやって来ると、名主の所の仙八てえ下男が、一寸小ざっぱりしたなりをして、桜家てえ小料理へ這入るじゃありませんか。こいつア妙だと暫く間をおいてから入って見ると、野郎、徳利を二三本、小皿を三つ四つ並べて飲んでいる。飯焚《めしたき》のくせに豪勢な真似をしやがる、いよいよ妙だと私もその側へ行って飲み始めたんだが、小半刻ばかりで三朱、女中に一朱もやって帰って行ったが、財布はまだ相当に脹らんでやした。女中に聞くと此処三四日毎晩やってくるそうで、何でもこの界隈二三軒梯子をやってるってえンです。ねえ親分、こいつア一寸妙ですぜ」

源次は例によって得意気に薄い小鼻をひょこつかせながら、清吉と小竹の顔を七分三分に見くらべた。

「うむ、こいつア妙だ。年一両二分かそこらの名主の権助が、そんな真似の出来るもんじゃアねえ。もしかしたら何か一役振られているのかも知れねえぞ。こうっと……」

暫く考えこんだ清吉は、やがて二人に方策を授《さず》けて帰した。

すると翌朝の八時《いつつ》頃、清吉の家へ中川三鉄が訪ねて来た。四五年前から流行り出した泥人形の福助のような大きい頭をしていたが、中々可愛い顔立ちで、親父のお古らしい鳶八丈の袷に黒の単《ひとえ》羽織、細い脇差一本という、いささかくたびれてはいるが洒落た服装。

庵崎の栄次が品川の荒神裏の植木屋に、女と二人で潜んでいることが判ったから、知らせに来

てやったと云い、

「倖《さいわ》い今日は所用もなし、何なら荒神裏まで同道してもよいがどうだ。栄次の模様を探るにも、顔見知りの拙者の方が何彼と都合がいいだろう」

退屈で困りぬいているお坊ちゃんが、悪戯半分、岡っ引の手先を勤めようという料簡《りょうけん》。

面倒臭いとは思ったが、又何かの道具にもと、すぐに連れ立って諏訪町を出た。

道々三鉄は、猪飼の邸では主人がここ四五日帰らないので一同心配しているらしい……とも云ってから、

「何処かで中《ちゅう》ッ腹《ぱら》の流連《いつづけ》だろうが、何処にしろあの御前じゃア持てることはありゃアしめえ。無駄なこととさ」

と気障に笑った。

荒神裏へ着いて近所で聞くと、その植木屋はすぐに判った。かなり広い植木屋で三鉄は一人で入って行った。

清吉は植木溜《だめ》の木蔭に隠れて、それとなく見張っていると、小半刻も経って三鉄は出て来た。清吉は少しの間をおいてその後に従った。そして荒神堂の境内の茶店へ入った。

三月十一月の二十八日には恐ろしく人の出るこの社も、平常《ふだん》は至極閑散で広い境内には子供が遊んでいるだけだった。

「どうでございました」

「あてが違ったよ。女はお縫じゃなかった」

「へえ……？」

「深川の裾継《すそつぎ》にいるおらくという女で、五六日前に受出して来たんだそうだ。俺が行ったらひどく驚いていやアがった。なぜ庵崎へ帰らねえのかと訊いたら、あの煙草屋の娘を貰ってくれと云われているので、女を連れては帰りにくいし、それに此処は遠縁の者で親切な人だから、当分厄介になるつもり。どうか此処にいることは誰にも云わねえでいてくれろと、コレこのように二分くれた」

三鉄は袂から白紙に包んだ金を出して見せた。清吉は苦笑すると、

「イヤどうも有難うございました。それではこれでお別れいたしますが、これはほんのお駕籠代。失礼ですがお納めなすって」

と用意していた紙包を渡した。

「イヤこれはすまんな。それでは遠慮なしに貰っておくが、栄次はすぐに御用にするか」

「さアどういたしますか……」

「うむ左様か。まアうまくやってくれ」

三鉄はてれくさそうな顔をして、そのまま宿《しゅく》の方へ歩いて行った。

四

「今日は、お縫さん」

「おや、栄次さんかえ？」

「いやに蒸《む》すじゃアありませんか。御前は？」

「今しがた亀戸のお寺とやらへお出かけになりましたよ」

「ああ遊行寺だね。いけねえナあの賭場は」

「何だか知らないけれど、今日は知行所からお金が百両届いたので、久しぶりに振り上げてくると仰有って、半分持っていらしたよ」

「よしゃアいいのに。お縫さんの前だが御前の駄々ッ子博奕にも困りもんだぜ。邸で小せえ慰みさえしていりゃアいいものを、他所へ行きゃア又種まですッちまうンだ」

「ほんとにおよし下さればいいのに……」

お縫は思い余ったように吐息をついた。

「はははは。時に大分暗くなったようだぜ。行灯を点けやしょう」

カチカチカチ。灯をつけた栄次、お縫の顔を見て、

「おや？　大そう顔色がよくねえが、どっか体でもいけねえンですかえ？」

「いえ、別に何処も悪かアないんだけど、何だがこの邸にいるのが、気味が悪くっていけないのさ」

「お縫さん、お前、よく気が付きなすった。大きな声じゃアいえねえが、ここの御前は昔から薄情者で、何人女をこさえても、お終いまで面倒を見た事は無えのだ。飽きると直に追い出してしまう。この前にいたお時さんなんて云う人は、博奕のかたに仲之郷の弥七にやっちまったくれえだからね」

「まア博奕のかたに？」

「そうだよ、人情ッ気の無え人だからね。お前さんもよっぽど気をつけねえと、とんだ目に逢いやすぜ」

「ああ、どうしたらよかろうねえ……。ほんとにあたしほど因果なものはないと思うよ」

吉田町の平野養仙という医者の娘に生れながら、幼い時から継母に虐《いじ》めぬかれ、父の没後やっと伯父の名主に引取られ、ほっとしたのも束の間、昔の主人の権柄ずくに無理往生の妾奉公……とお縫はその身の薄命を嘆くと、

「たとい奥方に直されたって、こんな風儀《ふうぎ》の悪い邸に一生を送るなんて、情ないじゃアないかねえ。あたしゃア行末を思うと、ほんとに目の前が真暗になるよ」

「無理アねえ、真当な人間なら誰しもそう思うさ。俺も今じゃア遊人だが、これでも生れは小田原で親父は相模屋栄蔵という呉服屋。その後嗣《つぎ》の若旦那さ。気儘気随の道楽からお約束の勘当。

だが有難いのは母親で、此頃しきりと手紙が来て、お父あんの気も折れたし、親類も詫を入れてやろうと云ってるから、早く帰って来いというのさ。そこで俺も近々に帰ろうとは思うものの、彼方へ帰って土臭え女を女房に持たされちゃア敵わねえと、それで二の足を踏んでるのさ。ねえ、お縫さん。早く云やアお前さんみてえなおとなしい、料簡方の真直な女を連れて行きてえのだ。そうすれば親達もどんなに喜ぶか知れやしねえ。何と物は相談だが、ここにいて苦労するより小田原へ行く気は無えかえ？　え、お縫さん。俺ア一生大事にするぜ……」

栄次は白い華奢《きゃしゃ》な手を伸ばすと、お縫のぽってりとした手を握って引き寄せた。

お縫は熱い息をしながら、ずるずると栄次の胸へ崩折れた。

……やがて二人は駆落の支度にかかった。

「お縫さん、御前が置いてッた五十両は何処にある。冗談じゃアねえ。おいて行く手があるもんか。給金代りに持って行きねえ。気の荒え五郎太夫、ただ逃げたところで掴まれば叩き斬られる。持ち逃げしねえのは損の卦だ。俺が胴巻へ入れて行こう」

否応云わさず小判を懐中した栄次は、わずかばかりの衣類と手廻りの小物を包んだ風呂敷包みを背負うと、お縫の手を引いて裏門を出た。とたんに撞き出す鐘の音……。

「ああ入江町の八時《いつつ》だな」

「これから何処まで行くのかえ？」

「弥勒寺橋に花川てえ船宿がある。今夜はそこへ泊ってから、明日の晩竪川から小舟で品川まで行くとしよう。こうなりゃア落人《おちうど》の身だ。昼間はうっかり歩けねえ」

その夜は船宿花川の二階で怪しい夢を結んだ二人、翌る日の夕暮まで寝床の中でだらしのない時を過し、とっぷりと暮れてから、万助という船頭に小舟を仕立てさせ、大川を永代近くまで漕がして来た。

「おい万さん、一寸富吉町まで用があるからその辺の河岸へ附けてくんねえ。それじゃアお縫さん、淋しかろうが直ぐ帰ってくるから待っててくんな、いいかえ?」

甘い言葉をかけといて、ぽんと河岸ッぷちへ飛び移った栄次、にっこと笑うと、そのまますたすた足早に……。

——植木屋の裏手の明地《あけち》で清吉が、栄次に吐かした泥がこれだった。五六日前に深川の女を受出したというその金が臭いと睨んだからだった。

「それから直に裾継へ行き、おらくという女を十両出して身軽にさせ、明る晩こっちへ来たってわけなんです」

「畜生め、ひでえ真似をしやアがる。しかし持逃げの金は確に五十両だな」

「へえ、五十両に違いござんせん。邸の方をお調べ下さりゃア判ります」

清吉はそのまま栄次を八丁堀の大番屋へ引いて行くと、すぐに弥勒寺橋の花川へ行って、万助という船頭を調べた。

五十恰好の痩《や》せた万助は、恐れ入ったように手を摺《す》った。

「つい引合になるのが厭さに黙っていて申訳がございません。実はあの晩、栄次が河岸へ上ってから幾ら待っても帰って来ません。とうとう八幡の十二時《ここのつ》が鳴りやした。こりゃア怪しい。何しろ女蕩しの名人なんで、もしかしたら引掛けられて、捨てられたんじゃないかと思って、『もしや金でも渡しゃアしないかえ?』と訊きやすと、『ハイ五十両渡しました』と云う返事。それじゃアいよいよ置き去りだと、なおもいろいろ訊き出すと、四ツ目の猪飼の妾と云うじゃアございませんか。いやもう驚いたの何のって。『そいつアいけねえ、他の邸と違って彼処じゃアどんな関り合いになるかも知れねえ。さアここからすぐに上っておくれ』。どうも薄情のようでしたが、後難が怖いので無理にそこから上ってもらって、早々引返して来たってわけで、後はどうなったか知りやせん。まことにどうもすんません……」

五

さびしい夜の佐賀町河岸へ追い上げられたお縫を思うと、所詮身でも投げて死ぬより他は無いように思われてくる。それも自業自得で仕方がないというわけだが、清吉にはどうもそうとは思えなかった。それなら何処へ行ったんだろう、行くとすればやはり清水町だろうか……。

まるで幽霊の足取りでも拾うようなもどかしさで、四時《ななつ》近くに諏訪町へ帰ってくると、元町の源次が難しい顔をして待っていた。

その顔色を見て清吉は直に云った。

「どうした、何かあったか」

「親分、仙八の奴が殺られやした」

「仙八？　むむ、名主の所の権助か」

「さいです。二時《やつ》頃大横川に浮かんでたんです。御検視の話だと脳天に大きな打身《うちみ》の痕《あと》があったそうで、おそらく丸太ン棒か何かで殴られてから、川へ叩き込まれたんだろうッてことです」

「ふうむ……。それで竹はどうした」

「小竹は名主の家を芯《しん》にして、あの辺を飛び廻ってますが、私ア一寸も早く親分に知らしてえと思って」

「そいつア御苦労だった。すぐ行くよ」

二人は直に本所へ向った。

手筈の通り清水町のそばやへ入って待っていると、暫くして小竹が来た。

「親分、名主の家にお玉てえ一寸渋皮のむけた女中がいやす。そいつを連れ出して、仙八てえ奴のことを探り出すと、野郎、この四五日毎日のように、前掛けとか半衿とかを買って来ては、云う事を聞かねえかと口説くんだそうです。昨夜もおそく飲んで来て、『俺もいつまで名主の権助でいやアしねえ。そのうちに一軒分けて貰って、行々は町年寄にもなる体だ、安心して女房になれッ』て云うんだそうです。『何を夢みたいなことを云ってるんだよ』と笑うと『何の夢なもんか。ほれ、その証拠にはこれを見ろ』と財布からピカピカする小判を十四五枚も出して見せ、驚くお玉へ『まだまだ金はいくらでもあるんだ。俺には金の成る木、いや、金の成る牡丹があるんだ』と笑ったって云うんです」

「何、金の残る牡丹……?」

「へえ、お玉もびっくりして『金の成る牡丹とはどんな牡丹だえ、うちの庭にあるような牡丹かえ?』と訊くと『まアそんなものよ、だからうんと云ってくれ』と一晩中くだを巻いていたそうです」

「ふうむ……。名主の家にも牡丹があるのか……」

「そうらしゅうござんすね」

「ふうむ……」

しばらく腕を組んで考えていた清吉は、思わずあっと低く叫ぶと、

「そうか……」と呟いた。

「親分、読めましたかい?」

「うむ、こんなンじゃアどうだろう。ちっと芝居じみるかな」

清吉は笑いながら、二人の耳へ囁いた。

「なるほど、違いねえ。きっとそれに違いねえ。それだ、それだ」

小竹と源次は手を打って笑った。

それから間もなく清吉は、名主の家の奥座敷で庄左衛門と対座していた。強い夕日が庭を右からあかあかと射していた。

「お縫さんの行辺が知れないうちに、又今度、奉公人の変死で、旦那もさぞ御心配なことでございましょう」

「どうも悪い事というものは、とにかく重なるものでねえ、私も役目柄まことに困るよ」

「左様でござんしょうとも。時に旦那は中々俳句《はいく》がお上手だそうで、こんな時にはまア十七文字でも組み合わして、憂晴《うさば》らしさをなさるこってすね」

「ははは。花鳥風月に憂を忘れる、それが風流の一得《いっとく》だろうけど、中々私ら俗人には、そんな気にもなれないでね」

「時に旦那、あの牡丹は大そう立派な牡丹ですねえ」

清吉は感にたえたように庭を見た。

「えっ?」

名主の眉がさっと険しく迫ったが、すぐに元の笑顔に返ると、

「ああ、あれかい。あれはお前さん、猪飼様のお邸から分けて貰った株《かぶ》なのさ」

「お見事なものですねえ。牡丹には昔からいろいろ名句があるようですが、旦那はどんな句がお好きですね?」

「ははは。お前さんもおやりかえ? そうだねえ、まア夜半翁《やはんおう》の、牡丹切って気のおとろひし

夕《ゆうべ》かな……などが好きだね」

「なるほど。旦那、几童《きどう》の句だったかに、こんなのがござんしたね。百両の亡き魂《たま》もゆる牡丹かな……」

「ええッ？」

庄左衛門ははっとして清吉を見た。

「百両の亡き魂燃ゆる牡丹かな」

清吉は重ねてそうくりかえすと、凝《じっ》と庄左衛門の眼を見返した。

たちまち蒼白となって項垂れた庄左衛門は、わななく手で膝頭を摑んでいたが、額には膏汗が滲んでいた。

「旦那、荒事の真似は厭ですから、どうか死んだ者の魂が浮ばれるよう、話してやっておくんなさい」

歯を食いしばっていた庄左衛門は、やがて崩れるように両手をつくと、かすれた声を搾《しぼ》って云った。

「恐れ入った清吉さん。猪飼の御前を手にかけたのは私だ」

はっとして清吉は己の耳を疑った。途端に今日三鉄の云った「猪飼の御前がここ四五日帰らない……」という言葉が閃いた。

庄左衛門は自白をつづけた。それによると五郎太夫は名主の家へ乗り込んで来て、お縫の不埒を詰《なじ》った上、すぐさま百両の弁済を迫った。何と云っても大金なので、お縫に逢うまで待ってくれと願ったが、酒に酔った五郎太夫は聞き入れず、名主も同腹の盗人だと罵った。あまりの雑言《ぞうごん》に抗弁《こうべん》すると、小癪とばかり抜打ちに斬りつけた。危く切先を逃れた名主はその刀をもぎ取ろうと揉み合ううち、遂に手が廻って五郎太夫を刺した。

倖い家が広いので家人の三四人にしか気附かれなかった。主人はそれらの者に堅く口留をすると、下男の仙八に手伝わせて牡丹の近くへ五郎太夫の死骸を埋めた。

「仙八を殺したのも私です。もう大抵は御推量だろうが、毎日のように五両十両と強請《ねだ》られ、とうとう毒皿を極めました。名主の身として恥ずかしい。遅蒔《おそまき》ながら御法通りに願います……」

清吉は内心の驚きを隠して云った。

「そうしてお縫さんはどうしました」

「いまだに行方が知れません。もしも生きているなら、どうか仕合せに暮らさせたいと、そればかり願っていますよ……」

と瞼を押えて淋しく云った。

夕闇せまる牡丹の側を掘り返すと、五郎太夫の死骸が菰《こも》に巻かれて埋めてあった。

庄左衛門は其夜の中、警固の僅かな隙を見て、咽《のど》を突いて自害した。

お縫の行方はそれきり杳《よう》として知れなかった。清吉も半ばあきらめていると、盂蘭盆《うらぼん》の頃である。本所辺の遊人達の中に誰云うとなく、猪飼のお縫と中川三鉄とが、青梅《おうめ》の宿《しゅく》に茶店を出しているという噂が立った。そう云えば三鉄の姿はそのころ江戸に見えなかった。

不審に思った小竹が、建兼（建具屋の兼吉）を訪ねて訊くと、兼吉は首を竦めて手を合した。

「兄い、すまねえ、堪忍してくんねえ。あのお縫さんの幽的《れこ》の件、ありゃア実アこうなんだ。あの前の晩、三鉄の所へ遊びに行くとね、お縫さんがいるじゃアないか。吃驚すると、実ア昨夜十二時《ここのつ》すぎ万年橋の上から身を投げようてえところを助けて来た。それについちゃア一狂言書かなくちゃアならねえから、お前も一役買ってくれと、一分もらって頼まれたんだ……」

その話を聞かされて、さすがの清吉も明いた口がふさがらなかった。

消えた瑠璃太夫

上

　文政二年仲秋の月見も明夜にせまって、芒売りの声も聴える朝の四ツ（十時）すぎ、ここ浅草諏訪町紅勘横丁、御用聞き清吉の家を訪ねて無沙汰の挨拶をしているのは、日本橋葺屋町河岸に住む髪師の友九郎。

「何、御無沙汰はお互っこ、いつも達者なのが何よりさ。それよりも友さん。お前さんの両国の小屋じゃア、評判の太夫に逃げられたって云うじゃアねえか」

「おや、親分、もう御存知で？」

「何、昨日元町の源次が来た時、俺も一度お前さんとこの太夫を見に行きてえものだと云ったら、遅いよ親分、そいつは昨夜逃げちゃって、友さんの小屋は今朝から閉っていると云うので、そいつは飛んだことをした、あれだけの太夫を玉なしにして、さぞ友さんもがっかりしているだろうと、話し合ったことなんだが、まだ手がかりは無えのかえ？」

「はい。実はそのことにつきまして、少し親分にお骨折を願いたいと存じまして」

「そいつはいけねえ。だって友さん、これが人間ていうなら別だが、何を云うにも鳥のことだ。こいつばかりはお上の御威光でもどうにもならねえ。まア堪忍してくんねえ」

「いえ、ところが親分、彼奴《あいつ》はどうやら自分で逃げたんじゃアなく、誰かに盗まれたらしいんです」

「盗まれた……。何か証拠があるのかえ？」

清吉は思わず一膝のり出した。

その鳥とは阿蘭陀《オランダ》渡りの九官鳥で、大きさは鳩くらい。色は瑠璃紺、啄《くちばし》と足は黄色で、頂辺《てっぺん》と耳の後にやはり黄色い垂耳のような毛があった。

初秋の七月から向う両国へ見世物に出したが、鸚鵡も碌に知らぬ江戸の人達は、この自在に人の言葉を真似る異国の鳥に驚いて、他の小屋がまだ残暑の夏枯れで不入りに喘《あえ》いでいる中を、通り相場八文の木戸銭の倍の十六文も取りながら、毎日大入を続けている。

九官鳥の演ずる芸は、さすが芝居の鬘を一手に引受けている友九郎の仕込みだけ、すべてが芝居がかりで「お早うございます」「今日は結構なお天気でございます」などの前芸から、やがて下座《げざ》の鳴物に合して芝居の台詞《せりふ》を云うのであるが、それが一々団十郎、菊五郎、幸四郎、半四郎、三津五郎など人気役者の台詞廻しを真似て云うので、見物は一層興を催してその評判は大変だった。

小屋では紺色のその鳥に瑠璃《るり》太夫の名をつけて、木戸の前にも「瑠璃太夫さんへ、ひいきより」の幟も数本立てられた。

ところがその瑠璃太夫が一昨日の夕方、小屋を打出してから後片附をしている一寸の隙に、籠から抜け出していなくなった。

人語をよくする鳥だけあって頗る人懐こく放し飼い同様にしてあったので、籠の口に桟《さん》も降さなかったのが油断であったが、それにしても附近の者の誰一人、黒い鳥の飛去るのを見たという人も、声も聴いたと云う人もなかった。

わからぬままに断念《あきら》めていると、昨夜窃《そっ》と尾上河岸の水茶屋のおれんという女が、わざわざ友九郎の家へ或る報せを持って来てくれた。

それによるとその時刻に、友九郎の小屋の裏口から、もう月見だというのに、まだ単衣《ひとえ》の縞物を着た背の高い男が、印袢纏《しるしばんてん》のようなものに何か包んだのを左脇に抱えて、するりと出て来たのを見た。彼は三十ばかりの、色の浅黒い光った眼をした男で、ふとそっちを見ているおれんに気がつくと、その眼を一層険しくして睨みつけ、駆けるように元町の方へ行ってしまった……と云うのである。

「何分にもあんまり評判が高くなり、毎日繁昌しますので、どうも飛んだ悪戯《いたずら》をされました」

と、友九郎は小鬢を掻いた。

「ふむう……。そこで素人っぽいことを訊くようだが、其奴《そいつ》の人相風体について、お前さん、何の心当りもないんだね?」

「はい、それがどうも一向に……」

「大体お前さんは鬘師で、見世物の方は片手間だが、誰か香具師《やし》仲間か地廻りの奴等から怨まれてるような覚えはねえかえ?」

「別にどうもそんな覚えも……」

「一体今迄に見世物のネタが、盗まれたなんて例《ためし》があるのかえ?」

「それを昨日も古顔の人達から、色々訊いてみたんですが、今迄にはなかったそうで」

清吉は先ず友九郎の小屋で働いている九官鳥を使っている男を始め、下座の連中、呼込み、木戸番、楽屋番など銘々の素性を訊き、更に両国や浅草の奥山を始め、諸寺社の境内などに縄張を持つ香具師仲間の気風の相違、特に質《たち》のよくない連中の事など訊き糺すと、それから暫く参考のために見世物世界の噂を訊いた。

「ところで此頃お前さんの他に、流行《はや》っている小屋は何処だえ?」

「そうですねえ。まア何と云っても伝次さんとこの虎でしょう」

「むむ、唐土《もろこし》は千里が薮で生捕ったという、あの虎の子かい?」

「左様で。今では一番入りがありましょう」

「ほんとの虎かえ? 猫じゃアねえのかえ」

「さあ……」

友九郎は言葉を濁して苦笑した。

彼も同じ商売のことだから、あけすけにも云えないのだろうが、その困ったような顔附から、いかさまということはよくわかった。

しかし見世物にいかさまはつきもので、それが法外な木戸銭を貪《むさぼ》らぬ限り、上の取締りも大目に見ていたので、清吉も笑い話にこそすれ、本気にその贋物を暴《あば》くような野暮ではなかった。むしろそのいかさまが奇想天外の思いつきであればあるほど、一緒に手を打って笑うほどの洒落っ気は持っていた。

「しかしお前さん達の商売も、お客に飽きられないうちに次々と、新しいネタを仕込んで行くのが大変だな」

「左様で、これが軽業《かるわざ》とか蛇使いとか、芸のあるものはまだようございますが、ただの見世物ではその辺が仲々苦労で、それに此奴はと見こんで仕込んだネタが、案外の外れだったりする時もありまして」

「そう云えば奥山の鯨なんか、とんだお笑い草だったな」

「まったくあれは大しくじりで、あの一件から由兵衛もすっかりケチがつきまして、此頃じゃあ山の宿《しゅく》かどこへか逼塞《ひっそく》してるとか聞きました」

「むむ、それは俺も知っている。だが、あれだけ年期を入れた商売人が、死んだ鯨を晒し物にして、腐るってことに気が附かなかったのかなあ」

「そりゃア考えてもいましたでしょうが、あんなに早く腐ろうとは誰しも思っていませんでした。そうでなければあんなに仲間が夢中になって、仕込みのせりはいたしませんよ」

「なるほどな。いや、何の商売でも難《むずかし》いものだ」

友九郎は猶も色々な失敗話を話してから、九官鳥の事を暮々も頼んで帰って行った。

清吉は、此の一件は結局、繁昌に対する嫉みか嫌がらせか、他の好事家へ売りつけるためか、又は旅へ持ち出して商売にするためかで、いずれにしろ香具師仲間と地廻りとを、虱《しらみ》潰しに洗うより他はないと思った。が、ともすれば彼の思案は、今友九郎が話して行った鯨の一件に逸《そ》れがちで困った。それは清吉が子供の時から、その由兵衛という男を知っている成為《せい》でもあった。


由兵衛は元、清吉と同じ浅草馬道の者で、小さい魚屋をやっていたが、ひどく山気のある男で、いつの頃からか香具師の仲間へ入って、ともかくも浅草寺境内の奥山に一軒の小屋を持つようになった。

年はもう五十すぎ、でっぷり肥った赫ら顔の、眼尻の下った気のいい男で、人気の荒い香具師仲間でよくやって行けるものだと、彼の日頃を知っている者は皆な不思議に思っていた。もちろん魚屋はとっくにやめて、田原町に相当の家を借りて住んでいた。

子供はなく、女房にも死別れて、去年中は境内の武蔵屋という水茶屋の、お吉という二十四五の年増に熱くなって、一時は一緒になるのだろうと云われていたが、お吉は年の暮に俄に姿を隠してしまったので、由兵衛はその当座年甲斐もなく、やけ酒を飲んで歩き廻り、茶屋女たちのいい笑い者にされていた。

そうした女狂いと酒びたりは、覿面《てきめん》に興行の方へも祟って、正月以来彼の小屋は足芸を初め一寸法師、鶏《とり》娘、何をかけても入りが悪く相当手許も苦しいという噂だった。

ところが此の四月の末、品川の先の鮫津の浜に、一匹の鯨が流れ着いた。その二月にも深川沖に、六間あまりの鯨が二頭あらわれたのを、多くの漁師が見たというので評判になった。江戸近海に鯨が現われるのも珍しいことではなく、二十年前の寛政十年にもやはり品川の沖にあらわれたが、それは九間余もあったという。

それから見ると今度の鯨は三間ばかりの子鯨で、しかもすでに死んでいたので年代記に残るほどでもなかったが、それでも鮫津で捕れたと云えば、江戸の見世物にはお誂え向きのネタなので、早耳の香具師仲間は直に鮫津へ飛んで行った。その他にも気の早い江戸っ子はもう大勢集っていた。

代官所の検分がすんで、その鯨が土地の者へ下げられると、直に漁師の主だった者と買手の香具師達との間にせりが初まった。

相場は三両から始まって十両にまで上ったが、慾の深い漁師たちは中々うんと云わなかった。すると今虎の見世物で当てている伝次が思い切って十二両とつけた。誰も顔を見合わしてそれに続こうとはしなかった。漁師もここらが潮時と、手を打とうとした時、

「十五両」と、一声高くやりが突かれた。

一同は呆れてその突き手を見た。それは由兵衛だった。伝次もただ睨みつけるばかりでそれ以上の声はかけなかった。鯨は由兵衛の手へ落ちた。

由兵衛は大勢の手をかけて、その鯨を奥山の小屋へ運ぶと、いよいよ五月一日から見世物の蓋を明けた。何しろいかさまものの多い中に、こればかりは正真正銘、瓦版の読売まで出た鯨なので、見物は初日の朝から押すな押すな、奥山の人気を一軒で浚《さら》った勢いに、由兵衛は有頂天になって喜んだ。

ところが生憎《あいにく》と天気つづきで、汗ばむほどの日中の温気に蒸されたためか、三日ばかり経《た》つと肝腎の鯨が腐り始めた。由兵衛は気を揉んだが腐り始めるとなると鯨は早い。五六日も経つと鼻持ちならぬ臭気が発し、見物も早々に逃げ出す始末。八日も経つとその臭気は近所一円に拡がって、さすが物好きな江戸っ子もこれには閉口して寄りつかず、遂に客足は止《とま》ってしまった。

こうなっては仕方がない。鯨よりも由兵衛の方が腐ってしまって、十日足らずで木戸を閉めた。しかもその大きな鯨の死骸を始末するのに又相当の金を使い、何の彼の二十両あまりの損をした。十両盗んで首の飛ぶ時代に二十両を上越《うえこ》す損は大きい。

大体苦しい手許から無理算段して打った興行だけに、外れたとなるとその借金の返しようがない。彼は仕方なく奥山の小屋を始め、洗い浚い家財を売って借金を埋めると、早々に田原町の家を引払って、山の宿《しゅく》の裏長屋へ沈落《ちんらく》した。

それほど当り外れの多い世界では、それに伴う仲間うちの嫉視《しっし》遺恨も少くなかろう。しかしそれが今すぐ九官鳥の一件と、係り合いがあるとも考えられない。まして友九郎と由兵衛とは何の附合いもないと云うし、又由兵衛が、そんな悪法をかくような男でないことは、清吉もよく知っていた。

どうしてこう由兵衛にこだわるのだろう……と苦笑しつつ清吉は、ともかくも一応小屋の者達と、尾上河岸のおれんとを調べて来ようと立ちかかった時、橋場にいる子分の金太が息を切らして飛び込んで来た。

「親分、大変だ。鯨が殺された」

「鯨が……?」

清吉はどきんとして金太を見た。

「由兵衛だ。香具師《やし》の由兵衛が殺《や》られた」

「えっ、由兵衛が?」

清吉は何か背筋がひやりとした。

金太の報告によると、いつも朝の遅い由兵衛だが、今朝は四ツ(十時)すぎても戸が明かない。近所の者が声をかけても返事がないので雨戸を明けて入って見ると、部屋の中は血だらけで、彼は部屋と台所との間に血まみれになって死んでいた。

大騒ぎになって自身番へ届け出た処を金太が通り合わしたので、すぐに其場へ行って見ると、由兵衛は頸筋《くびすじ》を斜めに斬られ、その側に刺身庖丁が投げ出されてあった……。

それを聞いた清吉は何となく因縁を感じてすぐに金太を連れて山の宿《しゅく》へ急いだ。

吾妻橋を右に、広小路の賑いを左に、花川戸につづく山の宿。その大川寄りの路地裏の一軒。九ツ（十二時）に近い秋の日射《ひざし》が、入口にかたまって喋っている相長屋の人々の影を、地べたにカッキリ映していた。

勿論まだ検視の役人は出張っていなかった。清吉は顔見知りの家主に挨拶して中へ入った。

家は六畳と三畳と台所の狭い家で、現状はすべて金太の報告通り、清吉は叮嚀《ていねい》に死体を検めたが、左の頸筋《くびすじ》を一すじ切られているだけで、他に傷痕は何もなかった。それにしてもここ半年ばかり逢わなかった由兵衛の、すっかり痩せた体を見て何だか急に哀れな気がした。

兇行は夜食中であったと見えて、膳も一升ばかりの酒樽も出し放しで、膳の中には倒れた燗徳利や、鯖の刺身の皿などが散乱し、台所の流しの笊《ざる》の中には、流石に魚屋の上《あが》りらしく、見事に三枚に下《おろ》した鯖の骨が、出刃庖丁とともに入っていた。

おそらく下手人は初めから、殺意を持って乗り込んだのではなく、何か激しい口論から双方摑み合いの喧嘩となり、ふと俎の上の刺身疱丁に目が触れ、思わずそれをとって相手を斬った……。むしろ下手人は、その時は受身の喧嘩だった……とも思われた。

清吉は丹念に家の中を探したが、下手人の遺した品らしいものは何もなかった。ただ、世帯道具といって何一つないがらんとした部屋の隅に、家に不似合な、真新しい大きな米とぎ笊の伏せてあるのが眼についた。

おや？　と思って手を伸したとたん、その笊がコトコトッと動いた。流石の清吉もはっとして手を引いた。笊はそれきり動かなかった。暫く凝《じっ》と見つめていたが、それきりカタリともしなかった。しかし今動いたことは間違いなかった。やはり何かいるのである。

たとい落ちぶれているにしろ、仮にも香具師の家であるから、何か変った生物《いきもの》でも仕込んで来ているのかも知れない。両頭の蛇か、一つ眼猿か、又は一本足の鶏か……。まさか食いつくような事もあるまいが、因果物の嫌いな清吉はちょっと気味が悪かった。

「親分、どうしなすったえ？」

「むむ、この笊の中に何か生物が入っているらしいんだ」

「へえ……？」

「鬼が出るか蛇が出るか、とにかく戸外《おもて》へ逃げねえように、障子をみんな締め切ってくれ」

「あい、ようがす」

金太は急いで窓や出入口の障子を締め切ると、心張棒を片手に、中腰になって笊を睨んだ。

清吉は十手を右手に、左手を窃《そっ》と笊《ざる》の縁へ掛けると、勢よくぽんと刎ね上げ、一足下った。と、中には濡れたような瑠璃紺の、鳥を小さくしたような綺麗な鳥が、つくりもののように小首をかたげて、人を馬鹿にしたような顔をして立っていた。

「あっ、九官鳥だッ……」

清吉が思わずそう叫んだ時、九官鳥は一声高く、異様なことを口走った。

下

(些《ちっ》と景気がいいとすぐこれだ。だらしがないったらありゃアしない)

色こそ浅黒かったが、眼鼻立ちのはっきりした、少し力んだ顔の、青い眉のあとをきゅッと寄せて、お吉は疳癪らしく、長火鉢の縁で煙管をはたいた。

(今夜こそ、みっちり云ってやんなくっちゃア……)

本所横網の長屋から、やっと此の番場の一軒建てへ浮《うか》み上ってまだ間もないのに、此頃毎夜のように酔っ払って、おそく帰ってくる亭主の伝次に、お吉はすっかり焦《じ》れ込んでいた。

その時、入口の格子戸をしずかに明ける音がした。中を窺っているらしく、暫く何の声もなかった。

「誰方《どなた》？　誰方ですえ？」

お吉の声は思わず疳走った。

「伝次さんはいませんかえ？」

その声は周囲《あたり》を憚るように低く、しかもひどく嗄《しゃが》れていた。

「伝次はちょっと出かけてますが、お前さんは？」

「むむ、お留守か……」

格子を開けた男は、そのまま佇立《たたず》んで、何か考えているらしい。どうやら聞き憶えのあるような声でもあったが、何だかひどく嗄れているので、どうにも思い出せなかった。

お吉は長火鉢の前から立って、上り端の障子を開けたが、部屋の中から射す行灯の灯りに照らされた男の顔を見て、お吉はあっと立ち竦んだ。男はお吉を見ると、面目なげに首を垂れた。お吉はやっと口を切った。

「まあ、お前さんだったんですか……」

「うむ、お前がここの家にいることは知っていたんだが、ちょっと伝さんに用があったもんだから……」

「そうですか……」

心もち眉を顰めて、暫く男の汐たれた服装《みなり》を見ていたお吉は、やがて静《しずか》に、

「伝次はそのうち帰りますから、よかったら上って待ってて下さいな」

これはお吉の、弱身を見せじとする強がりだった。しかし男は素直に云った。

「上ってもいいかなあ……?」

「あたしの方は構いませんよ」

「そうか、それじゃア上らしてもらおうか……」

男は遠慮がちに上ってくると、長火鉢の前へ直された座布団の上へ坐った。衿垢《えりあか》のついたよれ

よれの唐桟縞の袷に、弁慶格子の浴衣を重ねて着ている彼は、山の宿の由兵衛だった。彼は出された茶を喫んで、暫くもじもじしていたが軈《やが》て追従らしく笑って云った。

「伝さんとこの小屋は大変な繁昌だそうで、いい塩梅だな」

「ええ、お蔭さまで……」

「俺は、お前も聞いて知っているだろうが、この夏の鯨の見世物で、さんざんな目に会ってなア。はははははは」

彼は己を嘲けるように笑った。

「ええ、聞きましたよ。ほんとに飛んだ災難でしたねえ」

「それやこれやの借金が返せねえので、もうどうにも首が廻らず、今じゃア山の宿の源八長屋に御逼塞さ。鮫津でここの伝次さんとせり合って、伝さんが十二両とつけたのを、一足とびに十五両とつけた……。今から考えてもどうしてあの時、あんな馬鹿な値をつけたか……」

由兵衛は煙管を頬へあてたまま俯向いた。

「魔がさしたんですねえ……」

お吉も嘆息してしんみりと云った。

「そうだ、魔が射したんだ。それと云うのも俺は伝さんに、鯨まで取られたくなかったんだ……」

お吉はチラと由兵衛を見ると、困ったように顔をそむけた。

それを見て、由兵衛慌てて笑った。

「ははは。今更そんなことを云うなア愚痴だったな。あの時だって、お前はただ俺の世話になっていただけで、女房というわけじゃアなかった。いえ、いくら云っても女房になろうとはしなかった。俺があんまりしつこく云うので、お前はとうとう逃げ出した。後で考えりゃアお前には伝さんていう男があったからで、それと知らずに迷っていた俺の馬鹿に気がついた。はははは、何も今更こんなことを云うがものは無えのだが、ただお前を、怨んでやしねえということを云いたかったんだ。厭味たらしく聴えたら堪忍してくんな」

綺麗に断念めた……とは云いながら、まだどこかねばっこいその述懐を、お吉は術なさそうに聞いていたが、やがて首を竦めるように、

「お前さんにそう云われると、あたしゃアまことにすまなくって……」

と、間の悪そうに銅壺の蓋を弄《いじ》っていた。

由兵衛は、その少し前かがみになったお吉の、よい香りのする濡れたような丸髷の根に黄金《きん》足の珊瑚の五分玉の挿さっている髪から、むっちりと肉のついた、伸々とした肩から胸のあたりの、かすかに揺れる息使いを見ていると、何故かしだいに自分の胸が苦しくなった。彼は思い切って煙管を筒へ納めると、

「どうも伝さんの留守へ上り込んで、何しているというのも不可《いけ》ねえだろうから、又出直して来るとしよう」

と立上った。

「おや、そうですか……」

お吉はほっとしたように、もう無理には止めなかった。

「それじゃアどんな御用か、あたしまで云っておくんなさいな。うちの人が帰って来たらよくそう云っておきますから」

うちの人……。その言葉がぐっと由兵衛の胸に刺さった。その傷口から、黒い嫉妬の血が噴《ふ》いた。彼はじろりとお吉を睨むと、坐り直して静かに云った。

「それじゃア云うが、俺は伝さんに、ちっと無心があって来たんだ」

「えっ、無心……?」

「うむ、今も云う通りあの鯨は、いわば伝さんと張り合って買った品で、俺が買わなきゃ十二両で伝さんが買い、みすみす大損をするとこだったんだ。云わば俺は伝さんの身代りになったようなもので、俺のお蔭で伝さんはとんだ厄のがれになったのだ。なあ、そうだろう。そこを一つ考えて、幾らかの御奉謝にあずかりたいと思って来たのさ」

お吉は聞いてて情なくなった。五十面を下げて、云わば女を取られた仇の処へ来て、そんな可笑しな理窟をつけて、金をねだりに来る……。一体どういう料簡だろう。これが奥山で小屋の一つも持ってた人の云うことかしら。貧すりゃ鈍するという譬《たとえ》に嘘はない……と、お吉はしみじみ悲しくなった。

それが癖の、お吉の眉根が、しだいに険しくなるのを見て、由兵衛の口調は一層絡むようになった。

「俺の鯨に引替えて、今月から掛けた伝さんとこの虎の子は、滅法な当りじゃアねえか。一番景気のいい人に、奉加帳の初筆をつけてもらいてえのさ」

「それやアこんな稼業だから、当り外れは間々あること。きっとうちの人だって、喜んで寄進につくでしょうよ」

「そりゃアそうするのが当り前さ」

「え、何ですって?」

「ははははは。怒っちゃアいけねえいけねえ。無心に来て怒らせる馬鹿も無《ね》えものだが、よく聞きな。俺の鯨はたとい腐ったにしろ正真正銘、鮫津へ上った鯨だが、伝さんとこの虎の子は、一体何処で捕れた虎の子だえ?」

お吉ははっと唇を噛んだ。

由兵衛はその変った顔色を見て、せせら笑うようにつづけた。

「唐土《もろこし》千里が薮で生捕った云っているが、唐土の虎も此頃ではニャーゴと泣くようになったのかえ? はははは。なるほど和唐内の虎狩という見立で、竹薮の作り物の中へ引張り出し、チャルメラや銅鑼を吹いたり叩いたり、わあわあ囃し立てるので、泣声も碌に聞えねえが、俺はその声をはっきり聞いた。昔から猫でない証拠に竹を描いておけというが、伝さんもとんだいかさまをする人だ。それじゃア正路《しょうろ》の香具師とは云えねえ。いいや、香具師の風上にも置けねえ遣《や》り方だ」

「それじゃアそれを黙ってるから、いくらか寄越せと云うんですかえ？」

お吉は蒼くなった顔に冷笑を泛べ、唇を顫わして云い返した。

「と、とんでもねえ。俺はそんな強請《ゆすり》がましいことは云わねえ。ただあこぎに儲けている人から、些と冥加金がほしいだけなのさ」

「ふん、虎か猫か、そんなことは知らないけど、いかさまのあこぎのと変に脅《おど》しにかけられちゃア、御奉謝も出来かねますねえ」

お吉は強気に、忌々《いまいま》しそうに横を向いた。

「いや、それならそれでいいんだ。しかし何だぜ、お前は女のことで知るめえが、もしかすると伝次たちは死罪か獄門、軽くても遠島ぐれえは免れねえという大変な事があるんだぜ」

「ええっ、何、何ですって？」

「いいかえ、他ならねえお前の事だから云うのだが、木戸の呼込みが大きな声で云ってるだろう。さあさあ御覧よ、公方様御上覧の虎の子だ……と。え？　一体いつ公方様が御上覧になったんだ？」

「ええっ……？」

「客を釣るに事をけえて、みだりに公方様のお名前なんか担《かつ》ぎ出して、恐れ多いたア思わねえのか？　もし此事が町方の耳にでも入ってみろ、上を恐れぬ不埒者というんで、お前達みんな数珠つなぎだぞ」

「……」

顔から血の気を失《な》くしたお吉は、長火鉢の縁をしっかと摑んだまま顫えていた。

「それじゃア此事を伝次によく云っておきねえ。俺は又明日でも出直して来よう」

由兵衛は上気した顔で立上った。

「あ、お前さん」お吉は慌てて呼び止めた。

「ちょ、ちょっと待っておくんなさい」

「何か用かえ?」

お吉は急いで隣の部屋へ行ったかと思うと、箪笥の小抽斗《ひきだし》でも明けるような、カタコト音をさせていたが、すぐに出て来て由兵衛の前へ坐ると、

「お前さん、伝次にはあたしからよく云いますから、もう逢わないでおくんなさい。その代り、ここに小判が十両あります。これをお前さんへ上げますから、どうか虎の子のことや、呼込みの口上の事などは、誰にも云わないでおくんなさい。ねえ、お願いです……」

と、片手に花札のように握っていた小判を畳の上へ、裸のままずさりとおいた。

お吉は暫く放心したように坐っていたが、やがて気が落ちつくとともに、亭主の危急を救ったという喜びと、一年近くも世話になった前の男の急場をも、併せて救ったような気がして、一寸てれ臭いような喜びを感じた。

その時急に、入口の戸を引裂くように烈しく開けて、ふらふらと泳ぐような足取りで入って来た、背の高い、眼つきの厳《きつ》い、月代《さかやき》も頤《おとがい》も藍のように光った三十がらみのいい男。

「やいお吉、今ここへ由兵衛が来たろう?」

男はお吉の前へ立ちはだかったまま、強《したた》かに酔った蒼い顔に眼を据えて、酒臭い息を吹きかけた。

「ああ、たった今帰ったところさ」

「てめえ、あの野郎に十両やったろう」

「おや、よく知ってるねえ。何処かで逢ったのかえ?」

「へん、白ばくれていやアがる。やい、この伝次さまは見通しだぞ。さあ、何で亭主のいねえ留守に、そんな大金をやりやアがった。さあ理由《わけ》を云え理由を云え」

「ああ云わなくってさ。あたしは早くお前さんに話したいと思っていたのさ」

お吉は無理に伝次の手を引張って坐らせると、先刻の模様をくわしく話した。

しかし伝次はいよいよ猛り立って罵った。

「篦棒《べらぼう》め、彼奴《あいつ》が勝手に損をしたのを、此方《こっち》が引担ぐ間抜けが何処にある。そんな後暗え云訳で聞く俺じゃアねえ。さあ本当の事を云え。本当の事をぬかさねえか」

「だからさ、これは一つは猫の方の口留さ」

「篦棒め、何のための口留だ。見世物の呼込みが嘘八百を並べるのは、権現様御入国以来のお定まりだ。たとい下総八幡《やはた》の藪知らずで生捕ったドラ猫でも、見世物へ出りゃア立派に虎で通るのだ。第一本当の虎の子が八文なんかで見せられるか。積《つも》って見ても知れた事だ」

「そりゃア見る人が見れば判るんだから、虎が猫だって構わないよ。ただ困るのは呼込みの口上、公方様御上覧ていう文句はどうするのさ。お上へ知れたら獄門ものだよ」

「何を云やアがる。公方様御上覧が何故《なぜ》いけねえ。公方様が虎になった、公方様の生れ変りだと云ったのなら不可ねえだろうが、ただ御上覧になったと云っただけだ。そんな脅しに乗りやアがって、みすみす十両てえ大金を強請《ゆすり》とられやがって、それで香具師の嬶《かかあ》が勤まるか。このモモンガアめ、ざまア見やがれ」

「そんな強がりをお云いだけど、お前さんは今が一番大切な時なんだよ。それを詰《つま》らぬ怨みを買って、江戸の仇を長崎でなんて真似をされたら、それこそ大きな損じゃアないか。お前さんに聞かないで十両やったのは、重々あたしが悪かったけど、これもお前さんの身が可愛いから。まあ堪忍しておくれな」

「厭だ厭だ。他の事なら堪忍しめえものでもねえが、こればかりは堪忍ならねえ」

「おや、乙なことを。どうしてだえ?」

「へん、白々しい面アするな。てめえはまだあの由兵衛に惚れているから、それで俺に内証で、十両って金を遣ったのだ」

「まアお前さん、何てえことを」

「そうだそうだ、それに違えねえのだ。へん、奥山の茶店で可愛がってもらった味が忘れられねえのだろう。ざまア見やがれ」

「ち、畜生ッ……」

お吉は伝次にむしゃぶりついた。

「な、何をしやがる」

伝次はお吉を突き放して云った。

「さあ、それが嘘なら由兵衛の処へ行って、十両の金を取返して来やがれ」


十五夜の月の光に三宝の芒の影が、縁側から長く流れこんでいる座敷で、清吉は友九郎と話していた。

「そこでお吉は番場から、山の宿の由兵衛の処へ押しかけて行ったんだ。女にしちゃアいい度胸だが、お吉にしたら亭主に疑ぐられたのが口惜しい一心、こうなると女は凄い。源八長屋へ訪ねて行くと、由兵衛は一人で酒を飲んでいる。思わぬ金が入ったので早速一杯始めたんだろう。お吉を見ると喜んで、よく来てくれた、まア一杯と猪口《ちょこ》を差すのを、それどころじゃアない、実はこうこう云うわけで、折角あげた金だけど今夜は一先ず返しておくれ。いずれそのうちきっと工面して持ってくるから……と頼むと、いやその金はもう他人の手へ渡って手元に無え。まアそう伝次のことばかし云わねえで、馴染みがいに此方へ来ねえと、お吉の手をとって引寄せる。

お吉にしたら色模様どころじゃアねえから言葉も荒く金の催促。こう食い違ってきては仕方がねえ、すったもんだの果が立廻りよ。ついに有合《ありあ》う刺身庖丁を夢中で振り廻しているうち、手が廻って由兵衛を斬ってしまったとこういうわけさ。

相手が血まみれになってぶっ倒れると、もう金どころの騒ぎじゃ無え。おどろいて逃げ帰る。伝次も驚いたが身から出た錆で仕方が無え。倖い何も証拠のないことだから、当分知らん顔で様子を見ようと、何食わぬ顔をしている処へ、俺が踏み込んで行ったんで器用に兜をぬいでしまった。

いや、それにしても鳥の行方と下手人とが、たった一日で判るなんて、俺の一生にも恐らく又と無《ね》えことだろう。これもみんなお前のとこの九官鳥のお蔭だよ。

笊から出た時、何と云って鳴いたと思う?

『お吉、あぶねえあぶねえ、お吉、堪忍してくれ危《あぶ》ねえ危ねえ……』と云ったのさ。

由兵衛の身の上を知っていただけに、すぐカチンと来たのだが、まったく九官鳥さまさまだ。

これを盗んだ奴かえ? もう当りはついている。奥山の地廻りで馬吉という奴らしい。由兵衛と牒《しめ》し合せてやったことか、それとも盗み出してから持ち込んだか、そこはまだ判らねえが、おそらく旅へでも持って行く積りだったんだろう。今金太が引挙げに行っているから、そのうち御用にして来るだろう。

いつものことだが兎《と》かく間違いは色と金、人間は腥《なまぐさ》くっていけねえ。そこへ行くと鳥はいいや。なあ太夫さん。だが、お前も人間の言葉ばかし仕込まれて、自分の言葉を忘れてしまいそうだな。いや、こうなるとお前もあんまりいい身の上じゃアねえらしい。はっはははは」

清吉は月の中で、瑠璃太夫を掌《て》へのせると顰《しか》めっ面《つら》で苦っぽく笑った。

団扇の仮名文字

一

「お早うございます」

三筋町の竹五郎が、葭障子《よししょうじ》の閾《しきい》の外で、ちょっと小膝をついて挨拶をした。

いろいろに咲いた朝顔の鉢を縁側に並べ、飽かずに眺めていた清吉は、

「大層《てえそう》早えじゃアねえか。まア此方へ来《き》ねえ、ここなら幾らか風がある。だがあんまり花の方を見てくれるなよ。お前《めえ》の顔を見ると朝顔が萎《しぼ》むからな」

「口が悪いねえ相変らず、いくら寝坊の私《あっし》でも、この暑さじゃアいつまでも寝ちゃアいられませんよ」

と竹五郎は縁側近くへ来て坐った。

「この夏はわりと涼しくって助かったと思ったが、土用《どよう》へ入《へえ》って滅法暑くなって来た。これじゃア来月の残暑が思いやられるぜ。精々鰻でも食って精をつけなくちゃアいけねえ」

「親分、実アその鰻のことなんですがね」

「鰻？　鰻がどうかしたのかえ」

「昨日は土用の丑の日で、方々で鰻を食いやしたねえ」

「うむ」

いつごろ誰が言い出したのか、夏の土用の丑の日に鰻を食うと延命息災ということが言い囃《はや》され、多くの人がその蒲焼を食うようになった。殊に江戸の下町に住む者たちは、なかば見栄も手伝って、あらそって鰻を食った。

浅草諏訪町の清吉の家でも、子分の太吉、米五郎、三八と女気なしの四人だが、やはり昨日は駒形の「宮戸川」から蒲焼を取寄せて食ったのだった。

「その鰻がどうかしたのか？」

「へえ、お前さん、阿部川町に豊美津てえ富本の師匠が住んでいるのを御存知ですかえ」

「顔は知らねえが、お前が元ならいに行ってた師匠だろう」

「さいです。その師匠が昨夜鰻を食って死にやしたんで」

「ふうむ、食い合わせか？」

「それがどうも怪しいんで。よく鰻と梅干はいけねえとか、鰻には色々食い合せが多いので、医者もはっきりしたこたア言えねえらしいんだが、私《あっし》アたしかに変死に違《ちげ》えねえと思うんです」

「変死……てえと、毒害《どくがい》か？」

「さいです。たしかに毒害なんで。私アちゃんと一本証拠を握って来たんで」

「ふうむ、一つ詳しく話してみねえ」

「へえ、まアこういうわけなんで……」

昨夜八時《いつつ》すぎ、やはり鰻の蒲焼で一杯やった竹五郎は、涼みがてら団扇を持って戸外へ出た。

ぶらぶら歩いているうちに阿部川町へ来た。

（一つ久しぶりに師匠の所へでも寄って見ようか……）

駿河屋という葉茶屋の前まで来ると、その横丁へ二三人の人が慌ただしく駆け込んで行くので、おやッと思って足早に行って覗くと、豊美津の家の門口に、もう七八人の黒い影が重なって、家の中を覗き込んでいるのが、格子戸の中の御神灯の灯《あかり》に照らされて、滲んだように明るかった。

「御免よ、御免よ」

急いで駆け込んだ竹五郎は、立ってる人を掻き分けて飛び込むと、上り端の二畳につづいた六畳の茶の間で、顔見知りの容斎先生が、浴衣の胸元から膝前を血だらけにして転がっている豊美津を、あぐねたような顔で見つめていた。

その傍に銀杏返しに結った小柄な娘が、袂を顔に押しあてて、肩を顫わして泣いていた。

二畳の方には屋根屋の吉五郎が、細ッこい体を鯱《しゃち》こばらせて腕を組み、顎を引いてそのさまを見ていた。

「どうしたんだえ、師匠がどうかしなすったのかえ?」

竹五郎は誰にともなく畳みかけてそう訊いた。

「まア食当りのようなのだが……」

と容斎は首をかしげてそう答えた。

「食当りッて、もう不可《いけ》ねえンですかえ？」

「左様、もうすっかりこと切れてるのでな。何とも手の施《ほどこ》しようがない」

「へえ……」

少し白髪の混った洗い髪を櫛巻にした豊美津の顔は、眼はかっと開いたまま、口も右の方へ歪んでいて、その唇から顎、顎から咽へかけて流れた血の、もうどす黒く固っているのも、その最後の苦しみが如何に烈しいものであったかを、まざまざと示していた。

「こいつアひでえ事になったもんだな。一体《いってえ》どうしたんだえ、誰もいなかったのかえ、え？ お杉さん」

竹五郎は泣いている娘にそう声をかけたが、娘は一層烈しく泣入るだけで答えはなかった。

「そうなんだよ、竹さん。師匠は一人だったんだ。お照さんは何処へか出て行ってていねえし、お杉さんも朝っから出ていて、今さき帰って来て、師匠のこの態《てい》を見てびっくり、戸外へ飛び出して喚くところへ、恰度俺が通りかかり、大急ぎで容斎先生を呼んで来たんだ」

屋根吉は腕組みのまま、いつもの疳高い声でそう答えた。

「食当りッて、何を食いなすったんだ」

「鰻の蒲焼よ。そこにまだ出前の容器《いれもの》があるだろう」

なるほど部屋の片隅に寄せられた膳の上には、蓋を開かれた宮戸川の重箱と、吸物椀、少しく手のついた刺身と甘煮《うまに》、酒徳利も一本のっていて、別にもう一人前蒲焼の重箱が載っていた。師匠の平常の生活を知っている竹五郎は、それを別に贅沢とも思わなかった。

「ふうむ、そうすっと師匠は行水をすまして、一人チビチビやってたわけだな。だが宮戸川の鰻なら、俺も先刻食ったばかしだが、あすこの物でこんな事アねえ筈だが。他に何か食ったのかしら?」

「さあ、それを調べるなアお前の役目だ。まア膳の上でも調べて見ねえ」

と屋根吉は、冷かすような口調で言った。

竹五郎はちょっとむっとしたが、こんな悲しみの中で、すぐとそんな詮議立てをする自分のやりかたを、吉は面白く思わなかったのだろうと虫を押えた。そして黙って膳の上の徳利を取って振って見たが音もない。逆さにしても雫《しずく》もない。匂《におい》を嗅ぐと香もなかった。竹は思わず眉をひそめた。

その様子を見ていた容斎は、そこそこに腰を上げると、

「誠に気の毒だが、もうこれでは仕様がない。まア後をよろしいように……」

そう言って帰って行った。

それを待っていたように近所の者が入った来た。家主《やぬし》の駿河屋から番頭が来た。

師匠の死骸は早速に入口の脇の、いつもの稽古場に使っている出格子のついた四畳半の部屋へ移され、月番たちによって色々と通夜の支度がすすめられた。

竹五郎は、お杉が死骸の着物を着替えさせるのを手伝ってやりながら、それとなく師匠の体を調べたが、別に突き傷、打ち傷もなく、帯の間や袂からも何一つ怪しいものは現れなかった。

竹五郎は台所へ行って手を洗いながら、そのあたりを見ると一升樽があったので、すぐと取上げて振って見たが、これにも更に音がなく、ポンと口を抜いて嗅いでみると、これには木に沁みついた酒の香がした。

元の茶の間へ帰って来ると、今夜は風まで死んだようで、わりと風通しのいいこの家も、蒸し風呂のような暑さだった。竹五郎は自分の持って来た団扇を探すと、駿河屋の番頭が使いながら喋《しゃべ》っているので、部屋の隅に投げ捨てられたように転がっている、鳶頭のお中元らしい纏《まとい》を描いた安団扇を、手を伸ばして取上げた。

煽ぎながらふと見ると、裏の白地に赤黒く汚染《しみ》のような一行の文字。手を止めて読み下した竹五郎、思わずはっと息を呑んだ。

彼は努めてさあらぬ態で風を送りながら、やがてさも耐えられぬように戸外へ出ると、一文字に容斎の家を訪ねた。

容斎は竹五郎を見ると、さもさも迷惑らしく眉をしかめた。

「ねえ先生、師匠のあれは、本当に食い合せでしょうか？」

「さア、それは何とも言えないな」

小心なこの町医者は、引合い（巻き添え）になるのを極度に恐れて、何を訊いても、ただ何とも言えないの一点張りだった。

「あの吐いた血や何かで、はっきり分らねえもんでしょうか」

「むむ、まアそれはもう少し豪《えら》い医者にでも診てもらってくれ。儂《わし》はこういう事に出会ったことがないので、どうも何とも言えないな」

要領を得ぬまま竹五郎は一先ず三筋町へ引返すと、その団扇を戸棚へしまい、着物を着替え香奠を包むと、又師匠の家へ行った。

と、今帰って来たばかりらしい娘のお照が、師匠の死骸に取組って大泣きの最中だった。

「そんなわけで、昨夜はお通夜かたがた家の様子を見張ってたんだが、これという獲物も無《ね》えので、そのまま引上げて来たんですが、親分、こりゃア些《ちっ》と大物じゃアねえでしょうか」

語り終った竹五郎は、いささか得意気な色さえ浮べた。

「そうよなア……。まアとにかくその団扇てえのを出して見ねえ」

「へえ、これなんですよ、親分」

と竹五郎、風呂敷から団扇を一本出して渡した。

なるほど表は纏の絵だが、裏を返すと、そこには指先ででも書いたらしい、おてるにころ……

という六つの仮名が、つづけ文字に書かれてあった。

「おてるにころ……。ふむ、お照に殺されたッてえわけだな」

「そうなんで。その赤黒い字の色は、おそらく指の先へ蒲焼のタレをつけて書いたんじゃアねえかと思うんです。嗅いでみなせえ、ちっと生臭《なまぐさ》えような、香《こう》ばしいような匂がしやすから」

「なるほどな……。そこで豊美津てえ師匠は、一体《いってえ》どんな女なんだ。お前の話によると、大層贅沢な女だってえことだが」

「へえ、私《あっし》が知ってんじゃア何でも元は深川の仲町で、美津吉といって芸者に出てたそうですが、何しろ御面相がいけねえ上に、ちょっと陰気な方なんで、世話をしてくれる客もつかず、ほんの取巻で稼いでいるうちに、どんな目が出たのか、ふいに彼処《あそこ》へ家を持つようになったッてえわけなんで」

「とんだ物好きな旦那でもついたんだろう」

「ところがそうじゃアねえらしいんで、何でも昔世話をしてやった者が大層な出世をして、そっちの方から恩返してえ事で身請《みう》けをする、仕送りも毎月たっぷりというわけで、だからまあ楽隠居ッてえ身分なんで」

「それが今まで続いたッてえのかえ?」

「そうなんですよ。もう彼是《かれこれ》二十年から続いてるんだそうですから、大《てえ》したもんじゃアありませんか。だから弟子なんか有っても無くっても、一向に構わなかったッてえわけなんです」

「ふうむ、今時めずらしい話だな。それで豊美津はその間、一度も亭主は持ったこと無しかえ？」

「へえ、亭主にも情夫《いろ》にも、男ッ気てえものはこれッぽっちも有りやせん。そりゃア私が受合います。何しろあのお面だからねえ」

「いや、たとい面は拙《まず》くッても、そんないい株が附いてんだ。それを目当にちょっかいを出す野郎も、有りそうなもんじゃアねえか」

「それがからきし無かったようで、いえ、引張った奴はいたかも知れねえが、根が堅《かた》え女だから相手にしなかったのかも知れやせん」

「ふむ。そこでお照てえのはどういう縁つづきの娘なんだ」

「お照は師匠の姪なんですが、小ちゃい時に両親に死なれ、七つの時から師匠の所へ引取られ、ずうッと育てられて来たんで、いわば大恩のある養母でさあ」

「気立てはどうだ」

「そうですねえ、師匠が甘やかして育てたせいか、かなり我儘で、蓮《はす》っ葉《ぱ》なとこも有りやしたね」

「情夫《おとこ》でも出来てるような事ア無《ね》えかえ？」

「さアそいつはどうだか……」

「お杉てえ女中はどうだ？」

「こいつアちょいと剥《む》けた女で、年もお照より一つ二つ多いかな、家は小梅の方だってえことです」

「ふむ……そうしてその毎月仕送りをしてるてえのは、何処の何てえ者だ」

「それがね、いつも月の十四日てえと先方から、きちんと金を届けに来るんで、此方から行った事は一度もなく、師匠もまた、名前をいっては先様の不為《ふため》になる事だからと、一度も口外した事が無えので、お照にも何処の誰やら一向に分らねえそうで。師匠の性分を考えると、まア有りそうな話ですがね」

「ふうむ……。とにかく行って見ようじゃアねえか」

二

竹五郎を案内に、清吉は若い子分の三八と太吉を連れて阿部川町へ向った。その町内の自身番《ばんや》へ若い二人を待たせておいて、清吉は竹五郎と師匠の家へ悔み客のような顔をして行った。

狭い家の中はもう大勢の人が詰めかけていて、線香の煙の中に団扇や扇子の波が立っていた。その中に撫子《なでしこ》模様の浴衣を着た姿のいい娘の、立働いているのが眼についた。その娘が下女のお杉と知れた。

清吉は竹五郎に耳打をして番屋へ帰ると、間もなく竹五郎がお杉を連れて来た。

色の小白い細面の、ちょっと淋しい顔立ちだが、爪はずれ（身のこなし）の尋常な悧巧そうな娘だった。

「お前がお杉だな。年は幾つだ」

「二十《はたち》でございます」

「昨日は朝から家へ帰っていたそうだが、家はどこだ」

「本所小梅の長承寺門前で、笊屋をいたしております」

「師匠の所へはいつから奉公している」

「先月の末からでございます」

「それまで何処に奉公していた」

「番町御厩谷のお旗本で、坂部三十郎様というお邸へ上っていましたが、お人減らしでお暇が出ましたものですから……」

「ほう、そいつは大層堅《かて》えとこから、軟《やわら》けえ所へ来たものだな、桂庵からかえ？」

「いいえ、長承寺の花屋の小母さんのお世話で来ました。長承寺がお師匠さんの菩提寺だものですから……」

しずかな口の利き方だが、少しも動じない返事の仕方は、さすがに武家奉公をしただけあると子分達は感心した。

「ところで師匠とお照の仲はどうだった？　近頃はちょいちょい、喧嘩ぐらいしてただろう。え？」

お杉は袖をなぶりながら困ったような素振りをしたが、やがて微に肯いた。

「ふむ、どんな事で喧嘩するんだ」

「あの、お照さんは、変り目ごとに三座の芝居が見たいとか、着物が欲しいとか帯が欲しいとか強請《ねだ》るんですけど、お師匠さんがなかなかうんと言わないものですから、それで喧嘩になるんです」

「ははは、仕様の無え娘だな。一体《いってえ》どんなふうに言い合いをするんだ」

「お師匠さんが、そんなお前の贅沢に使うようなお金《たから》は無いよッて言いますと、何ないことがあるものか、赤坂の小母さんに頼めば、いくらでもくれるじゃないか……」

「何、赤坂の小母さんだ?」

「はい。きまってお照さんはそう言うんです。お母さんは腕がないから、取れるお金もみすみす、、、取れないんだ。あたしだったら月に十両でも二十両でも取ってやるッて……」

「ふうむ……。その赤坂の小母さんてえのは何てえ人だ」

「存じません。いつもお使が来るだけですから……」

「その使に来るなアどんな男だ」

「お邸の若党のような方で、いつもただ赤坂から参りましたというだけで、お邸の名は申しません」

「それについて何か近頃、大喧嘩をしたようなことはねえか」

「さあ……」

ちょっと考えていたお杉は、思い出したように言った。

「そう言えば四五日前、お師匠さんのお供をして、御門跡様へお詣りに行き、正午前《ここのつまえ》に帰って来ますと、お照さんがお師匠さんの用箪笥の中を、掻き廻していたんです。それからお師匠さんが大層怒って、半刻《はんとき》あまりも口争いをなさいました。その時お師匠さんが、いくらお前が泥棒みたいな真似をして探したって、赤坂の邸が分るもんか。ほんとに金の要る時が来りゃア、千両でも二千両でも私《あたし》の口一つで引出して見せる。雛ッ子のくせに洒落《しゃら》くせえ真似をするな……と、びっくりするような啖呵《たんか》をお切りになりました」

「ふむ……。ところでお照が此頃関り合っているあの男は、何てえ奴だったたッけな」

「えっ、あの、伝次さんのことですか？」

「そうそう伝次よ。気障な野郎だが何処の者だ」

「鳥越にいる遊び人です」

「近くだな。やっぱり師匠の弟子かえ？」

「何でも元はそうだったということですが、お照さんと変な仲になったもんですから、お師匠さんが怒って断《ことわ》ったんだそうです」

「なるほど、師匠は堅えからね。それで二人は此頃どこで逢ってるね」

「さアそれは私、存じません……」

「はははは。隠しちゃアいけねえ。どこで逢いびきしてるか、お前の知らねえわけは無えだろう。

御用で訊くんだ、言っちまいねえ」

じろりと清吉に睨まれて、お杉は恐れ入ったように頭を下げた。

「あの、一度、お使いにやらされたことがありますので……。柳橋の梅屋という船宿へ」

「ほう、洒落たところで逢ってやがるな。ところで昨日鰻を食うことは、前ッから決っていたのかえ?」

「はい。私も家に帰らなければ御馳走になるところでしたけど、生憎母親が病気という知らせがあったものですから……」

「ははは。そいつは惜しいことをしたな。そうして何かえ、師匠は酒は強かったかえ」

「いいえ、一本がおきまりで、それもお照さんに少し相手をおさせになって……」

「ふむ、お照も飲むのか。ところで一昨日樽から徳利へ移したあと、どのくらい残っていたね」

「さア一本有るか無しでしたでしょうか……」

「そうか。いや、どうも御苦労だった」

又呼び出すかも知れないからとお杉を帰すと、清吉は難しい顔で腕を組んだ。

「ねえ親分、こいつアやっぱりお照と伝次が、恋路の邪魔と二つには、赤坂の邸を教えてくれぬ腹癒せに、一服盛ったんじゃアねえでしょうか」

と竹五郎が囁いた。

「いいや、なかなかそう容易《たやす》くは判じられねえ」

「でも、あの団扇にちゃんと……」

「さアそいつがちっと眉唾ものだぜ。三八、お前は一つ小梅へ行って、お杉の身許を洗って来てくれ」

「え、お杉の？」

「うむ、彼奴はなかなか悧巧者だ。俺のかまに引懸ったように見せて、べらべら伝次の事を喋《しゃべ》ったことなど、憎いほどの呼吸《いき》だったぜ。俺の思い過しかどうか、疑念晴しに行って見てくれ」

「あい、ようがす」

「それから太吉、お前は鳥越へ行って、伝次の奴を洗って来てくれ。如才もあるめえが、柳橋も忘れちゃアいけねえぜ」

「へえ、かしこまりました」

二人はすぐに飛び立って行った。

「さアそれじゃアお照を呼んで来てくれ」

「あい」

竹五郎は間もなくお照を連れて来た。

お照は眼鼻立ちの大きな派手な顔で、その眼は赤く泣き腫《は》らしていた。

「師匠もとんだ事だったな。ところで身内はお前だけかえ？」

「はい」

「幾歳になる」

「十九でございます」

「お前は昨日、師匠の死んだ時るすをしていて、八時《いつつ》すぎて帰って来たてえことだが、それまで何処へ行ってたんだ」

お照は返事に詰って俯向いた。

「伝次に逢いに行ってたのか」

お照ははっとしたように清吉を見上げたが、すぐ眩しそうに頸垂《うなだ》れてしまった。その衿足は、描《か》いたように美しかった。

「仕様のねえ色娘だな。ところで毎月仕送りのある赤坂の邸たア何てえ邸だ」

「知りません」

「知らねえ筈は無えだろう。お前はいつももっといたぶって取ったらいいと、師匠を責めていたじゃアねえか。さア何てえ邸か正直に言いねえ」

「それでも本当に知らないんです」

「ふむ、それじゃア知らねえ事にしておこう。ところで赤坂の邸からは、毎月一体いくら来るんだ」

「五両です」

「えっ、五両……？」

清吉は思わず竹五郎と顔を見合わした。

年三両の給金で若党一人抱えていられる御時勢に、月五両の仕送りとはさすがの清吉も驚いた。昔その邸の者がどんな恩を受けたかは知らないが、世間並に考えてそれは少しく多すぎる。これには何か余程の仔細があるらしく思われる。

したがって師匠の贅沢な生活《くらし》の出来るわけも分ったが、それにしても高が女一人の飲み食い、別に道楽のある様子もないから、二十年近い歳月の間に積立てた貯えは、相当な金高になっている筈と思えた。そうするとそれを目当に、身近の者の手が動くことも考えられる……。

「おい、お照。お前も面《つら》に似合わず酷《むご》い真似をしやアがったな。コレ親殺しは磔《はりつけ》だぞッ」

「ええッ」

はっとして振上げたお照の顔は真蒼だった。

「おい、手前《てめえ》は伝次と言い合わして、師匠に毒を盛ったろう。素直に白状してしまえッ」

嵩にかかって極めつけられたお照は、顫えながら必死に叫んだ。

「ち、違います、違います、私がお母さんを殺すなんて、そ、そんな恐ろしい……」

「そう言っても現に師匠の書置があるんだ」

「書置……?」

「お前に殺されたッて書置だ」

「嘘、嘘です。お母さんがそんなこと、書くわけがありません」

「よし、そんなら見せてやろう、これだ」

清吉は風呂敷から団扇を出して突きつけた。

「さアよく見ねえ。これはお前のところから引上げてきた団扇だから、見覚えがあるだろう。さア裏を見てみろ」

顫える手でそれを取上げたお照は、訝しそうに裏を返すと、首をかしげた。

「おてるにころ……、おてるにころ……。あッ、あたしに殺されたっていうんですね」

「そうだ、ちゃんとそうした証拠があるんだ」

「ち、違います。こりゃアお母さんの書いた字じゃアありません」

「何だとッ?」

「お母さんは此間から、ひどく疳が立ってて手が顫え、お稽古もできないでいるんです。いいえ、嘘じゃアありません。お弟子さん達は知ってます。それなのにこんな字の書ける筈がありません。これは誰かが私《あたし》に罪を塗りつけようと、わざとこんなことを書いたんです。親分さん、私はほんとに夢にも覚えのないことなんです……」

泣きじゃくりながら訴えていたお照は、遂にわっと泣きくずれた。

三

清吉はその日のうちに、どうしてもすまさねばならぬ用事があるので、後を竹五郎にまかせ、用事の方へ廻ったついでに、南八丁堀の町方同心安原の役宅へ寄って、ちょっとこの一件を報告してから、夕方近く諏訪町の家へ帰って来ると、小梅へ遣った三八が、今帰ったというところで、井戸端で背中の汗を拭いていた。

「やア御苦労だったな。そいで彼方《あっち》はどうだった」

急いで上って来た三八は、清吉の前へきちんと坐った。

「大体お杉の言う通りで、親父は伊兵衛、阿母《おふくろ》はおさだ、他に十五ンなる妹が一人。近所でも堅《かた》人《じん》てえ評判で、お杉にも悪い噂はござんせん。先月の初めまで番町の坂部てえ旗本邸へ奉公してたてえのも本当で、別に不首尾があってお暇になったのでもないらしく、その後も時々邸から、若党のようなものがやって来たりするそうです」

「ふうむ、いい事ずくめだな」

と苦笑した清吉は、

「その若党みてえな男てえのは何だ。邸からの使かえ？　それともお杉の情夫《いろ》か何かか？」

「さアそいつア……」

と小鬢を掻いた三八は、

「ついうっかりしちゃったが、二十四五の実直らしい男だってえことです」

「気になるな」

やや不機嫌らしく眉をしかめた清吉は、

「まアいい。ところで明日は、その番町の邸てえのを洗って来てくれ。いやにお杉にこだわるようだが、どうも気になって仕様がねえ。無駄でもいいから念を入れて洗って見てくれ」

「あい。何ならこれから行って来やしょう」

「番町あたりへ夜行ったってどうなるものだ。まア明日の朝にしねえ。俺ア一風呂《ひとッぷろ》浴びてくる」

清吉が銭湯から帰って来ると、蚊いぶしの煙の立ちのぼる縁側近くに、好物の水貝に玉子豆腐、冷たい冬瓜汁という献立の膳に、酒が一本のって出ていた。

「太吉は遅《おせ》えな、伝次の面《つら》でも見ておこうと追っかけているんだろうが……」

膳の前へ坐った清吉は、盃をとり上げかねてそう呟いた。

「そうですね、彼奴アねつい(粘り強い)から。まア一つお酌しやしょう」

三八がそう言って側へ来た。

「うむ……」

もうとっぷりと暮れきった空を眺めやった時、太吉が汗を拭き拭き帰って来た。

「やア御苦労々々。そこでどうだった」

清吉は早速に盃を指した。

「親分、とんだ事になった。伝次の奴が死にやした」

「えッ……。殺されたのか？」

「そうなんで。私《あっし》もまったく驚いた」

太吉はぐッと明けて返盃すると、

「鳥越へ行って塒《ねぐら》を探すと、山喜という酒屋の裏で、長屋ながら小綺麗に住んでました。近所で聞くと元は柳橋の船頭で中々小粋な奴だそうです。ここ二三日は帰って来ねえが、近頃金廻りがいいらしく、始終贅《おご》られていると見え近所の評判はいい方でした。お照は一度も行かねえようで、そんな女は見ねえと言ってます。それから梅屋へ行って調べると、昨日は二時頃からお照が先へやって来て、伝次と二人で、あの暑い中を夜の八時《いつつ》近くまで一間へ籠りッきりで、女中達も呆れてました。それから伝次の友達てえのを探しまわったんだが、なかなか摑まらねえ。やっと川向うの原庭で摑まえて訊くと、津軽の大部屋へ行きゃアいるかも知れねえというので、彼処の部屋頭なら知ってるからいい都合だと行って見ると、昨日ッから面ア出さねえというんです。するてえと側にいた若えのが、伝次なら昨夜九時頃《いつつはん》、横網の河岸ッぷちを、若党風の男と一緒に歩いてんのに逢ったッて言うんです」

「何、若党風の……？」

清吉の声が思わず弾んだ。

「太吉、そ、それからどうした？」

三八も思わず乗り出して訊いた。

「それでその若えのが、摺れ違いながら、伝次兄い、今夜は津軽へ行かねえのかえと訊くと、あとで行くよと言って行ったそうです。それだけしか分らねえので、これというあてもなかったんだが、ぶらぶら横網の方へ歩いて行くと、土左エ門だ土左エ門だと大勢が百本杭の方へ駆け出して行くんで、私も蹤《つ》いて行って見ると、それが伝次の野郎なんです。いえ、私《あっし》ア面《つら》は知らねえンですが、河岸《かし》へ引上げてやった猪牙《ちょき》の船頭が、此奴ア神田川の伝次てえ船頭上りの遊び人だと言ったんで分ったんです。左肩から袈裟がけに四五寸、見事なもので、おそらく切られるとすぐに大川へ蹴込まれたんじゃアねえかと思います。透綾《すきや》の着流しがべったり体にへばりついてて、晒の腹巻に匕首と財布。それに十二両三分と二朱ばかり入《へえ》ってました。そこへ横網の勝五郎親分が出張って来たんで、そのまま帰って来たんですが、親分、どうしたらようがアしょう」

「いや、そいつア大出来だ。やっぱし俺達の仕事は、無駄に歩いて見なくちゃアいけねえな。どうやらこれで荒筋は通ったようだぜ」

「へえ……？」

子分達は怪訝《けげん》な顔で清吉を見た。

「さアぐずぐずしてると、今度はお照が殺されるぜ」

「ええッ……？」

清吉は愕く子分に策を授けると、早々に三八を連れて阿部川町へ急いだ。近くへ来ると三八は一人先へすりぬけて横丁へ入った。

月影に暗くなった葉茶屋の角に縁台が出ていて、そこに二人の男が団扇を使いながら喋っていた。

それは恰度この横丁の出入を見張る関所の番卒のように見えた。

「オヤ親分、お忙しゅうございますね」

振り返って見ると、それは先程師匠の家にいて世話をやいていた屋根吉だった。もう一人は駿河屋の番頭だった。

「師匠ン所は暑うござんすから、少しここで涼んでいらっしゃいまし」

番頭が少し縁台の居場所を下った。

「ありがたう。それじゃア少し涼ませてもらおうか」

清吉はそこへ腰をおろすと扇子をぬいた。

同じ横丁に住み、しかも多年の弟子で、師匠の家の事なら何でも知ってるという屋根吉は、今度の変事について、素人なりにも怪しいと睨み、いろいろと清吉の見込みを訊くのだった。清吉もいい加減に返事をしながら、それとなく話を引出していると、ふと筒袖の黒い単衣《ひとえ》を裾短かに着た、素足に藁草履、頬冠りという風体の男が、影のようにすうッと横丁へ消えて行った。

「オヤ……？」

と屋根吉が振り返った。

清吉もむろんその肩幅のがっしりした後姿を見とめていた。

「妙な奴だな、見たような気がするが……」

しばらく考えていた屋根吉は、あっと言って手を打った。

「そうだ、あの男に違いねえ。いつも師匠の所へ使にくる、赤坂の邸の者だ」

「えっ、赤坂の……、たしかにそうかえ？」

「違いねえと思うんだが……」

「ああ毎月来なさる若党さんかい。しかし悔みに来なすったにしちゃア些と妙な恰好だな」

と、葉茶屋の番頭は首をかしげた。

清吉はついと立つとその後を追った。

男は真直に師匠の家へ行こうとはせず、左側の葉茶屋の横手について、その露地を曲ろうとすると、二三人の出てくる話声が聞えたので、男はちょっとためらったが、仕方なさそうに真直に行った。

肯《うなず》いた清吉は、三人ばかりの内儀《かみ》さん達と摺れ違ってその露地へ入った。そして更に右へ曲ると、そこは少し広い明地になっていて、師匠の家を始め四五軒の勝手口がコの字形に並んでいて、太い桐の木が三本、少し離れて車井戸。突当りの家の前には夜干しの浴衣が二枚ばかり干してあった。

清吉はその干物《ほしもの》の蔭になった芥箱《ごみばこ》の脇にうずくまると、露地と師匠の家の勝手口とを見張った。やがて露地から先刻の男が入って来た。男は周囲を窺うと、そっと桐の影へ立った。師匠の家は今夜は通夜で、勝手口には人の影が絶えず動いて、ひどく忙しそうであったが、男は辛抱づよくかなり長い間待っていた。

「いえ、ようござんすよ。私が汲んで来ますから……」

そんな声がしたかと思うと、襷がけのお杉が手桶を提げて出て来た。お杉は井戸端へ来て釣瓶を汲み上げながら周囲を見た。

男は木蔭からついと出た。お杉は慌てて首を振って遮ると、ざあァと水を明け、ちょっとふところから鼻紙の丸めたようなものを撮《つま》んで投げ捨てると、そのまま後をも見ずに家へ入った。男はそろそろと近寄ると、その紙屑を拾い上げ、しずかに露地を出て行った。

清吉は窃《そっ》と男の後を追って月の明るい通りへ出た。と、向うから太吉が急ぎ足にやって来た。清吉は男の背後から手を上げて太吉に合図をした。

四

〝おてるはいきてる、めあかしがみている〟

おそらく通夜のもてなしに忙しい中を、指先に醤油でもつけて書いたものらしい。おてる……

と書いた字の形は、かの団扇の字にそっくりだった。

「ふん、大方こんなこったろうと思った。おい、若党ッ」

男ははっとして顔を上げたが慌てて伏せた。

「おい、お前は昨夜鳥越の伝次を叩き斬ったな。どうして斬った」

歯を食い縛った男はふて腐されたように外方《そっぽ》を向いた。煤けた番屋の行灯の灯が、男のひきしまった横顔を照らした。

そこへ竹五郎と三八がお照とお杉を連れて来た。二人の娘は男を見ると、ひとしくあっと声を嚥《の》んだ。殊にお杉は忽《たちま》ち顔を藍に染めて顫えながら小膝をついた。

じろりとそれを見た清吉は、おずおずと坐ったお照へ言った。

「おい、この男を知ってるだろう」

「はい、毎月お邸からお使に来る……」

と言いかけると、

「うぬッ」

烈しい勢いで立上った男は、後手に縛られたまま片足で、はっしとお照の肩を蹴った。あっと板の間へ蹴倒されたお照の胸を、まだ蹴りつづけようとする男に、太吉は慌てて縄尻を引いた。

男は宙を蹴ったまま、よろよろと後へ倒れた。

「こ、この野郎、何をしやがる。今ンなって逆恨みは見っともねえぞ」

太吉は不意を衝かれた忌々しさで、力一杯男の顔を縄尻で撲《う》った。

男はそれでも口惜しそうにお照を睨んで罵《ののし》った。

「き、貴様のためにお邸ではいかほど御迷惑いたされたか知れぬぞ。多年の御恩を仇で返す人非人、貴様らのような悪党は嬲《なぶ》り殺しにしても飽きたりないのだ」

お照は一言の返答もなく蒼くなって顫えていた。

その時お杉の胸元に紅い炎が燃えたかと思うと、蒼白く光った手元が颯と伸びて、お照の咽へ流れた。

「あ、危ねえッ」

紙一重、竹五郎がその細い腕を夢中で掴むと、ぽろり剃刀が紅絹布《もみぎれ》の側へ落ちた。

お杉は身もだえをする隙もなく縄にかかった。

じっと見ていた清吉は、

「もういいだろう、お照は彼方へ連れて行け」

と、真蒼になったお照を三八に連れ出させると、

「おい、二人の縄を解いてやれ」

「えッ……」

「いいってことよ、解いてやんねえ」

「へえ……」

呆れた顔で二人は彼等の縄を解いた。

「なアおい、俺はお前達を決して悪者たア思わねえ。それどころか主人へ対して忠義な家来だと睨んでいる。お前達は屋敷のために、命を捨ててかかったんだろう、え?」

唇を噛んで俯向いている男の頬に、一筋二筋なみだが溢れた。

「なアそうだろう。悪いのはむしろ伝次とお照だ。だが正直のところ今の俺には、赤坂の邸といってたのが坂部の邸と分っただけで、それ以上の事は分らねえ。いや、お照を責めれば直《すぐ》にも分るが、それじゃア表沙汰になって、否が応でも邸の名前に関ってくるぜ」

二人ははっと怯《おび》えたように顔を見合った。

「さアそこでだ。お前達の忠義が立つよう、犬死にならねえよう、俺で出来る事なら、何とか相談に乗ろうじゃねえか。一つさっぱり打ち明けてくれるわけにいかねえかえ」

真実か詐略《さりゃく》か、岡っ引のこの言葉を解きあぐねたように、彼はしばらく考えていたが、やがてお杉の気持を量るように、その顔色を窺った。お杉はしずかに肯き返した。彼はほっと吐息をつくと、清吉の顔を見据えて言った。

「主家の迷惑にならぬようあなたが誓って下さるなら、逐一《ちくいち》仔細を申し上げよう」

「あっしも江戸ッ子だ。一旦こうと言ったからは、たといお咎めを蒙《こうむ》っても、お前さんの一分の立つようにしようじゃアねえか」

「左様ならば申し上げる。いかにも拙者は番町御厩谷、坂部三十郎様に奉公する丹助と申す若党……」

彼は五年前から前の若党の後を受けて、豊美津の許へ仕送りの金を届ける役目を荷《にな》った。風の日も雪の日も十四日という日を違《たが》えなかったが、豊美津の方もそれが約束と見えて、ただの一度も邸を訪ねた事はなかった。

ところが先月の十八日の事である。突然邸の方へ美津の使という男が、奥方にお目通り願いたいと訪ねて来た。勿論一度は断わられたが、たっての頼みに是非なく通すと、その男は美津の娘婿で伝次という者。美津が病中にて困るゆえ三十両拝借が願いたいと申し出た。奥方は呆れもし、疑いもして拒絶すると、伝次は、お貸し下さらなけりゃア阿母《おふくろ》だけが知ってることを世間様へ吹聴しますが、それでもようございますか……と忌味《いやみ》を言った。

奥方は忽ち喪心《そうしん》したようになって、三十両を与えて帰した。それに味をしめた伝次は又も晦日《みそか》にやって来て二十両せしめた。

これは一生つきまとう蝮《まむし》である。今のうちに……と決心した奥方は、日頃目をかけていた腰元の一人に内意をふくめて暇を出した。いうまでもなくお杉である。

お杉という牒者《ちょうじゃ》によって、伝次という者の正体も知れた。そこで若党の丹助が、伝次を斬る役に選《えら》まれ、丑の日を期して一時に三人を亡きものにする企《くわだて》がめぐらされた。

当夜お杉が帰って来てから、毒酒の始末をした後に騒ぎ出したのはいうまでもなく、団扇の文字も女らしい小細工だった。

「なるほどなア、それで大筋は分ったが、肝腎《かんじん》の奥方の秘密てえのが分らねえ。そりゃア一体どんなことだえ？」

「さアそれは……」

丹助は苦しげな顔で口ごもった。

「それを言わねえじゃァ分らねえ。そんならお杉、お前から言ってみてくれ」

「はい、あの……、あの奥様は元、深川の仲町で芸者をしておいででした」

「むむ、それで豊美津と知ってたんだな。だが芸者だろうと女郎だろうと、旗本の奥方になるにゃアそれ相当の仮親を立てて御輿入になったんだろう。そんなら何にもびくつく事アねえじゃアねえか」

「はい、あの、それが……」

「おい、はっきり言いねえ」

じれったそうに屹《きっ》といわれて、お杉は忽ちわっとばかりにせき上げた。

「親分さん、どうして私達は、同じ人間に生れながら、こんなに人交《ひとまじ》わりもできないような、身分違いというような、ひどい差別をつけられたんでしょう……」

清吉は不意に霹靂《かみなり》にぶつかったような気がした。

「そ、それじゃアお前は……？」

「はい、小梅の親は養い親で、本当は浅草田町の、非人の娘でございます……」

「むむ、それじゃア奥方もそうなんだな?」

「はい、それを豊美津さんに知られてしまったもんですから、御自分が坂部様へお輿入をなさる時、豊美津さんも受出して、今の所へ家を持たせ、仕送りを始めたというわけなのです」

「そうか、それで様子がすっかり知れた。丹助さん、お前さんも其方《そっち》の人かえ?」

「いや、拙者は軽輩ながら武士の端くれ、ただこれなる……」

と言いかけて、その蒼白い頬を薄く染めた。

お杉は袂で顔を覆うと、声を立てて泣き悶えた。清吉は思わず胸先に熱いものがこみ上げて来た。

士農工商、更にその下に人交わりのできぬ非人……。こんな間違った世の中の仕組が、どれだけ多くの理不尽な悲しみを生み出している事か。言いようのない憤《いきどお》りを覚えるものの、今の清吉としては、ただ目前の哀れな二人の一心を貫かしてやるより他に、何の力もないのであった。

「何ともお前達には気の毒だが、奥方のため、盗人の濡衣も引被《ひっかぶ》る覚悟はあるだろうな」

「はい。人二人まで害した上は、どのような悪名《あくみょう》も厭いませんが、もしもお照の口からして」

「いや、そいつアもしかすると、お照は何にも知らねえのじゃねえかしら。義理堅え豊美津のことだから誰にも話してやしねえだろう。積っても見ねえ、師匠が悪い女だったら、今まで何度も強請《ゆす》ってるぜ。まアとにかくお前達の黄泉《よみじ》の障りを払うために、すぐにお照を調べてみよう」

――はたしてお照はそうした秘密は知らなかった。お照はただ伝次へ与える小遣銭の不足をかこって、お母さんには二十年来こうこういういい株があると喋ると、伝次は悪党だけに直《すぐ》とその底にある秘密を感づいた。何とかしてその秘密を嗅ぎ出させようと探らせたが、義理堅い師匠の口は開かなかった。そこで伝次は先月の十四日、使に来た丹助の後を蹤けて番町へ行った。坂部の邸の門番から、只今帰ったのは当家の若党と聞かされて、さては此邸《ここ》こそ例の赤坂の邸かと小躍りした。

それから先は丹助の語った通りのいきさつだが、伝次自身その秘密の何であるかは知らなかった。つまりは度胸一つの山かんで、思えば妙な強請《ゆすり》であった。

清吉からその一分始終を聞かされた二人は、安心の吐息を漏らすとともに、無残に害した豊美津に深く深く詫びたのだった。

その夜二人は八丁堀の大番屋へ送られる途中、浅草御門の傍《かたわら》の土手で、俄に血へどを吐き、もがき苦しみながらも互にひしと抱き合って死んで行った。いつの間に服毒したのか「清吉にも似合わぬ油断」と、ひどくその落度を叱責されたが、子分達は口惜しがって「あれが岡っ引の情《なさけ》てえものだ」と云っていた。

お照は「屹度叱《きっと》り」ですんだものの、一時に大きな変事の重なったためか、間もなく気が変になって死んでしまった。

その後ほどへて、本所小梅の長承寺の並びに細《ささ》やかな庵室がつくられ、年のころ四十あまりの美しい尼が住むようになった。人々は、行いすますその尼を、さる御旗本の奥方の剃髪《ていはつ》した姿であると噂していた。

大御番の娘

一

文政元年四月八日の朝、浅草諏訪町の清吉は、馬道にいる柄巻師《つかまきし》の父親のところへ行くと、母親や妹は丁度浅草寺の灌仏会《かんぶつえ》へ参詣に行った留守で、父親と三人の弟子が店で仕事をしていた。

彼は昨日四谷杉大門で手習師匠をしている叔父の病気見舞に行った話をし、その容体を報告してから、三十両の無心をした。そのころ御府内一流の柄巻師に数えられている父親は、仔細《しさい》も訊かずにこりともせず、無雑作にその金を出してくれた。清吉はそうした淡白な職人気質の父親に、ふっと胸のしめつけられるような愛情を感じながら、彼も黙ってその金を受取って帰った。

清吉はその金と自分の家にあった金とで五十枚の小判を揃え、何がなしに楽しい気持で待っていると、五つ半頃（九時）三筋町にいる竹五郎という子分が、甘茶の竹筒を持って水口から這入って来た。

彼は古着屋をしているので古竹とか、小柄なので小竹とか云われていた。

「大層嬉しそうな顔をしていなさるが、何かいい事でもあるんですかえ」

「そうでもねえが……。おお、そうそう、お前はたしか新宿の廓《くるわ》が明るかったっけな」

「何、明るいという程の事もねえのですが、古くあの廓へ入っている女衒《ぜげん》の五助という奴と心易《やす》いので、それで何かと都合がいいというわけでさ。何か御用ですかえ」

「何、御用じゃアねえ。だが、お前、桔梗家という店を知ってるかえ」

「ええ、あすこは宿切《しゅくき》っての大店《おおみせ》で、おそろしく金を持ってるということです」

「主人夫婦はどんな奴だ」

「さあ、詳《くわ》しい事は知りやせんが、どうで人の手本になるような奴じゃアねえでしょう」

「ははは。そうだろうが一つ主人夫婦から家族の様子、洗い浚《ざら》い調べて来てくれねえか」

「ようがす、わけのねえこってすよ」

「それから洗いついでに、大番町に矢藤という百俵取の大御番《おおごばん》がいる。此処も一つ桔梗家同様くわしく洗って来てもらいてえ」

「へえ、女郎屋と大御番……、妙な取合せだね。何か目星でもつけなすったのかえ」

「何、こいつは自分事で、いずれ改めて話をするが、とにかく三枚でやって見てくれ」

「あい、ようがす」

小竹は軽く受合って帰って行った。

清吉はその日一日誰かを待ったが、その主は遂に姿を見せなかった。その翌日も待人は中々顔を見せなかった。清吉の眉の間がしだいに険《けわ》しくなってきた夕ぐれ時、小竹が額の汗を拭きながら這入って来た。

「どうも遅くなってすみません。しかし昨日今日《きのうきょう》で大概は洗って来ましたよ」

――桔梗家は二代目で、当主を才兵衛と云い夫婦揃って抜目のないしたたか者で、抱えの妓達《おんなたち》への仕打も中々にきびしいと云うことだが、まだ主人を怨《うら》んで死んだの何のと云うことはない。家族は主人の母親と栄之助という息子がいるが、二人は殆ど牛込赤城下の別宅の方で暮している。その息子に近々同商売の大黒屋という大店から嫁が来るという話であるが、その嫁は息子より年上で、千両という持参金をつけてくるというので、今廓内で評判になっているという。

大番町の矢藤の方は主人を源左衛門と云い、主人夫婦に主人の母、幼い嫡子の小源太、娘二人、それに小者一人の七人暮し、生活はかなり苦しいらしい。

大御番、それは云うまでもなく御老中支配で、江戸城二の丸御番と大阪在番とを勤める御役で、大御番頭は菊の間詰で五千石、組頭は躑躅《つつじ》の間東《ひがし》御襖際《おふすまぎわ》詰で六百石。これら歴々の人々はともかくも、百俵取くらいの一般御番衆は、同じ御直参と威張っていても、その生活は楽ではなかった。したがって芝居でやる四谷怪談の伊右衛門のように、片襷かけての傘張り仕事も、貧しい御家人《ごけにん》の間では一向に珍らしくない内職で、矢藤の家でも源左衛門は刀を研ぎ、妻や姉娘は花簪《かんざし》を作るのを内職としていた。

そうした御番衆にとって何よりの鬼門は、大阪在番ということであった。番士として勤番するからには、相当の威容……とまでは行かなくても、江戸侍として恥しくないだけの身装《みなり》は調えなければならない。在番中の生活もそう吝《けちけち》は出来ない。独身者はともかくも家族を持つ者には二重の生活費がかかる上、御用道中とは云うものの長途の事ゆえ、往復の旅費もこれ又かなりの負担である。

その迷惑な大阪在番が矢藤の家にも三年前に廻って来た。彼はどう工面したか兎も角も小者の平八を供に、天晴《あっぱれ》一廉《かど》の番士として東海道を上って行ったが、その頃から姉娘のお琴が、その美しい姿を消した。矢藤は無事に在番を終えて、先月の末に帰府したが、いまだにお琴は帰って来ない。矢藤の家では人に訊かれると、遠い親戚へ預けた、と云っているが、近所では訝《おか》しく思っている――との事であった。

「親分、そのお琴てえ娘が、何か詮議物なんですかえ」

「何、詮議物じゃアねえが、お前、そのお琴は何処にいると思う」

「そうさね、まさか桔梗家の格子の内に坐ってもいますめえが……。親分、早く本読みをしてくんねえ」

「実はこういうわけなんだ、聞いてくれ」

清吉が一昨日の夜、杉大門の叔父の家を出て、霧の深い中を初袷の裾も軽く、四谷市ケ谷牛込とお濠端づたいに江戸川べりの船河原橋までやって来た時、その左岸から今にも身を投げようとする二つの人影を見つけて、彼は危うくそれをとめた。一人は十九で栄之助、一人は十七でお琴と云い、芝居の道行や心中に出てくるような美しい男女であった。

大阪在番についての金にせまられた矢藤は出入の古着屋藤助の仲介で、お琴を新宿の桔梗家へ預けて、五十両の金を借りた。お琴はその時十四で、矢藤が帰府の後、返金出来ぬ場合は勤めに出しても異存はないという一札を書かされた。桔梗家へ預けられたお琴は、新宿の店でなく赤城下の別宅へやられた。

そこには女隠居が孫の栄之助と、老僕と下女とを連れて住んでいた。六十過ぎた女隠居は、美しく素直なお琴をひどく愛して、栄之助と二人を傍において雛の女夫《めおと》を見るようにいつくしんでいた。嘴《くちばし》をつつき合う小鳥のようなたわむれが、いつしかまことの恋となり、わけある仲となったのはこの正月の頃からで、起るべきことが起ったまでとは云え、二人の身も心も炎のように燃え熾《さか》った。おそろしい三年の期限が三月の後に迫っているという不安も、その恋を煽る強い烈しい力となった。

父が大阪在番から帰府して、返金の都合がつけば、自分は大番町へ帰らなければならない。それはまだしも、もしも都合のつかぬ時は、店へ勤めに出なくてはならぬ。……それはもう思っただけで死ぬるような気持だった。

そのうちに三月に入った。古着屋の藤助が矢藤の使として、僅ばかりの大阪土産を持って挨拶に来た。それによると約束の返金は少々調いかねるから今暫く待ってもらいたいとのことであった。桔梗家では元々勤めに出す目的で貸した金ゆえ仲々うんとは云わなかったが、ともかくも相手が御直参の事であるので、なお幾日かの余裕を与えた。しかしその金策の調う見込みは先ずないものと思われた。

今日も店から赤城下へ明日中にもお琴を店へ帰すようにとの使が来た。二人にとってもう絶体絶命だった。たとい駆落ちをしたところで、腕に何の覚えもない栄之助に、お琴を抱えて生きて行く力はなかった。まして駈落ちは当時に於ける罪科の一つで、一生日蔭者として暮さなければならない。生きる望みを失った若い男女は、月の暗い江戸川端へさまよい出て来たのであった。

柳の根方に、みだれた髪かたちのまま互に引添って坐っている二人を見ると、彼は不がいないとは思いながらも又いじらしく思われて、親身の弟か妹の過《あやま》ちを聞かされているように胸が痛かった。彼は到底このまま見捨てる事は出来なかった。彼は潔《いさぎよ》く引受けた。借金も払ってやろう、親達への掛合もつけてやろう。心配しないで兎も角も明日諏訪町へ訪ねて来てくれと、堅い約束をして別れて来たのであった。

「へえ……。それがまだ来ねえのですかえ」

「そうよ。俺みてえな若僧が、とんだ長兵衛を気取ったんだから、本気に出来なかったのかも知れねえ」

と、清吉は苦がっぽく笑うと、

「それとも江戸川の河獺《かわうそ》か、築土の杜《もり》の狸が、化けて出たとでも思ったかな」

「それにしちゃ粋な御用聞に化けたものだ」

「さあ、その御用聞と聞いたんで、後のひっかかりを怖れて来ねえのかも知れねえ」

「ちぇっ、これだからこの稼業は忌になるね。だが、お前さんの折角の親切が向うへ通らねえなんて云うなアあんまり業腹だ。一寸一走り赤城下へ行って、その青二才をふん捕めえて来ましょうか」

「ははは。よせよせ。縁なき衆生は度し難しよ。まア死神を追っ払ってやっただけでいいのさ」

清吉は鰻をとって一緒に夕飯を食うと、子供に土産でも買って行ってやってくれと、いくらかの銀をやって小竹を帰した。

栄之助はとうとうその夜も来なかった。

二

去る者日々に疎しとか、ことに忙しい御用を持っている清吉は、栄之助たちのことを、忘れるともなく忘れていると、それから二十日ほどたった二十八日のことである。その前日杉大門の叔父から、本復祝をするから是非来てくれという使を受けたので、彼は叔父の好物の駒形名物、鮒金の佃煮を持って朝早くから出かけて行った。

神田旅籠町で一軒用達をして、お茶の水から水道橋、水戸邸の長い塀から船河原橋へかかってくると、堰《せき》から落ちる江戸川の水は、いつものようにどんどんというすさまじい響きを立てていた。清吉は流石に先夜のことを思い出して、何となく割切れぬ気持で、そのあたりと思わしき左岸の方を見ると、一町ほど先にある辻番の前に、十人あまりの人が立停って、中を覗き込んでいるのが見えた。

清吉は何となくこのまま行き過ぎがたい気持がして、小急ぎにそこへ立寄って見ると、薄暗く狭い辻番小屋の板の間に、一人の人間が頭から菰《こも》をかぶって寝かされ、裾の方から生白い細い足が二本、むき出しにあらわれていた。

「おや、諏訪町じゃアねえか。珍らしいな。まア入んねえ」

小屋の中からそう声をかけられて、上り框《かまち》を見ると、程近い飯田町もちの木坂にいる甚五郎という、山の手では相当に顔のいい岡っ引が腰をかけていた。

挨拶をして小屋へ這入ると、甚五郎は手短かにこの変死人について話して聞かせた。それは今朝ほどこの死体が船河原橋の堰の上に水勢でくるくる廻っていたのを、附近の邸の中間《ちゅうげん》が見付けて、四五人で引揚げた……と云うのであった。現に小屋の中にもそれらしい中間が三人ばかり、いかつい顔をして清吉を見ながら煙草を喫んでいた。

彼にも一度死体を検《あらた》めてくれという甚五郎の言葉に、彼は承知してその菰を刎《は》ねた。

仰向けに寝かされたその死体は、黒縮緬の単衣《ひとえ》羽織に小紋縮緬の着物、紺献上の博多帯を締めていた。顔にかけられた紫縮緬の頭巾ようのきれを除けると、色の白い整《ととの》った顔で、眉毛を剃り落した跡の青い、髪は本多の細髷《ほそまげ》に月代《さかやき》の跡の不思議なほど青々とした、骨組の華奢《きゃしゃ》な、三十四五に見られる男で、体の何処にも突傷切傷《つききずきりきず》の痕《あと》はなく、水を飲んでいる様子もなかった。

彼は辻番の老爺《おやじ》の差出す手桶の水で、手を浄《きよ》めてから訊いた。

「持物は何にもないのかえ」

「何にもねえのだ。扼《し》められて抛り込まれたに違いねえのだが……。俺は何処かの役者じゃアねえかと思うのだがどうだろう」

清吉もこの体つき、眉を落した白粉やけのした顔、派手なやわらかずくめの着物などから考えて、先ずそんな所だろうと思った。

甚五郎は清吉の同意を聞くと、にっこりとして、

「実は今、お届にやる一方、堺町はじめ三座の手代を呼びにやったんだ。芝居に関《かかわ》り合いのある者ならすぐ判るだろう」

と、些か誇るようにそう云った。

清吉は、いずれ帰りがけにもう一度立寄って見るからと、甚五郎に別れて辻番を出た。

この両岸は大名の大邸宅こそなかったが、その殆どが武家屋敷で、同じような家造りが並び、青い川の水と艶々《つやつや》しい柳の糸に、閑静な美しい街をつくっていた。

先夜は心中を助けた場所で今朝は変死人を検《しら》べる、妙に因縁《いんねん》のある川だと苦笑したが、その底からどうもあの時の栄之助やお琴のことが気になって来た。一時はこっちの親切を無にされた腹立ちから、勝手にしろとも思ったが、あの人形のように美しい二人を思うとやはり胸を締めつけ

られるような不安を覚えた。彼は思い切って赤城下を訪ねて見る気になった。

江戸川に添って石切橋から左へ曲り古着屋の多い改代町の通りを真直ぐに、赤城神社の杜《もり》を目当に、中程の酒屋で桔梗家の別宅はと聞くと、すぐに小僧が教えてくれた。坂下を右に入った静かな通りで、黒塀で囲ったその一劃は中々立派な造りであった。

清吉は、その黒塀の切戸のところで、桔梗家の印半纏を着た植木職らしい男へ、この別宅の下女と見える女が、一つの風呂敷包みを渡している後姿を見た。

「あとの品は若旦那が持って行くから、先へこれだけ渡しておくれ」

「どうもとんだ事を押つけられて俺も困るよ、何とか早く埒《らち》を明けてくれなくちゃ」

「何云ってんのさ、まだ一晩のことじゃアないか。少しは若旦那の身にもなってお上げよ」

女が蓮葉に笑って云うのに、男はぶつくさ云いながら行きかけた。そんなやりとりを聞いてから清吉は声をかけた。

「もし、御隠居さんはいますかえ」

びっくりして振り返った女は、

「いえ、御隠居さんは寅薬師《とらやくし》さまの御開帳へお参りにいらして、お留守ですよ」

と、芋虫眉毛をびくつかせて答えた。三十近い角顔の女であった。

「そうですか。若旦那の栄さんは」

「若旦那はお店の方へ行ってますよ」

と、訝しそうにじろじろと清吉を見た。

「じゃアお琴さんはいますかえ」

女ははっとしたようにその職人と顔を見合した。職人は兄妹とも見える四十恰好の男で、何かひどく慌てた色を見せた。

清吉はその驚きに気附かぬ風をして、

「まだずっと此方のお宅にいますかえ」

と、重ねて訊いた。

「お琴さんなんて、もうとっくにいませんよ」

と、女は息を嚥《の》むようにして答えた。

「へえ、何処へ行ったんです。店へ勤めに出たんですかえ」

女はいよいよ目を見張った。

「いいえ、自分の家へ帰ったんですよ」

「へえ、じゃア大番町へ帰ったんですかえ」

「そうですよ、あなたは誰方です」

「何、栄さんと近しくしている者でさ。じゃ又来ますから」

清吉はいい加減に挨拶してその場を離れたが、四五間来てから振り返って見ると、二人はまだ自分の方を硬《こわ》ばった顔で見つめていた。

お琴の事を訊かれてのあの驚き方に、清吉は多年の経験上いささか怪訝《けげん》に思ったが、どうもそれ以上は考えようもないので、そのまま四谷へ向って急いだ。

いつも人通りの多い四谷の大通りは、此頃麹町九丁目の常仙寺で寅薬師の開帳が始っているため、一層の賑いだった。清吉は賑やかな表通りに比べて嘘のように物淋しい杉大門の横丁へ入った。と、小一町ほど先を、赤い帯を締めた十二三の小娘が、

「あれえッ、誰かア……」

と叫びながら駆《か》けて行く後姿が見えた。

と、少し手前に、清吉からは後向きに、背は低いが肩幅の広い一人の中間《ちゅうげん》が、赤い友禅の長い袂の小娘を、小突いてでもいるらしい姿が見えた。清吉は思わず駆け出した。と、一寸ふり返った中間は、小娘を突き倒すと、一散に全勝寺の山門の中へ駆け込んだ。

清吉は一寸ためらったが、追うのを停《や》めて小娘を抱き起した。かれは胸元を強く絞めつけられたらしく、気を失ったようにぐったりとしていた。

「おい、しっかりしな。おおい」

彼は呼び続けながら、手早く煙草入から気附薬を取出して、小娘の口へ含ませた。

そこへ山門手前の叔父の家から、下男の直七が駆け出して来た。

「おや、浅草の若旦那で……」

直七は怪訝そうに眼をぱちくりした。

「何、今この子を手籠《てごめ》にしようとした折助は、境内の方へ逃げちゃやがったが、この子は叔父さんの処の弟子かえ」

「はい、左様で……」

そこへ叔母も顔色を変えて駆け出て来た。

ともかくも玄関脇の小部屋へ担《かつ》ぎ入れて休ませた。

弟子の危難を救われた叔父の機嫌は一層晴れやかで、膳の盃はしきりに動いた。

そのうち気分の納った小娘は、叔母に連れられて清吉の処へ礼に来たが、この娘が程近い大木戸の古着屋藤助の子と聞かされて、清吉は何となく奇妙な巡り合せに驚いた。

「お前は先刻の中間を知ってるのかえ」

「ええ、知っています」

「どこの邸の中間だえ」

「大番町の矢藤さんの中間です」

「大番町の矢藤……」

いよいよ驚いた清吉は思わず一膝乗り出した。

「そうして彼奴はどんなことを云ったんだえ」

「うちのお嬢さんが此処二三日の間に、お前の家へ行っただろう、正直に云っちまえって云うんです」

「むむ、それで……」

「私は、お嬢さんは来たことはありませんて云うと、この餓鬼《がき》、嘘を吐くな、手前達が知らねえことがあるものか、本当の事を云わねえかッて、いきなり此処をぎゅっと締めつけたんです」

と、娘は自分の胸元を摑む仕草をして見せた。

「乱暴な野郎だな。そうしてお前は、本当にそのお嬢さんのことを知らないのかえ」

「知りません」

と、娘ははっきり答えた。

「いえ、お前は知らなくても、お父あんやお母さんの話で、そのお嬢さんが何処へか行ったというようなことを聞いた事はねえのかえ」

「聞きません」

その表情に偽りの影は見られなかった。

やがて娘は直七に送られて帰って行った。

清吉は、これでいよいよお琴が大番町にいないということは確かとなったが、それにしても当の矢藤の中間が、お琴の行先を知らないとは愈々《いよいよ》奇妙なことだと思った。これにはやはり藤助が一役買っているらしく思われた。彼は叔父に藤助の事を訊いてみた。叔父も詳しくは知らなかったが、ただ久しく大木戸に住んでいて、別に悪い噂も聞かず、中々の働き者だという位の事であった。

三

御用の間であるからと、やっと暇をつげて大急ぎで四谷から江戸川端の辻番までとって返すと、検視の役人はもう帰ったということで、そこには芝居の手代らしい男が三四人控えていた。その中には顔見知りの中村座の手代徳次もいた。彼等は一様にこうした男は役者の中には勿論、その他の諸芸人の中にも見覚えがないと云った。これには流石の甚五郎も当惑の眉を寄せた。

清吉も小首をかしげた。

「蔭間《かげま》にしてはどう考えても年をとりすぎている……」

まったく判断がつかなかった。

手代達は挨拶をして帰って行った。

死骸は一先ず程近い筑土の万昌院へ送られた。清吉は甚五郎から何分の助力を頼むと云われて別れたが、無論彼にも今のところ何の見当もつかなかった。

その翌日五ツ（八時）頃、昨日辻番で顔を合せた中村座の徳次が、諏訪町へ清吉を訪ねて来た。

「やあ、昨日は遠い所を御苦労だったな。どうもとんだ見当違えで面目ねえ」

清吉は自分事のように謝ると、徳次は慌ててそれを遮った。

「いいえ、あんな風体をしているんだから誰だって芝居者のように思いますよ。ところで親分、昨日は私、知らないように申しましたが、実は一寸思い出した人がありますので……」

「むむ、心当りがあったかえ」

「はい、ですが親分、それが……」

「いや、決してお前に迷惑はかけねえから、安心して云ってくんねえ」

「いえいえ、そうではないので……。実はその、それが女なのでございますよ」

「女……」

さすがに清吉も肩透《かたすか》しを食った恰好で、きょとんとした顔で徳次を見た。

徳次は恐縮らしく小鬢《こびん》を掻きながら云った。

「どうもこんなことを申し上げますのは、何だか親分がたをからかっているようでございますが、今朝ほどふっと思いつきまして……」

「そりゃア一体どこの何てえ女だえ」

「はい、本郷元町におりますお勝という女でございます」

「何をしてる女だ」

「金貸しでございます」

「金貸し……、と云うのは自分が金貸しをしてるのかえ」

「はい。独り者だと云うことで、かなり手広く金を廻しているようでございます」

「ふむ、そのお勝という女が、昨日の男にそんなによく似ているのかえ」

「はい、どうも瓜二つと申しましょうか、目許から何からそっくりなのでございます」

「芝居へもちょいちょい来るのかえ」

「はい。至って好きなようでございますし、それに芝居の中の者へも金を貸しているようなので」

「お勝に男の兄弟でもあるのかえ」

「さあ、それは存じませんが……。どうもその、いくら似たと云ったところが、男と女とではあんまり違いすぎておりますので、どうしようかと思いましたのですが……」

「いや、いい事を教えてくれた。世の中のことてえものは何処でどう繋がっているかわからねえからな。忙しい処をよく親切に云いに来てくれた」

清吉は厚く礼を述べて徳次を帰した。

男と女……、それは徳次自身の云う通り、あんまり違いすぎた話で、馬鹿々々しいと云えばそれまでだが、今の場合、何となく一笑に捨て去る気にもなれなかった。恰度忙しい御用もなし、念のため一寸調べてみる気になって、すぐに本郷へ上って行った。

お勝の家は元町通りの中程にあって、大店《おおだな》の別宅とでも思われそうな中々見事な構えであった。

清吉はその構えを睨んでから、一先ず自身番へ行き、そこへ詰めている町役人から一通りお勝のことを訊き糺《ただ》した。

お勝は五年程以前に日本橋横山町の小間物問屋菊政からの紹介で、その別宅を買って来た者であった。聞くところによると、何でも菊政の女隠居が上方見物に行った時、向うから連れて来た女で、初めは菊政の品物を持って諸家の奥向へ出入をしていたが、いつの間にか金貸をするようになり、僅かの間に身代を仕上げたものであると云う。年は三十三でまったくの独り者、身持も中々堅いらしい。家には万助という六十すぎの番頭と、かねという三十になる出戻りの女中と、とめという十五の小女の四人暮し。近所附合も悪くなく殊に祭礼その他の寄附などには切れ放れのいい処を見せるので、町内の評判もいいと云う。

清吉は礼を云って番屋を出ると、お勝の家を訪ねた。あいにくお勝は留守で、番頭の万助が出て来た。

彼はいやに頭でゝかちの痩《や》せた色の蒼黄色《あおぎいろ》い老爺《おやじ》で、清吉の問に対してものゝろくさとした調子で答えた。

「お勝は何処へ出かけたんだえ」

「行先を申しませんので……」

「いつ出て行ったんだ」

「一昨々日……二十六日の朝で……」

「じゃアもう四日じゃアねえか。行先も告げねえで四日も家を明けるとは……。こんなことは度々かえ」

「いえ、初めてで……」

「お勝には近頃若いいいのが出来たという噂だが、一つ隠さねえで話してくんねえ」

「と、とんでもない。御新《ごしん》さんに限ってそんなことは……、まったく物堅いお人で……」

「その物堅い女主《おんなあるじ》が、四日も家を明けて帰らねえというのに、何故お届けもしねえでいるのだ」

と、清吉は屹《きっ》とした調子で云った。

「へえ、申訳ございません。実は今日もお帰りがないようなら、お届けしようと思っていましたので……」

と、万助は恐縮したように首を竦《すく》めた。

「商売柄うらまれているような相手はねえかえ」

「いえ、手前共では決してそんな……」

と、万助は大きな頭を振った。

「ははは。時にお勝に男の兄弟はねえかえ」

「さあ、そんな話は聞きませんが……」

「お勝には何か他に道楽はねえかえ」

「へえ。まあ道楽と云えば始終着物をお作りになる、そんな処でございますね」

「衣裳道楽か。なるほどな、いくら金貸しでも女ならその位のことはあるだろう。ところでと、近頃この家に泊り込んでいた者とか、暇をとって出た者とか、そんな者はいねえかえ」

「男でございますか」

「男でも女でもどっちでも構わねえ」

「実は最近まで若い女が一人来ていました」

「娘が……。そいつは幾歳《いくつ》で何てえ女だ」

「年はたしか十七で、お琴と申しました」

「十七で、お琴……。何処の者だ」

「四谷辺の者と聞きましたが、詳しい事は……」

「どんな女だ」

「色白の、まことにいい容色の娘で……」

「よし、判った。お琴はいつ頃から来ていたんだ」

「今月の八日頃からで」

「いつ頃までいたんだ」

「これもやはり一昨々日《さきおととい》二十六日の朝までで」

「お勝と一緒に出たのかえ」

「いえ、お琴の方は朝早く誰も知らないうちに出て行きましたので」

「お琴はどういうわけで来ていたのだ」

「さあ、その辺のことは一向に……」

清吉はいよいよ奇妙な因縁に胸のふくらむ思いをしながら、二人の女中に、お琴の二十日あまりの滞在中の様子を訊き糺した。年若のおとめは少しく愚かしい生れと見えて、何を訊いても要領を得なかったが、年上のおかねはてきぱきと清吉の問いに答えた。

それに依るとお勝がお琴を大事にしていたことは非常なもので、さながら客分の扱いであった。着物も帯も新しく拵《こしら》えた。中村座へも見物に行った。三度の食事も差向いなら、寝る時もお勝の部屋にともに寝た……と、おかねは幾分妬ましそうな口調で云った。

「誰かお琴を訪ねて来やアしなかったかえ」

おかねは暫く考えていたが、誰も来た事はなかったがただ一度、お茶の水の濠端をお琴が一人の男と連れ立って行くのを見たが、月の光に照らされたその男は、絵に画いたような美しい男であったと云った。

「絵のようないい男……。時にお琴がいなくなってから、中間体《てい》の男がお琴を尋ねては来なかったかえ」

「来ましたよ」

と、ひょっこりおとめが口を挟んだ。

「昨日の朝、水口から顔を出して、お琴さんを呼んでくれって云ったから、いねえよッて云ったら、本当かっておっかねえ顔して云うから、一昨日の朝出たきり帰んねえと云ってやったら、黙って帰っちまったよ」

「其奴は背は高くはねえが、いやに肩幅の広い奴じゃアなかったかえ」

「そうだそうだ」

と、おとめは肯いて見せた。

「そうしてお勝は一昨々日《さきおととい》、どんな装《なり》をして家を出たね」

と、清吉はおかねに訊いた。

「ええと……、荒い縞お召の着物に黒の一重羽織、それに紫のお高祖頭巾を被《かぶ》っておいでになりました」

「紫の……。おい、つかねえ事を訊くようだが、お勝は行儀はどうだった」

「行儀と云いますと……」

「人前で肌をぬぐとか、立膝をするとか……」

「いいえ、御新さんは身だしなみのいいお方で真夏でも人前で肌をおぬぎになったことはありません」

「そうか……。いや、判った。そこですまねえが、お前と万助の二人、これから俺について、ちょいと其処まで行ってもらいてえ。何、手間はとらさねえから直ぐに支度をしてくんねえ」

おかねは一寸不安そうに万助と眼を見合せたが、すぐに「はい」と云って座を立った。

清吉は万助に案内させて一応お勝の部屋を調べてから、二人を連れて元町を出ると直に築土の万昌院へ向った。

町方の者だが昨日仮埋葬にした変死人の、見知人《みしりにん》が有ったので出向いて来た旨《むね》を伝えると、すぐに一人の若僧が寺男をつれて墓地へ案内した。少しく被《かぶ》せた土を掘り除けて、早桶《はやおけ》の蓋を払った。

「おい、この顔を見てくれ」

清吉は不安そうに佇んでいる二人を顧みて促《うなが》した。おずおずと側へ寄って早桶の中を覗き込んだ二人は、あっと声を立てて立竦んだ。

「違いねえかえ。よく見てくれ。この中のは男だぜ」

清吉の押しつけるような注意の言葉に、二人は驚いたように顔を見合せたが、又おずおずと覗き込んだ。

「どうだ、やっぱりお勝かえ」

二人は又しても顔を見合せて首を捻った。

「御新さんに違いないようだが……」

万助は不思議そうにおかねの顔を窺った。おかねも生唾を嚥《の》み込むように肯くと、

「どうして男の姿におなんなすったんでしょうか……」

と、おそるおそる呟いた。

「とにかくお勝に違いねえことは確かだね」

二人は三度顔を見合したが、やっと決心したように肯《うなず》いた。

「むむ、ところでと、お勝は衣裳道楽だと云ったっけが、まさかに男着物まで拵《こさ》えていたわけで

もあるめえ。出入の呉服屋、いや、それも古着屋のような者はいねえかえ」
「古着屋……。ございます。四谷の大木戸に一軒出入の者が」
「大木戸に……。藤助と云やアしねえか」
「よく御存じで。始終出入もいたしますし、又貸金の口入などもいたしております」

四

清吉は万助おかねの二人に、早速この事を町内の自身番に届け、謹慎しているようにと云附けて帰すと、一散に赤城下へ急いだ。

(畜生、よくも煮湯を飲ませやがったな……)

自分のいい気な愛情からとは云え、あんな子供上りの青二才に一杯食ったかと思うと、それも命の親とも云うべき、あんなにまで親切をつくしてやった自分に……。そう思うと憤《いきどお》りで胸が煮えくり返るようであった。

彼は火を吐くような思いで玄関の格子を引き開けると、昨日の芋虫眉毛の下女が出て来た。かれは清吉を見ると、すでにその身分を知っているもののように顔付を硬《こわ》ばらした。栄之助はと訊くと、今朝がた早く湯治《とうじ》へお出かけになりましたと答えた。清吉は又も鼻を明かされたような忌々《いまいま》しさがこみ上げて来た。

「どこの湯治場だ」

「伊香保とか聞きました」

「一人で行ったか」

「はい」

「嘘をつくな。お琴と一緒に行ったろう」

下女は頬を固くして押し黙った。その顔を見て清吉は、ふと昨日の職人を思い出した。

「これ、昨日来ていた職人はお前の兄貴か」

下女ははっとして清吉を窺うと、黙って肯いた。

「植木屋だな」

「はい……」

「家は何処だ」

下女は又かたく押し黙った。

「これ、家は何処だと云うのだ」

「戸塚の源兵衛村です……」

と、かれは低い押し潰したような声で云った。

「昨日兄貴に渡した風呂敷包みは誰に頼まれた。さあ、誰に渡す包みなんだ」

下女は膏汗《あぶらあせ》で額を光らせながら、歯を食いしばって顫えていた。

そこは穴八幡の近くで、青々と伸びた麦畑の間から、相当大きな植木溜を持った藁葺屋根の家が見えた。近寄って見ると母屋《おもや》の側に無雑作に咲き乱れた卯の花に囲まれて、一棟の離座敷のあるのが見えた。

清吉は人気のない内庭へ入ると、そのまま真直ぐに離座敷に近づき、足音も立てずに縁側へ上ると、さらりと障子を引明けた。

何やら巻紙にさらさらと認めていた島田の娘が、ふっと顔を上げた。

「あっ……」

娘は筆を投げすてて立上った。その肩先を清吉は強く一つき突き倒した。

「これ、いい加減に人をこけにしろ、お前もよっぽどの阿婆摺《あばずれ》だな。さあ、栄之助は何処にいる。ええ、云わねえか」

清吉もむかむかしているので、打伏したお琴の肩口を思わず十手の先で小突いた。お琴は身を顫わして泣き入った。

その時、庭に人の気勢《けはい》がしたので振り向くと、彼の芋虫眉毛の親父が不安そうに覗いていた。

「これ、千代造、栄之助は何処にいる。なまじかくまい立てをしやがると、手前も人殺しの同罪だぞ」

屹《きっ》と鋭く睨まれて、千代造はへたへたとその場へ坐ってしまった。彼は吃り吃り栄之助は今日はまだ来ないと云った。そうしてお琴を預ったのは、出入先なり妹の奉公先なりの若旦那からのたってお頼みなので引受けたばかりであると言訳をした。

　清吉は彼に栄之助が来たらすぐに摑まえるように見張りに立たせると、泣き伏しているお琴へ云った。

「おい、何をいつまで泣いてやがるのだ。さあ、いつぞや江戸川端で別れてから今日までの段取りを、残らず正直に話してみろ。次第によったら栄之助を助けてやらねえものでもねえ。さあ隠さねえで申し上げろ」

　お琴はやっと泪にぬれた顔を上げた。さすがにやつれて蒼ざめていたが、泣き濡れたその眼はいっそう美しく大きく見えた。

「申訳ございません……。あの翌る朝、店から迎いが参りましたので、もういよいよだめなのかと死ぬるつもりで参りますと、どうしたことやら古着屋の藤助さんが、五十両という金を持って来ていてくれました。ともかくもほっとして大番町へ帰りますと、今迄ちょいちょい新宿のお店でお目にかかったことのある元町のお勝さんという金貸の小母さんが待っていまして、すぐにその日のうちに元町へ連れられてまいりました。五十両のお金はお勝さんから出たもので、私はお金が返せるまで又元町へ奉公することになりました」

「だがお勝は、大層お前を可愛がったということじゃアねえか」

「はい……」

お琴は唇を顫わして俯向いた。

「そうした有難い主人の目を忍んで、お前は時々栄之助と逢いびきをしていたろう」

お琴は恐れ入ったように更に深く俯向いた。

「この二十六日の朝、どうしてお前は元町を逃げ出したのだ。やっぱり栄之助恋しさからか」

お琴は強く頭を振ってそれを否《いな》むと、云いにくそうに、

「どうしても、いられないわけがありまして……」

と、囁くように云った。

その顔付を見たとたん清吉は何か胸がどきんとした。

「そりゃアお勝が、男だったからなのかえ」

お琴はさっと頰を真赤《まっか》にして俯向いた。

「そうか……。お勝が男だってえことは、それまでお前は知らなかったのか」

お琴ははっきりと肯いた。

「それで赤城下へ駈け込んだのかえ」

「いいえ、大番町へ帰りました。両親も驚きまして藤助さんを呼んで相談しておりますとお勝さんが押しかけて参りまして……」

お勝は矢藤夫婦や藤助の難《むずか》しげな顔を見ると、媚《なまめ》かしく笑いながら、

「お琴さんからお聞きになったんなら、もう包まずに申しますが、実は私は男なんです。一寸心願の筋があって今までこんな風をしてましたが、今日限り女はやめて元の男に帰りますから、どうぞお琴さんを私の嫁に下さいまし」

と大丸髷《おおまるまげ》の頭を下げた。

三人は唖のように呆れてお勝の顔を見ていた。お勝は更に言葉をつづけた。

「もしお琴さんを下さるなら、支度金として百両即座に差上げましょう。その他何なりと御相談に乗りましょうから、どうぞ女房に下さいまし」

その意外な申し出に、三人は又も顔を見合したが、その顔色には確かに百両という金の效目《ききめ》が刻まれていた。矢藤は軈《やが》て徐《しず》かに云った。

「しかしお前が左様な風体では、本家を始め親類の者へ相談の仕様がない。真《まこと》の男になって来たら、又改めて相談しよう」

その口調はもう殆ど同意と聴えた。

「御尤《ごもっとも》でございます。では明日また改めて参ります」

お勝は自信に満ちた様子で帰って行った。

一家のため……、お琴は総てを諦めた。

翌日の夕方、お勝は月代を青々と光らせ、男姿でやって来た。彼は前夜、新宿の心易い旅籠屋へ泊り込み、衣裳から髪結まですべて藤助の手を煩わして男となった。女形《おやま》の出来損いのような苦々しい風体であったが、お勝はいい心持そうに時々伝法な言葉を使った。

婚礼はいずれ吉日を選んでの上であるが、ともかくも今夜は一緒に本郷へ帰ろうと、お勝はお琴を連れて大番町を出た。二人は薄陰りの空の下を、四谷市ケ谷牛込と濠端づたいに船河原橋まで来た時、急に間近く後の方から人の駈けてくる足音がした。思わず二人が振り向くと、やにわに一つの黒い影がお勝の背に飛びかかった。お琴は吃驚して二三間とびのいて振り返ると、二つの影はもみ合い縺《もつ》れ合っていた。お琴は夢中で濠について駈け出すと、左側のある横丁へ逃げ込んだ。そこを抜けると右側に築土八幡の常夜灯が薄闇の中に高く黄色く滲んでいた。お琴はそれを見ると更にその方へ駈けた。そうして迫り来ようとする黒い影に脅《おび》えながら、白銀町を突きぬけて懐しい赤城下の家へ駈け込んだ。

お琴と別れてから日夜大番町を徘徊《はいかい》して、彼女の姿をもとめていた栄之助は夢かとばかり驚いた。様子を聞いた彼は、耳の遠い祖母や、近所の寄席《よせ》へ行っていた老僕には内証で、翌朝早くかの下女をつけて、その親許である源兵衛村へ落してやった。しかし間もなくお勝の死体が上った噂が聞えて、彼はまるで下手人ででもあるかのように戦《おのの》いた。——清吉が赤城下を訪ねたのはその直後であった。

栄之助は早くも手が廻ったのかとぞっとしたが、そうでもないらしいのでほっとすると、いよいよ此儘では済みそうもない気持がして何処か遠くへ駈落《かけおち》をする覚悟をきめ、纏《まとま》った金と手廻りの品を持出すために新宿へ帰っている……と云うのであった。

「今度は死ぬる気は起きなかったのかえ」

ずばりと云った清吉の言葉に、お琴は面目なげに俯向いた。

「人間の気持は妙なものだな。それはそうとお勝を殺した奴は誰だと思う」

「わかりません……」

「お前の家の平八だよ」

「ええっ……」

お琴はその眼を大きく瞠った。

「どうだ、ふだんから何か思い当るようなことはなかったかえ」

お琴は驚きの息を喘《はず》ませながら暫く考えていたが、やがてしずかに云った。

「一向にございません……」

その時、庭口で何やら千代造の云い争う声がしたかと思うと、彼は栄之助を抱えるようにして連れて来た。

栄之助は清吉を見ると、あっ……と叫んでその場へくずおれてしまった。

お琴栄之助の二人を名主の宅へ預け、厳重に見張りを云いつけておいて清吉は、四谷大番町へ向って急いだ。七ツ（四時）近い強い西日に、眼にしみる汗を拭きながら、田圃や小役人の組屋敷の間を抜け、新宿の閻魔《えんま》で名高い大宗寺の裏手まで来ると、その境内から一人の中間が血相変えて飛び出して来た。紺看板のお仕着《しきせ》の胸元が何かに黒く染みていた。危く清吉にぶつかりそうになって駈け行くその男の右手を、行き違いざま清吉の左手がしかと摑んだ。

「平八、待てッ」

「何、何だとッ」

彼はおそろしい力で無理に右手をひん捥《も》いだが、その時には清吉の十手がすでに彼の左の肩を打っていた。それでも彼は身を翻《ひるがえ》すと一散に元来た道へ駈け込んだ。閻魔堂の裏手で追附いた清吉は、とんと一突き十手の先で幅の広い平八の背を突いた。はずみを食って前のめりに泳ぎながら、それでも辛くも踏み止って、くるり振り向くと何時の間に引抜いたか、匕首《あいくち》を振るって突いてかかった。二三度空を突かして流れる右手を、清吉は十手でしたたかに打据えた。

早縄をかけてほっとした清吉は、ふと、大銀杏の根方に蠢《うご》めいている人影を発見した。

中間の平八、彼は上総一之宮にある組頭の知行所から来た漁師の倅で、六年前から矢藤の家に奉公していた。彼は主人の内職を助けるために荒砥《あらと》の下磨《したと》ぎまで引受けていた。それ程の忠義者であったが、その忠義の心の底には日一日と美しくなるお琴への激しい恋慕の悩みがあった。そのお琴が今日前お勝に連れ去られるのを見ると、彼はもう我慢が出来ず窃《そっ》と二人の後を尾けた。そうして恐ろしい人殺しの下手人となりはてた時、肝腎のお琴の姿を見失った。彼は毎日気違いのようになってお琴を探した。今も藤助を連れ出して、押問答の果てその胸元を一突き突いて逃げかけたところであった。藤助の傷は幸いに深くはなかった。

この一件は裁きの結果、平八は死罪、矢藤は閉門、お琴栄之助は江戸ばらいを申渡された。又お勝は大名の奥向などへ出入して、秘《ひそ》かに風儀を紊《みだ》していたことなども発覚して、その財産《しんだい》はすべて公儀に没収された。

平八を召捕った夜、飯田町の甚五郎を訪ねた清吉は、詳しい報告をすませた後、

「これと云うのも食うに困るお武家が多い、それでもお役は勤めなければならない。こうした無理な仕組から兎《と》かくに間違いが起るのさ」と、嘆息まじりに話していた。

仁王の怒り

一

「そこで早速だが、お前《めえ》、白金《しろがね》の正覚院てえのを知ってるか」

と、面《めん》ずれのひどい色の黒い安原は、呼びつけた清吉へ、挨拶もそこそこに直《すぐ》とそう訊くのだった。

文政八年の秋も末の九ツ半（午後一時）頃、南八丁堀裏、町方同心安原鉄三郎の屋敷である。隠居の丹誠《たんせい》なのであろう、百坪近い庭の隅に五間ばかりの菊畑があって、黄菊白菊さまざま大輪が、馥郁《ふくいく》とした香気を放っていた。

「正覚院……、高野寺のことでございますか？」

と清吉は、その細面《ほそおもて》の顔をちょっと傾けながらそう答えた。

「そうだそうだ。何でも真言古義《しんごんこぎ》の触頭《ふれがしら》だそうだが、その寺内の仁王堂で、昨夜人殺《ころ》しがあったのだ」

「へえ」

「むろん寺社の方で検視をすませ、それから此方へ廻って来たので詳《くわ》しい事は判らねえが、何でもその殺された男てえのは四十位の浪人風で、身許も名前も判らねえ。大体その仁王堂てえのは不断《ふだん》は締切になっていて、毎年二月の十三、十四の二日しか、扉を明けねえ堂だそうだ。別にその仁王を秘仏てえほど大事にしているわけでもなく、扉の外からも見えるのだそうだが、昔からそういう定規《きめ》になってるのだそうだ。その明かねえようになっている扉の錠前を、鋸で挽《ひ》き切って這入った上、本尊の仁王の前で、仰《あおの》けざまに引くり返って死んでたんだ」

「何で殺《や》られましたんで?」

「それが妙じゃアねえか、傷というのは唯一ケ所、左の眼玉を突かれているだけなんだ」

「左の眼玉?」

「ウム、しかもお前、その突いた得物を何だと思う? わずか二寸位の金の針だってんだ」

「金の針……?」

「ウム、それが突き刺さったままになってるそうだが、どう考えても妙じゃアねえか、何にも盗むものも無えような仁王堂へ忍び入って、しかも金の針で眼を突かれて死ぬ……。何も鎌倉権五郎じゃアねえが、眼玉一つくれえ潰されたって死ぬ程の事ア無えと思うが、とにかく此奴ア妙な話だ。もしかしたら背後《うしろ》に何か大きな奴があるかも知れねえ。ちっと難しい仕事と思うが、どうだ清吉、お前ひとつ手一杯働いて見てくれねえか」

同心と岡っ引、云いつけられれば否とは云えない。まして人使いの巧い安原に毎時《いつも》の調子で、妙だ妙だと岡っ引根性を煽られては、意地にも引受けないわけには行かなかった。

「へい、それじゃアまア何とかまじくなって見ましょう」

「ウム、やってくれるか。そいつは有難え、しっかり頼むぜ」

清吉はそれから二三打合わせてから屋敷を出た。

行先が白金と聞いて子分の小竹は、些《ちっ》とウンザリした顔だったが、金の針の一件には忽ち好奇の眼を瞠《みは》った。

「どうで仁王堂なんて云うんじゃア下手な閻魔堂と同じで、大して金目の物は無えだろうから、盗みに這入ったとは思えねえ。こいつア余処《よそ》で殺しておいて、担ぎ込んだのじゃアねえでしょうか」

小竹は仔細らしく首を捻って小声で云った。

「ウム、そう思えねえことも無えが、そんならわざわざ締切の扉の錠前を挽き切って、担ぎ込まなくたっていいだろう。ただ抛《ほう》り込むだけのことなら、楽に仕事の出来る本堂だって鐘撞堂《かねつきどう》だっていいわけだ。それを仁王堂と決めたところが判じ物だ」

「なるほど、そう云えばそんなものですね」

二人は築地から銀座へ出て、芝口を真直ぐに宇田川町、田町と一本道を歩いて行った。

空は高く澄み切って、大通りの家並の影もクッキリと、招牌《かんばん》の塵《ちり》もわかるくらい。その強い日射しの中を赤蜻蛉の群が高く低く、頬を舐めて行く風もひんやりと小気味よく、下《おろ》したての麻裏《あさうら》の爪先も自然《おのず》と軽くなるのだった。もともと本街道のことで人通りの多いのは当然だが、大木戸へ近づくに従って愈々往来の人は繁《しげ》くなって、中には美しく着飾った若い娘や子供達が大勢まじるようになった。

「親分、何処かの祭礼《まつり》でしょうか」

「そうよナ、ええと今日は九月の二十七日と……。あ、そうだ、南品川妙国寺の仁王祭だ」

「あッ、違いねえ、そうそう、親分、あの仁王祭には慥《たしか》お稚児が出ましたね」

「そうだったナ。だが竹や、仁王堂の殺しを詮議に行く途で、仁王祭にぶつかるなんて面白え辻占《つじうら》だな」

「なるほどね。どうです、遠くもねえ所だから、一寸拝んで幸先を祝って行きましょうか」

「いけねえいけねえ、信心は結構だが、御用聞が神仏を頼っちゃアいけねえ。御用聞はどこまでもカンと腕だ」

「おッと、そう来るだろうと思った。ははは」

二人は高輪の大木戸手前を右へ入って、寺や組屋敷の多い間を行き、鬱蒼《うっそう》と樹木の生い茂った広大な細川家の下屋敷に沿《そ》って坂を上り、めざす正覚院の門前へ出た。

正覚院は寺の多いこのあたりでも、かなりに広い寺域を持ち、門前には弘法大師四国八十八ケ所札打留と記した石標《いししるべ》が建っていた。総門を入ると左右に宿坊《しゅくぼう》がずらりと列び、更に中門を入ると正面に八間四面の素木《しらき》造りの本堂があり、その前に緑の色も美しい三蓋松《さんがいまつ》が地を這うようにうねっていた。それが高野寺の三鈷松《さんこのまつ》という名高い松で、その右手の方には鐘楼もあった。

二人は先ず本堂に参詣してから庫裡へ行き、町方の者であると伝えると早速に方丈へ通された。やがて四十恰好の僧侶があらわれ丁寧に挨拶をした。彼は智応と呼ぶ役僧で、生憎住職は所労で臥《ふせ》っているので、諸事自分が代ってお答えをすると云った。

しかし大体初めに安原から聞いたのと同じで、発見《みつけ》たのは今朝の六ツ（六時）前、寺男の与平という老爺《おやじ》で、その老爺はもう十数年この寺に奉公して一度も落度のない者という。

「して、その浪人体の男については、まったくお心当りはございませんか」

「さればでございます。彼の仁はその日の昼八ツ半（三時）頃に一度この寺へ参っておるのでござります」

「へえ……」

それは清吉には初耳のことであった。

「役僧に逢いたいと申されるので、拙衲《わたくし》が出て逢いましたところ、某は長谷部隆慶と申す者でござるが、御当院に三国伝来の仏躰、即ち天竺、唐、日本と伝ってまいった御仏のことでござるが、その仏躰《ぶったい》がござろうか……とお訊ねなので、当院に於ては仁王堂の本尊こそ三国伝来の仏躰でござると答えますとナ、俄に生々とした顔色で、是非拝観させて頂きたいと申される。イヤ折角ながら定めに依って、毎年二月の十三、十四両日の他は、開扉いたさぬ事になっておるからと断りますとナ、左様でもござろうが実は自分は運慶の末流を汲む仏師《ぶっし》で斯道研鑽《しどうけんさん》の者、かねがね三国伝来の仏躰を拝みたいと思っていた所、況《まし》て仁王と聞いては流祖の因縁も浅からず、是非とも拝ませてくれとの強《たっ》ての願い、なるほどその道にある者はそうも有ろうかと感じまして、住職とも相談の上、格別の計いを以て扉を開き、本尊を拝ませたのでござりました」

「そのとき長谷部という男は、どのような風でございました」

「もうまったく感に堪えぬという有様で、見上げ見下し、横へ廻り後へ廻り、所々《ところどころ》撫でたりなど、些か狂気じみたものでござりました」

更に役僧は、今朝死骸発見の際は、本尊には何の損傷もなく、又堂内に紛失物もなかったと云い、長谷部の夜中侵入は、おそらく誰の邪魔もなく見究《みきわ》めたかったためであろうと云い、その奇怪な死については、或は仏罰に当ったのではあるまいかという推察をした。

「それでは現場を見せて頂きます」

清吉と小竹は役僧に連れられて方丈を出た。

二

仁王堂は恰度本堂と背中合せに建っていて、その左右に丹生《にう》明神、金刀比毘宮《こんぴらぐう》などの末社があるので、後庭《こうてい》から見るとこの仁王堂が本堂のように見えた。二間四面のその堂はもうかなりに古びていて、朱塗のあともひどく色褪せ剥げていた。

堂の縁側には寺男が一人、煙草を燻《くゆ》らしながら、番をしていた。その寺男が今朝の椿事を発見した与平という老爺との事で、彼は慌てて煙管を蔵うと、丁寧に清吉達を迎えた。

正面三尺二枚の扉は喜連格子《きつれごうし》になっていたが、左右両側は半蔀《はじとみ》になっているので、それを釣上げると堂の中は明るかった。肝腎の錠前は両扉の合せ目の格子の間へ鎖を通し、それへ取りつけた簡単なもので、男は小さな鋸でその格子を一区《ひとこま》引き切っていた。その鋸は堂の中に捨ててあった。おそらく昨日高輪あたりで買って来たものであろう、真新しい品であった。

扉を開けて入ると、正面に高さ一尺あまりの台座の上に、六尺ばかりの本尊が立っていて、その前に香炉その他の仏具が少しくあるだけで、他に仏躰は一軀《く》もなかった。そして右手の隅に新しい菰をかけた裾から、生白い足が二本つき出されていた。先ず眼に映るものと云えば、ただこれだけのものであった。

「オヤ、この仁王様ア裸じゃア無えんだネ?」

と、小竹は思わず頓狂な声を出した。

なるほどそれは甲冑に身を固め、忿怒《ふんぬ》の形相もの凄く、右手に高く短い鉾《ほこ》を振り上げていた。

「ハイ、一口に仁王と申し上げておりますが、この御本尊は詳しくは執金剛神《しっこんごうじん》と申されまして、広く仏法の守護神であらせられます」

「へえ、するてえと、つまり仁王様の親方みてえなもので」

小竹は間の悪そうに首を竦めた。

役僧の案内者めいた説明によると、この本尊は古来三国伝来の仁王として名高く、かの天慶《てんぎょう》年中平将門《ねんちゅうたいらのまさかど》の乱に際しては、時の朝廷《みかど》から朝敵退治の祈願があり、その時この仁王の髻《もとどり》を結ぶ紐の右端が、大きな蜂となって飛び去り、将門を刺し殺したという伝説があって、毎年開扉の二月十三、十四の両日は、即ち将門を誅罰《ちゅうばつ》した日に当っていた。

更に役僧の云う所に依ると、その天慶の乱から数えてさえ九百年近くも経っているのであるから、天竺造像《てんじくぞうぞう》の時から数えれば、少くとも千年以上は経っているに違いないと云うのであった。

それは何処の寺宝にも有勝な有難い由来だが、それよりも清吉には年一度の開扉という堂内にしては少しも埃の匂いがなく、中々に綺麗なことが不思議だった。

「モシ、此処はちょいちょい掃除をなさるのですかえ？」

「ハイ、寺内の末社はいずれも一六の日に、掃除をさせることにしてあります」

肯いた清吉は漸う《ようよ》本尊へ近寄った。ともかくも千年以上も経た像にしては、さして甚い損傷剥《はく》落《らく》の痕もなく、異国風の尖り甲《とんがかぶと》や革鎧《かわよろい》には隙間なく金箔《きんぱく》が置かれ、それへ丹青とりどりの繧繝《うんげん》彩色《さいしき》で、亀甲唐草《きっこうからくさ》を初め様々の宝相華文《ほうそうげもん》が描れてあり、色褪せてはいるものの、その美しさは今なお随所に窺われた。

しかしそうした美しさより最も心を打たれたのは、眼を忿《いか》らし大喝叱咤《だいかつしった》する形相だった。

「親分、凄い面《つら》だネ、こいつを見ちゃア閻魔や不動は、まるで子供騙しも同じこったネ」

「ウム……」

清吉も感に堪えぬもののように、その凄じい面像《めんぞう》を見上げた。

まことに三国伝来の、霊威《れいい》あらたかな仁王尊というだけ、その形相の烈しさは比較を絶したものだったが、殊に眥《まなじり》も裂《さ》けんばかり忿《いか》りに燃えた両眼は、今にも炎を発するばかり、まったく文字通り此の面上《めんじょう》の眼目《がんもく》だった。

なお奇妙なことにこの両眼の瞳は、双方同一の瞳でなく、各々異った色をしていた。すなわち左は緑に光るギヤマンのような石であったが、右は紫水晶の冴えた石で、その中心に黄金《きん》の瞳孔が光っていた。その左右違うところが、見た刹那、却《かえ》って一層の凄《すさまじ》さを漲《みなぎ》らしているのだが、とにかく奇異な感じであった。

やがて清吉は背後両側と念入りに見て廻ると、何思ったか仁王の腹を叩いて見た。

「モシ、こりゃア張子《はりこ》でございますネ」

「左様、仏師の方では乾漆《かんしつ》と申すそうでござるが、当節では専ら木仏金仏《きぶつかなぶつ》ばかりで、こうした御像《おすがた》は造る者が無いそうで」

「なるほど、それから此の鉾《ほこ》は随分新しいもののように思いますが」

「左様、それは五六年前に掃除の節、誤って折りましたで造り替えたものでござる。この鉾は金剛の杵《きね》即ち金剛杵《こんごうしょ》と申しますが、何分にも木彫でござるで、どうもしっくり映りません」

やっとこの風変りな仁王の点検《しらべ》を終えた清吉は、ようよう死骸の方へかかった。菰《こも》を剥《む》ると、男は仰向けに寝かされていた。そしてかの金の針は一寸ばかりを残して、左の眼球へ額の方から斜に突き立っていた。そして頭の所に脇差、印籠、紙入、手拭、紙などが置かれてあった。勿論当人の所持品《もちもの》である。

男は色の白い小肥りの四十恰好、顔に窶れはあるものの中々よい顔立ちで、総髪に古びた紋附の小袖を着ていた。どう見ても仏師とは見えぬ風態なので、すぐと左右の手先を調べて見たが、どこにも鑿《のみ》や槌を持った形跡《あと》はなく、それは真赤な偽りと知れた。

それより型通りに検視をしたが、左眼の他は一ケ処として外傷の痕は見られなかった。念のため総髪の髻《もとどり》まで解いて見たが、そこにも何ら異常は無かった。死因はやはり眼球に刺さった金の針の他には無い。

清吉は窃《そっ》とその針を抜いた。血は出なかったが、針の先に膏《あぶら》のようなものが附着していた。針は二寸ばかりで尖《さき》の細い頗《すこぶ》る固い金色の針だった。しかし安原も云う通り、普通ならば此くらいの傷で死ぬる筈はないのだが、思わぬ不意を打たれて驚きのあまり、心の臓を破って死んだか、或はこの針の尖に烈しい毒でも塗ってあって、それが忽ち全身に廻って死んだか……そう思うより他はなかった。

次で清吉は所持品《もちもの》を調べた。脇差、印籠、別に得る所はなかったが紙入の中に一分少々の金とともに奇妙な紙片が入っていた。

それは小奉書を四つ切くらいに切ったもので、それへよく寺院で授ける護符や御守に書かれてある梵字《ぼんじ》が数十字記されてあった。

「モシ、こりゃア梵字でございますネ?」

「なるほど、梵字でございますナ」

「何と書かれてあるのでござりましょうか」

「さ、それはどうも、一向に不学で……」

役僧はひどく恥しそうに顔を赤らめた。

三国伝来の仁王尊、梵字、金の針……。三題噺《だいばなし》のようではあるが、清吉は何かそこに繋がるものがあるような気がした。

三

長谷部隆慶と名乗った男の死骸は、仮埋葬《かりまいそう》ということに頼んでおいて清吉は、かの金の針と所持品とを預かって寺を出た。そして長い道程《みちのり》を八丁堀まで帰って来た時は、短い秋の日はもう、とっぷりと暮れていた。

清吉は安原にその品々を見せて報告すると安原も腕を拱《こまぬ》いて眉を顰《ひそ》めた。

「なるほど、思った通り此奴ア中々面倒だナ。だがその三題噺は面白えナ。まずそいつを手繰《たぐ》って行くより仕方はあるあえ。が、さし当ってその長谷部てえ奴の身許、何とか早く判らねえものかナ」

清吉と小竹は安原の屋敷で夕飯の馳走になり五ツ（八時）頃に玉円寺裏を出た。その帰り道清吉は小竹に別れて、代地河岸に中井乾斎の隠宅を訪ねた。

乾斎は新御番頭中井主膳の弟で、まだ三十を少し越したばかりであったが、屋代弘賢、曲亭馬琴、山崎美成などの学者文人などと交っていろいろ好古《こうこ》の新説を発表している学者であった。その夜も彼は毎月朔日《ついたち》に開催する、兎園会という会で披講する話の草稿を、纏めている処であるらしかった。

乾斎は清吉がまだ馬道の父の家で、刀の柄糸《つかいと》を巻いていた頃からの贔屓《ひいき》の客で、つまり清吉にとって乾斎は出入屋敷の若旦那であった。乾斎も其頃から清吉の真面目な気性を愛していたが思いがけず岡っ引となってからも、何彼と智慧を貸してくれて、随分思わぬ手柄も立てさせてもらっていた。

「オオ清吉か、珍らしいナ。どうした、大層屈托《くったく》らしい顔をしているではないか」

乾斎は笑顔で清吉を迎えてくれた。

「こんなに晩《おそ》く上りましてどうも申訳ございません。お忙しい中を誠に恐れ入りますが、実は些と御用のことで」

と清吉は、今日の一件を手短かに話した上、かの梵字の紙片を渡して訊いた。

「これは一体何と読むのでございましょうか」

乾斎は一目見るなり笑って云った。

「ははは、冗談ではない。これがすらすら読めるくらいなら、三蔵法師じゃアないが、天竺へ経を取りに行ってくるよ」

「へえ、旦那様でも読めませんか……」

清吉は落胆《がっかり》したように云った。

「イヤ、拙者は読めなくても、読める男を知っているから、その人に読んでもらおう。御用の事なら急ぐのだろうが、今からと云っても遠方だから、明朝ということにしようではないか。それでどうだ」

「結構でございます。それではどうぞそういうことに……」

清吉は丁寧に礼を述べて諏訪町へ帰った。

清吉の心算では当節江戸に梵字など読める者はそう幾人もいないのだから、この方の糸を手繰って行ったら、自然《おのず》と長谷部の身許も判りその死因も判ると思った。が、用心しなくてはならないのは、梵字という窄《せま》い世界の中のことゆえ、いわば一人々々が妖《あや》しいわけで、迂濶《うかつ》に此方の身分を覚らしてはならぬと思った。

翌朝五ツ（八時）頃乾斎を訪ねた清吉は、あらかじめそのことを伝えた。

「なるほど、そうした心配もあるわけだナ、併し拙者がこれから訪ねて行く人は、印南恒沙《いんなみごうしゃ》という斯道《そのみち》の学者で、お前の心配するような人ではないし、それに中々旋毛曲《つむじまが》りの先生だから、もしも偽っていたと判ると後で拙者が迷惑する。やはり明らさまに云った方がよくはないかナ」

「イヤどうも岡っ引根性をさらけ出しましてお恥かしゅうございます。それではどうぞよろしいようにお願いいたします」

やがて二人は赤坂の氷川神社の傍にある印南の家へ向った。浅草から赤坂までは大分の道程で、乾斎には寔《まこと》に気の毒に思ったが、奇聞珍談を漁っている乾斎には、野次馬気分も多分にあって、さしてその労を厭《いと》う風も見えなかった。二人は四ツ（十時）前には赤坂へ着いた。折よく恒沙は在宅で、すぐとその書斎へ通された。

十畳ばかりのその書斎は、床の間から壁際までギッチリと書籍の山で、細長い机の前に立膝をして坐っている主の恒沙は、五十ばかりの色の黒い、眼差の鋭い痩せた男で、笑うと揃った歯の白いのと舌の赤いのとが、妙に不気味な感じを与えた。

乾斎は清吉を引き合せ、実は御用の件でこういうものを見せられたが、此方は悉皆《とんと》明盲で読めぬので、大人《たいじん》に一つ解読して頂きたく持参したと、例の紙片を差出した。

恒沙はその紙片を一目見ると、ジロリ乾斎と清吉を尻目にかけてニヤリと笑った。

「中井君、此を持っていた男に、何か不祥事《ふしょうじ》が起きたのと違うかナ？」

「えぇッ……」

「ははは、そうであろう、あの男が中々これを手放すような奴ではない」

「大人は知っていられるのですか、この持主を？」

「知っている。長谷部凌雲という男で、少しばかり本草《ほんぞう》を噛っている者らしい」

「何処に住んでいる者です?」

「小石川の極楽水の辺に住んでいると云っていたが、詳しい事は知らぬ」

「何度もお逢いになったのですか?」

「イヤ、たった一度だ。たしか一月ばかり前突然訪ねて来て、この紙片を示し、これを解読してくれと云うのだ。何でもない事なので和解してやったら、大そう喜んでナ、いずれ礼に来ると云っていたが、それきりいまだに現れぬので可怪《おかし》いと思っていたのだ。ははははは」

恒沙は人一人の死ぐらいは何とも思わぬように笑っていた。

「そしてこれは何という意味なのです」

「これはナ、阿育王《あそかおう》が祇園精舎の本堂の前に立てた跋折羅神将《ばさらしんしょう》の像は怖ろしい眼を以て王の供物を守護する……と書いてあるのだ。阿育王《あそかおう》とは知っての通り天竺《てんじく》の王で、仏教帰依の大優婆塞《だいうばそく》、跋折羅神将《ばさらしんしょう》とは唐《から》で云う執金剛神《しつこんごうじん》、我国で云う仁王だ」

「なるほど、それで大体わかりました……」

肯いた乾斎は清吉を見返って微笑んだ。

「一体その男はどうしたのだ」

そこで清吉は正覚院仁王堂に於ける概略《あらまし》を話して聞かせた。恒沙は流石に眼を瞠《みは》った。

「ウム、それは面白いナ。だが日本にも三国伝来の跋折羅神は数あろうに、なぜ正覚院の仁王に目をつけたか。イヤ、それはとにかくその金の針というのが妙だナ。ウム、まったく奇怪だ。なア中井君、さしずめこれは兎園会《とえんかい》の披講ものだナ。はははは」

恒沙は面白くて堪らぬというように、長い立膝の上を左手で叩きながら、その白い歯を剥き出して高く笑うと、更にその細い顎を清吉の方へしゃくって云った。

「オイ岡っ引、精々早く埒《らち》を明けろよ。そして判ったら直に知らせに来い。いいか」

清吉はその横柄《おうへい》な口の利き方にむっとしたが、とにかく呪文《じゅもん》のようなこの文字を解いてもらった義理があるし、嘘か真か長谷部の住居の判った手前、へいと畏るより他はなかった。

二人は厚く礼を述べて印南の家を辞した。

「どうだ、中々の怪物だろう。あれで悉曇《しったん》の学については当今第一流の人でナ、二十年程以前に亡くなられた大阪の慈雲尊者《じうんそんじゃ》以来の学者だ。あの床の間にあった山のような書物ナ、あれが有名な梵学津梁《ぼんがくしんりょう》一千巻《がん》だ」

乾斎は半ば陶酔《とうすい》したような声を漏《もら》したが、清吉にはただ虫の好かない横柄な厭味な奴とよりほか思えなかった。

四

赤坂見附で乾斎に別れた清吉は、外濠伝いに牛込へ出て、揚場河岸から江戸川沿いに、伝通院の杜《もり》を目当に上って行った。極楽水というのは伝通院の後方にある宗慶寺境内にある名高い井戸で、その門前町一帯が自然《おのず》とそういう字《あざな》になっていた。

ここらは所謂御朱引《ごしゅびき》（江戸府内）の外で、所々に森や畑や薮があり、門前の商家なども何れもまだ藁屋根で、しごく鄙《ひな》びた眺めであった。

附近で聞くと長谷部の住居はすぐに判った。それは宗慶寺の裏手にある一軒屋で、家主は門前の菓子屋という。清吉は先ず家主を訪ね、町方の者である事を明かして一通りの事を訊き糺《ただ》した。

それによると長谷部は鍋島藩の浪人という事で、此処へは一年ほど前から住んでいる。多少の蓄財《たくわえ》もあるらしく、浪という今年十七の娘と二人きり、仕官を求める様子もなく、一日中金石本草《きんせきほんぞう》の類を玩弄《もてあそ》んで暮している。至っての無口であるが医学の知識があると見えて、附近の者も思わぬ世話になる時があるらしく評判は中々いい。ただここ一月ばかりは滅多に家にいた事がなく、朝から出歩いているらしい様子と語った。

そこで清吉は昨日の一件を話して聞かせ、やがて家主の案内で長谷部の家を訪ねた。新建《しんだち》の小家であったが、奥の座敷へ通された時は、その異様な乱雑さに流石の清吉も胆《きも》を消した。

そこには先ず異国の鳥らしい剥製《はくせい》から始まって、鼻の欠けた金銅仏、古瓦、古鏡、桐箱に綿を布いて並べられた古めかしい玉《ぎょく》や石、六角八角の結晶石、さては草木花実の類から獣骨魚骨、長虫《ながむし》のミイラ、更に二つの髑髏《しゃれこうべ》まで所狭いまでに並べてあり、さながら古寺と骨董屋の煤払《すすはら》いを一緒にしたような有様だった。

娘は長谷部によく似た顔立ちで、色白の髪の濃い中々愛らしい娘だった。娘は仁王堂での一件を聞かされて失心せんばかりに驚いた。娘は父の行動については何にも知らなかった。ただ父が毎日つけていたという日記を見せてくれた。

それには九月二十五日までの記事があった。記事は頗る簡単だったが、ここ一月ばかり晴の日は毎日寺院を経巡《へめぐ》っていた。まず地元の宗慶寺、伝通院を筆初めに小石川、牛込、四谷、赤坂、芝と拡り、二十五日には承教寺、上行寺、清林寺など二本榎あたりの寺の名が十ケ寺ばかり挙げてあった。憑《つ》かれたようなその努力を思うと何故か清吉は悚《ぞっ》とした。

一体何が彼をこんなにまで駆り立てているのであろう……、そう思いながらボンヤリ上げた清吉の眼に、先刻見た床の間の金銅仏の横に、何か細長い妙なものの転がっているのが映った。

「あッ、これだッ!」

清吉は思わず手を伸してそれを取った。それこそ昨日仁王堂で見たかの金剛杵《こんごうしょ》という鉾《ほこ》だった。それを見ると柄の半からポッキリと折れてはいるが、中は空で、紙を漆で塗り固めたものであった。その柄の表面はやはり本尊の彩色《さいしき》と同じく、たとい剥落《はくらく》はしていても、金箔《きんぱく》を捺《お》した上に宝相華文《ほうそうげもん》が色美しく施《ほどこ》されてあったことは一目で判った。そして更に大きな発見は、その刃の両面に、かの紙片に記されたような梵字がハッキリ残っていることだった。清吉は紙入から直《すぐ》とその紙片を取出して見比べた。文字の数も形《かたち》もぴったり合った。

「モシ、これは何日頃、どうして手に入れたものか判りませんかえ?」

「それはたしか一月ほど前、赤城下の古道具屋から求めて参ったように覚えております」

日記を見ると先月の十五日に購《もと》めていた。それで入手の時期から今日までの経路は判ったが、ただ「怖ろしい眼を以て王の供物を守護する」と云うだけの文字に、どうしてそれほど熱中したか、又その本尊に巡り逢った途端、何故金の針を以て殺されねばならなかったか、それは依然として謎であった。

それから長谷部の交友などを調べた上、ともかくも清吉は、娘へ家主を附き添わして正覚院へ赴《おもむ》かせる事にした。二人は清吉の手紙を貰って白金《しろがね》へ駕籠を急がせた。

清吉はその金剛杵を預かって、一応八丁堀の屋敷へ立ち寄り今日の顚末を報告した。安原は一日で長谷部の身許を洗い上げた清吉の働きを褒めたが、やはり此謎は解けなかった。

「この梵字には、もっと他の意味があるのじゃアねえだろうか」

と安原は、鉾を見ながら眉を顰めた。

「私もそんな気がするのですが、肝腎の長谷部がその印南に読んでもらったんですから、それ以上に判る筈はなし……」

「誰か他に読める奴はいねえものかな。どうも一人じゃア信用が出来ねえ」

それは清吉も同感だった。安原と相談した清吉は、その帰途を再び代地河岸へ寄った。

乾斎に朝来《ちょうらい》の礼を述べると、ここでも又一通りの報告をした後、他に梵字の先生はいないものかと訊ねた。

乾斎は先ず恒沙以上の人はないが、そういう不安があれば他に二三聞き合したらよかろうと、根岸の行野松窓、細川藩の多田三省の名を教えてくれた。清吉は明朝早くそれらの学者を訪ねる気で夕暮の道を諏訪町へ帰った。

すると翌朝五ツ（八時）頃、白金《しろがね》の正覚院から一人の若い僧が使いに来た。訝しい事に思って来意を聞くと、実は今朝、又しても仁王堂に於て五十恰好の一人の武家が死んでいた。しかも前回と同じように金の針で左眼を射られて……と語った。

清吉は不意に横ッ面をひっぱたかれた気がした。暫くは返事が出来なかった。とにかく直《すぐ》に伺うからと僧を帰すと、大急ぎで小竹を連れて安原を訪ねた。安原も此の報告を聞くと、流石に清吉にだけは任《まか》していられないと見えて、連れ立って白金へ向った。やがて四ツ（十時）近く正覚院へ着いた。

待ちかねたように出迎えた役僧は、重ね重ねの不祥《ふしょう》に困惑しきった表情で、今回も本尊には何の異常もなくすべては前回の通りであると語った。すぐに仁王堂へ行って見ると、一昨日と同じように堂の右隅に菰をかけた死骸があった。

安原は軽く本尊に一礼して見上げたが、その凄まじい形相には流石に愕いたようであった。

清吉は菰の端を頭の方から静かに捲った。が、その顔を一目見た時、あッと叫んで呼吸を呑んだ。金の針を突き立てられた蒼黒い瘦《や》せた顔こそ、梵語学者の印南恒沙の顔であった。

五

その新しい死骸が印南と聞いて、安原は仰天した。又その印南が長谷部に彼の梵字を解読してやった人と聞き、役僧は更に色を失った。とにかくかの梵字に依って二人までが、この仁王像を狙って来て、然も二人ながら金の針に左眼を刺されて死ぬると云うのは、いよいよそこに深い謎が秘められているに違いないと、堂内の者は一層緊張の色を深めた。

呆然としながらも清吉の脳裡を去来するのは、昨日の恒沙の態度だった。あの様子では長谷部の死は慥《たしか》に初耳であったらしい。それは多年御用を勤めて来た清吉にとって、ハッキリと云い切れる事だった。しかし恒沙にとっては長谷部の死より、仁王の真偽より、ただ金の針の一件だけが興味を唆《そそ》ることであるらしかった。その彼が同じく金の針によって命《いのち》を捐《おと》すとは、流石の彼も予《あらかじ》め測る事が出来なかったか、ともかくも不思議な因縁というより他はない。

しかし一体何がそれらの人々を此像へ惹きつけるのか、もしかしたら此像の何処かに、世にも珍らしい異国の宝が匿《かく》されているのではあるまいか。もしそうとすると、その慕い寄る人々を金の針を以て刺し殺し、それらの野望を砕き、その宝を守ろうとしている者、それは一体誰なのだろう……。

「清吉、とにかく検《あらた》めようじゃアねえか」

安原の声に、清吉はハッと我に返った。

「へえ」

二人は微細に検めたが、それは長谷部の場合と同じく、他には兎の毛で突いた程の傷もなかった。が、ただ一つ、何故か左の掌を固く握って開かなかった。清吉はその指を一本一本ようようにして開いて見ると、そこには緑色の燦《きらめ》くような石が一個握られていた。

人々の口から、あッという嘆声《たんせい》が漏れた。

が、見た刹那清吉には、何か此の石に見覚えのあるような気がした。

「むッ、そうだッ」

思わず立上った清吉は、ツカツカと仁王の前へ行って、その忿怒《ふんぬ》の相を見上げた。

「オイ、竹、ちょっと来てくれ。お前、この本尊の眼玉の色が、一昨日《おととい》と違ってやアしねえかえ?」

小竹は素早く駆け寄って見上げると、直に答えた。

「おッ、違いやすぜ、親分。一昨日はたしか緑色の目だったぜ」

「お役僧、御本尊の眼を見て下さい」

清吉の緊張した声に役僧は、怖る怖る台座に近づくと、掌を合して御顔を見上げた。

と、忽ちあっと叫んで、二三歩後へよろめいた。

「こ、これは如何なることで、あ、あのような真赤なお眼は、いまだ曽て拝んだ事がございませぬ。お、怖しい事実《こと》でございます」

一昨日は緑であった筈の左眼の中が、今日は滴るばかりの紅い石に変っていた。

「何、眼玉の色が違うのか」

安原は再び本尊に近づいた。

「へい、左の方ですが、一昨日見た時は緑色の石でして、その石が、あの石に違いねえと思います」

と清吉は、恒沙の冷たい掌の上に燦《きらめ》いている緑の石を指して云った。

「フーム、すると恒沙が嵌《は》め替えたと云うわけかナ」

「いえ、中々これだけの細工のものが、素人などの手で嵌め替えられるもんじゃアございません」

と暫く思案していた清吉は、一つ肯くと、

「ねえ、旦那。こいつはもしかしたら、あの眼玉に何か仕掛があるんじゃアねえでしょうか」

「何、眼玉に仕掛が？　フーム……」

二人は台座へ上ると、顔をすりつけるようにして見上げた。六尺ばかりの仁王の像は、恰度清吉たちより五六寸背が高いわけだったが、よく見るとその両眼は、いわゆる天地眼という、不動明王や毘沙門天《びしゃもんてん》などに見るように、左眼はやや上向きになっていたが、右眼は下向きになっていて、一昨日見た時と同じように、冴えた紫の石の中心に金色の瞳が光っていた。

それを見上げた時清吉は、ふッと脳裡《あたま》に閃いたものがあった。と、安原が、右手を上げて仁王の左眼を押そうとした。

「あッ、旦那、お待ちなすってッ」

清吉は慌てて安原の腕を捉えた。

「いじッちゃアいけねえか」

安原は不服そうに云った。

「一寸お待ちなすって。もしかしたら種明しが出来るかも知れませんから」

二人は台座を下りた。清吉は懐中から十手を出すと、その先へ手拭を細く裂いて捲きつけ、更にその上へ大きく裂いた布をかぶせ、恰度タンポ槍の先のように拵えた。

「さア皆さん、なるべく脇の方へ寄っておくんなさい。仁王様の正面にいると、どんな罰が当るか知れませんぜ」

清吉の言葉に安原はじめ役僧若僧寺男など、納得《なっとく》の行かぬまま奇妙な顔で、左右へ別れて退いた。小竹は不安そうに清吉の傍についていた。

「ようござんすかい、うまく行ったらお慰みだ」

清吉は台座へ上ると、ぴったりと仁王の右側に立ち、その十手のタンポで仁王の右眼を押した。と、意外や左眼に震動が起きて、ポロリと紅い玉が落ちた。

台座で一つ跳ね上って板の間をコロコロ転がった。人々はあッと云う声を上げた。

しかし更に不思議なことは、その紅い玉の脱けた跡へ、もう青い玉が嵌《はま》っている事であった。その事実に気のついた人々は思わず本尊へ近づいて来ようとした。

「オットそのままにしていておくんなさい。これからが肝腎《かんじん》なところなんですから」

清吉の声には自信が漲っていた。彼は今度は左側へ廻って、同じような動作で仁王の左眼を押した。と、ピカッと一閃、瞳から金《きん》の炎が走って、台座の前の板の間へ顫えながら突き刺さった。

後にかの梵字を根岸の行野松窓に読んでもらうと、それは「我は跋折羅神将《ばさらしんしょう》なり、わが眼には阿育王《あそかおう》の供物を収めたれど、人はこれを窺うことを得ず」と云う意味だそうで、恒沙ほどの学者が誤読する筈はないから、おそらくその通りを長谷部には読み聞かしたものと思われる。むろん恒沙はそうした像が日本へ伝来されているとは思わなかったから、平気で教えてやったのであろう。ところが意外にもその像は江戸にある事が判った。恒沙は忽ち好奇と慾心の俘虜《とりこ》となった。

しかしその像には世にも巧緻《こうち》な仕掛があって、右眼を押せば左眼から宝玉が、左眼を押せば右眼から猛毒を塗った金《きん》の針がそれぞれに弾《はじ》き出される仕掛になっていた。

長谷部は最初に右手で像の左眼を押したため、忽ちに金の針が下から見上げる長谷部の左眼を射たのであった。恒沙は左利きであったため、最初に左手で像の右眼を押した。そのため緑の玉がコロリと落ち、跡に紅い玉が現れた。緑の玉を拾《ひろ》った恒沙は今度は右手で像の左眼を押した。そのため彼は長谷部と同じ運命に陥《おちい》った。

清吉がそれを察したのは、むろん恒沙の左手に握られた緑の玉からではあったが、二人ながら左眼に刺さった金の針が、いずれも上から射られたように斜めになっていたことと、仁王の右眼の瞳が恰度その針と同じ細さの金色に、光っているのを見たからであった。

金の針二本は直接人を殺《あや》たものゆえ奉行所へ没収となった。その燦《きらめ》く緑と紅の玉は寺宝の中へ収められた。

なお其後仁王の両眼は、どちらを押しても微動もせず、左眼は海のように蒼《あお》い玉を、右眼は匂うような紫の中に金の瞳を、永く永く燿《かがや》かしていた。

乾斎が此話を、翌十月一日の兎園会に披講したのは云うまでもない。

夢の千両箱

一

后《あと》の月見《つきみ》、神田祭と、大きな行事が二つすむと、江戸の秋も俄に深くなってきて、着初めて十日も経たぬ綿入も、なにかぴったり身についてくる。そんな或る日の七ツ（四時）頃、本所の二つ目、片目の按摩宗庵の家へ上り込んで喋っているのは、三つ目に住む巾着切《きんちゃくきり》の愛吉。

平素は素袷《すあわせ》に襟附《えりつき》の半纏、仕事の時は縞物のお店者《たなもの》か職人という拵《こしら》えの愛吉が、なぜか今日は大所《おおどころ》の息子株という服装《なり》で、長火鉢の前に立膝、人形顔だけによく似よう。猫板の上には柚《ゆず》味噌《みそ》と猪口《ちょこ》と徳利。碌でもない二人の上へ、勿態《もったい》ないようないい薫りは、鼠入らずの上の竹筒へ投げこまれた黄菊三輪、おおかた隣のお艶坊の恵みの花と見えにけりと云うところ。

「そうしてその若旦那とそっくりだっていうことは、いつ何処で知ったのだ」

と宗庵、仔細らしく煙管を持ちかえ鼻から煙り。

「何、此間《こないだ》浜町河岸で出逢った奴が、何処かで見たことのある野郎。ハテと思ってよく見ると、冗談じゃアねえ、俺にそっくりなんだ。何だかばかに嬉しいような忌々《いんきん》しいような気になって、からかい半分ぶッつかりの、チガイで抜いたこの紙入れ、見や、印金の極上物だ。中を見ると日本橋本町の質両替、伊勢六の息子てえことが判った。

そこでむらむらッと悪戯《いたずら》ッ気が起きての、わざとこの拵えで本町界隈を歩いて見ると、すれ違う奴らがみんな挨拶をするじゃアねえか。中に一人、医者《いしゃ》とも幇間《たいこ》とも附かねえ奴が、イヨウ若旦那、今お店へ伺いやしたら、お出かけてえことで空しく引上げてまいった処、ここで逢うたあ優曇華《うどんげ》の……とペラペラまくし立て、結局いつもの所へお供お供と、仲町《たつみ》へ行って遊んだ上、帰りは丸半で着物と羽織を十枚ばかり拵えて来たが、これがみんな六三郎のお帳面。何と有卦《うけ》に入ったものだろう。はははは」

「ふうむ、そんなに似ているのか」

「イヤモウとんだ十種香《じゅしゅこう》の勝頼様で、似たとはおろかやっぱりそのまま。もしかしたら双子《ふたご》じゃアねえかと思うくらいだ」

「それじゃア親も気がつくめえナ」

「親はどうだか知らねえが、女はたしかに気がつかねえ。イエサそれが本当だから面白え。お艶には内証だが、まア聞いてくんねえ」

すっかり若旦那になりすました愛吉、嬉しくって堪らず、せいぜいおっとり肩を落し、雪踏《せった》チャラチャラ清正公様へお参りの帰り浜町河岸へかかってくると、黒板塀に見越の松、云わずと

知れた囲《かこ》い者の住居の木戸口、人待ち顔に佇んでいた一人の女中、にッと笑って駆け寄るなり、耳たぶへ、

「若旦那、お待ち申していましたヨ」

　と手をとらんばかりに連れ込む。

　うふッ、こいつア又六三郎に間違われたナ……と思いながら離れ座敷へ。

「そうよナ、年の頃二十七八の大年増だが、顔と云い容子と云い、そしてまた肌といい、何とも云えたものじゃアねえ。とにかく其処でとろけるような思いをしたと思いねえ。ただ困ったのはうっかり口の利けねえことヨ。仕方がねえから無言の行。女が焦《じれ》ッたがって、若旦那どうなすったのサと云うから、俺ア火鉢の灰へ、お前と早く一緒ンなりたいから、観音様へ願かけて、一七日の無言の行……と火箸で書くとの、もう嬉しがりやアがって、ははは、モウあの口説《くぜつ》を聞かせたかったくれえだぜ」

「フン、つまらねえことを」

「へへへ、嫉《そね》め嫉め。イヤそれよかもっと面白えのは、阿部川町に弁長てえ慌て者のカス坊主がいるが、此奴が昨夜、オヤ若旦那、気を附けなくちゃいけやせんぜ。此頃お前さんの似せ者が現れて、方々ひッかけて歩くそうだが、何とか早く退治つけねえと今にとんだことになりやすぜ……と、こうなのさ。さア私もそのことでは気を揉んでいるのだけど、お上へ訴えれば何の彼のと引合いが面倒だし、と云って堅気《かたぎ》の私たちにはどうしていいか判らないし……と云うとの、そ

んなら浅草諏訪町の清吉親分へ頼みやしょう、あの親分なら決して後々係り合いをつけるような人じゃアねえから……と、こうさ。そこでふッと、此頃噂に高え岡っ引の清吉、巧《うま》く化《ばか》せるかどうか試してやろうと、つい悪戯《いたずら》ッ気が出てネ」

「えッ、清吉ン所へ行ったのかえ？　イヤ、いかに若えとは云いながら何てえ無分別な……」

「ははは。だが、その時の清吉の、フムフムと聞き入っている尤《もっとも》らしい面と云ったらなかったぜ。もう今頃は化の皮の剥げてる頃と思うが、さぞかし彼奴、頭から湯気を立てていやがるだろう。それを思うと可笑くて可笑くて……」

愛吉は両手で脇腹を押さえながら、苦しそうに笑い転げた。

二

「えっ、伊勢六の身代を……？」

愛吉はキョトンとして眼を瞬《みは》った。

「チョッ、まだ判らねえのかヨ」

と舌打した宗庵は焦ったそうに毒づいた。

「ああ忌だ忌だ、だからお前はおっちょこちょいのトンチキだって云うんだ。幾らでもねえ只遊びや、岡っ引を調戯《からか》って喜んでるなんて、そんな料簡じゃアいくら経っても、いい悪党にゃアなれねえぜ」

「ヘン、お前は大そうな悪党だからネ」

「そうよ、按摩上下《あんまかみしも》二十四文と地道に稼いでいるのも、いつかは一度大きな悪事をしてえからで、いわばその時のボク除けだ」

「それじゃア俺《おいら》アどうしたらよかったんだ」

「そう方々へ贋物《にせもの》有りてえ事を吹聴してしまっちゃア手後れだが、俺だったら先ず若旦那をおびき出して、人知れず眠らして終うナ」

「ええッ、ね、ね、眠らす……?」

「叱《し》ッ、静かにしろよ。それからその着物を剥ぎ取ってお前が着て、川ン中で土左衛門になるんだ」

「冗、冗、冗談じゃアねえ。何も土左衛門になるために、人殺しをしねえだって」

「慌てるナ、それが芝居よ。そこを俺が見つけて騒ぎ立て、大勢で助け上げ本町の店へ担ぎ込む。これから先はお前の腕だ。些と面倒臭え時にゃアどうも頭が痛くてと忘れた風をすりゃアいい。何とか辻褄を合わしているうちにゃアあの親父も死ぬだろう。そうなりゃア一人息子のことだから、些と頭が可怪《おかし》くてもどうでも、お前が後を嗣ぐ事になる。どうだ、あれだけの大身代が丸々お前のものになるだろう」

「なな成程、イヤお前は中々の作者だなア」

「ウム、まず鶴屋南北というとこだナ」

「まったく大した悪党だナ。だがそうすると、六三郎を眠らさなきゃアいけねえのだな?」

「そうよ、大の虫を助けるためにゃア小の虫は仕方がねえ」

「アレ、変な大の虫だナ。だが身代りの偽首《にせくび》も悪戯なら面白えが、罪咎もねえ者を殺すてえのはよくねえナ。そいつア人の道にねえ」

「オイオイ、悪党に人の道が有って堪《たま》るか」

「だが、それにしても人殺しはよくねえナ、だいいち幽霊が出るだろう」

「勝手にしやがれ。アア折角宝の山に入りながら、惜しい事をしたものだ」

その時、引裂くように格子戸がガラリ。

「誰だッ」

「宗庵さん、大変なんだよ」

間の障子をさらッと明け、島田髷《しまだまげ》の首を突ッ込みざま愛吉を見て、

「ア、愛ちゃん、ここにいたのかえ、アアよかった。今お前さん家へ寄ったらいないんで、どうしようかと思っていたのさ」

と、ハアハア息を切らしながら、宗庵の前も憚からず、愛吉の側へペッタリ坐ったのは隣のお艶。

「大そう慌ててるがどうかしたのか」

「これが慌てないでいられるもんかネ。今先お前さんが店へ来た時」

「俺が？　イイヤ俺はお前の店へなんか行きゃアしねえぜ」

「えッ、来ない？　そ、そんな馬鹿な、現在あたしと……」

「冗談じゃアねえ、行くもんかナ」

「可怪《おかし》いねえ。だってお前さんがいつも着ている、藍微塵《あいみじん》の袷を着てサ、懐手で胸をベタベタ叩きながら、あたしを見ても知らん顔で行こうとするんで、ちょいと愛ちゃん、素通りはないだろッて声をかけると、此方を振り返ってニヤッと笑うのさ。ネエお寄りよって袖を掴むと、それを振り切って行っちまったのさ。

まア何て気障《きざ》な事をと見送っていると、ポンと後から背中を叩かれ、振り返って見ると、それがお前さん、諏訪町の清吉てえ岡っ引の子分で、小竹てえ手先なのさ。

びくッとすると、オイ、今行った遊人《あそびにん》は何処の何てえ男だッて訊くのさ。さては何かやばいことが起きたんだなと思ったんで、イイエ知りませんて云うと、冗談じゃアねえ、今愛ちゃんて云ったじゃアねえか、さアどこの愛ちゃんなんだ、隠さねえで云ってくれ。

それでもまだ黙っていると、オイ愛嬌稼業の店だと思って優しく聞いているんだぜ。強情を張るんなら番所へ連れてけッて訊《き》くぜッて、睨みつけるその凄さ。

仕方がないから、愛ちゃんて云うだけで後は何にも知りません。ほんとに唯それだけなんですよッて云ってやると、フン後で嘘だと判ったらお前も同罪だぜ、いいな、時によると磔《はりつけ》ものだぜって、こうなのさ」

「ええッ、礫だってッ？」

「そうなんだよ、それで私《あたし》もびっくりして大急ぎで店を片附けて帰って来たのさ」

お艶の話を聞いていた宗庵、思わず大きく舌打ちすると、

「チェッ、これだから素人《しろうと》はいけねえ。お艶坊、お前はきっと後を尾行《つけ》られたに違いねえ、アアとんだ事になったもんだ」

「えッ、あたしの後を？」

「そうよ、お前の顔色で愛公と馴染かどうか、岡っ引に判らねえでいるものか。愛公、すぐに逃亡《ふけ》ちまいねえ」

「ウム。だが、お艶の店へ行って俺てえのは」

「馬鹿だなア、お前が六三郎の身代りになれるくらいなら、六三郎だって又お前の身代りになれるわけのものじゃアねえか」

宗庵は忌々《いまいま》しくてたまらぬように云い返した。

「あッ、それじゃア六三が……？」

「そうよ、お前が清吉を調戯《からか》ったから、清吉の奴、六三郎をお前に仕立てて、お前の立ち廻りそうな所へ囮《おと》りに出したんだ。さア騙《かた》りくれえで食い込んじゃア詰らねえから、すぐに此処から逃亡《ふけ》ッちまえ」

「よしッ、それじゃア宗さん、お艶、些《ちっ》との間逢わねえぜ」

と立ちかかる愛吉へ、

「オット表は危ねえ、お艶坊、雪踏《せった》を裏へ廻しねえ」

「あい……」

顔に袂を押しあてながら、お艶が障子を明けたとたん、格子がガラリ。

「あッ、お前はッ?」

真蒼《まっさお》になったお艶には眼もくれず、小竹は中の愛吉へ呶鳴《どな》った。

「オイ愛公、裏へも手が廻っているぜ。さアおとなしく附いて来ねえ」

三

それから一月近くも経ったある夜。今にもぱらぱら来そうな空の下を、宗庵按摩、いつもの通り川を越えて柳橋から米沢町と、笛を吹いて流していたが、何故か一向呼び人《て》がない。

(おかしいナ、こんな筈は無えのだが……ああ忌《いや》だ忌だ、一体《いってえ》いつになったら千両箱を枕に、思いッきり寝ることが出来るのだ……)

愛吉の前では、いっぱし悪党がって見せてるものの、それはみんな芝居や講釈の受売りなので、実を云えば宗庵は、ただもう永いこと自分の首に噛りついて離れない貧乏神から、逃げ出したいばかりなのだ。せめて老後は裕福な御隠居様で暮したい、ただそれだけが願いだった。

しかしそれには何か余程の僥倖《しあわせ》が、たとえば千両の富《とみ》が当るとか、そうした福運が転《ころが》り込んで来ないかぎり、とても望めない夢だった。そこで宗庵は無理な工面《くめん》をしては、感応寺や湯島を初め諸所方々の富を買ったが、当った事は曽て無かった。

ああ千両、千両とりたい、千両ほしいと思っていると、不思議なもので、いつの間にか、その千両をまんまとせしめる筋書が出来てきた。

その一つ、ある夜宗庵が川端を流していると、役人に追いかけられて来た盗人が、横抱きに抱えていた千両箱を、もう持ち切れなくなって川の中へ投げ込んで逃げて行く。役人はそれと知らずに追いかけて行く。誰もいなくなった隙に宗庵は、何なくその千両箱を引上げて逃げ帰る。

もう一つは、かねて療治に行っている大家の妾宅、むろんそんないい出入先はないのだが、とにかく或夜、他処での療治が手間どって、遅くなってから出かけて行くと、いきなり黒塀の木戸口がパッと開いて、中から血相かえた一人の男が飛び出してくる。月を一杯浴びた顔は去る大所の若旦那で、かねがねそこの若い妾と怪しい仲になってる男。

フフン、大方痴話口説《ちわくぜつ》の果てに腹立ちまぎれ飛び出して来たのだろうと、多寡《たか》を括って入って行くと、いつもの離座敷にお妾が寝乱れ姿で殺されている。愕いた宗庵は其処に落ちていた紙入を盗《と》って逃げる。それから若旦那を呼び出して強請《ゆす》りかけ、とど千両強請《ゆす》る。

いわばここが眼目なので、度々見なれた世話狂言の強請り場、団十郎や幸四郎のあの胸の透くような利き台詞《ぜりふ》を云う自分を、思い描いてうっとりする……。

この二つが宗庵の、描いては消し、消しては描く楽しい千両の夢であった。

せめて愛吉の奴を身代りに伊勢六へ送り込んでいたら、千両位は骨折賃に貰えたろうに、思えば思えば忌々しくってしようがない。

（ええこんなつけ（運）の悪い晩にウロウロしてて、風邪《かぜ》でも引いちゃアつまらねえ。もう断念《あきら》めて帰るとしよう）

いつの間に来ていたか浜町河岸、くるり、今来た道を引き返そうとしたとたん、今まで閉じこめられていた二十日の月が、厚い雲の切れまから、さっと光りをなげて来た。上汐時か真中が盛り上ったようにうねって流れる大川の浪は、忽ちキラキラとその白金の光りを噛み砕いた。

そして対岸《むこうぎし》の竪川口から一つ目弁天の杜《もり》、御船蔵、石置場へかけて、まるで影絵のようにクッキリとその姿を見せている。

その景色にちょっと見とれた宗庵、ひょいと左手の方を見ると、オヤッと思わず肩を竦《すく》めた。それもその筈、そこにはいつも千両の夢に出てくる、あの黒板塀に見越しの松が、月の光りに浮び上っていたからだ。しかも御丁寧に「塀のよきところに切戸あり」の誂《あつら》え通り。

宗庵は思わず唸った。と、その時、風に煽られたようにその切戸が内側からパタンと開くと、一人の男が飛び出して来た。そして何かに躓いて小膝をついたその顔を、月の光りに一眼見た時、宗庵は悚《ぎょ》ッとして棒を呑んだ。

起き直った若い男は、三間と離れていない所に片眼の按摩が立っているので、これも悚《ぎょ》ッとしたように立ち竦んだ。

宗庵は咄嗟《とっさ》にすべてを会得《えとく》した。が、その余りにも筋書通りのこの出会《であい》に、嬉しいのか怖ろしいのか、ただわなわなと体が顫えた。が、逃げられては大変と、勇気を振るって、

「モシ若旦那、どうなすったんですネ」

と、まず決めてある台詞《せりふ》を云った。

「えッ……」

若旦那は身動きも出来ないらしい。

「お前さん、とうとう殺《や》ンなすったネ」

「ち、ち、違う、私じゃアない……」

若旦那は真蒼な顔を滅茶々々に振った。

「へへへ、御心配の者じゃアありませんよ。ねえ、御前さんは伊勢六の若旦那でしょう」

「ええッ、ち、ち、違うッたら」

若旦那は窮鼠《きゅうそ》却ってという勢いで、忌味に摺り寄ってくる宗庵を、いきなりパッと突き飛ばすと、パタパタッと河岸ッぷちを駆け出した。

「マ、待った、若旦那ッ」

よろめきながら猿臂《えんぴ》を伸した。が、もうその時は七八間も離れていた。

四

「按摩さん、お前は何か勘ちがいをしていなさるヨ。そりゃアあの晩、たしかに彼処の家へ行ったが、その時はもうあの女は殺されていたので、私アびっくりして逃げ出したのさ。だから、下手人は私じゃアないよ」

あれから三日目の夜の四ツ（十時）頃、又しても時雨もようの往来《ゆきき》も途絶《とだ》えた浜町河岸。同じ場所へ呼び出して、いよいよ夢に描いたとおり宗庵得意の強請り場というわけ。

「ふふふ、まだそんな白《しら》を切んなさるのかえ。いくらお前さんが知らぬ存ぜぬと云った所で、恐れながらと訴えて出りゃア、どうしたってしょびかれますぜ」

「いくらお前がそう云ったって、知らないものは知らないし、又あの時にいたという証拠は何にもないことだから……」

「オット、そいつアいけねえ、証拠はちゃんと有るんですぜ」

「証拠が？　へえ、どんな証拠が？」

「これでさ」

宗庵は懐中から、いつぞや愛吉が置いて行った、波に千鳥の印金の紙入を出して見せた。

「あッ、それは」

思わず取りにかかるのを、

「オットット、ちっと時代な台詞《せりふ》だが、まずこれから御覧じだ。それ、中にはちゃんと、お前さん宛の手紙や受取が入ってますぜ」

「デモそりゃアいつか両国辺で、巾着切りにすられた品」

「うるせえや、それが通るか通らねえか、出る所へ出て云うがいい。本町切っての質両替伊勢屋の店から、縄附きが出るのもお慰みだ。じゃアあばヨ」

宗庵はくるりと背を向けて行こうとした。

「マ、待っておくれ、按摩さん」

六三郎は慌ててその袖を捉えた。

「ええ、按摩々々と安く云うねえ。これでも川向うじゃア二つ目の宗庵と、ちっとは人に知られた面だ」

「それじゃア宗庵さん、そんな短気を云わないで、私の云う事も聞いておくれ。お前さんだって訴えただけじゃア一文にもならないだろ？　私だって身に覚えはないことだけど、店の暖簾《のれん》に瑕《きず》がついちゃアお父あんにすまないから、何とか相談に乗ろうじゃないか」

「チエッ、そんならそうと早く云え。それじゃアこの紙入を、言値《いいね》で買ってくれるだろうな」

「言い値ッて、一体いくらなんだえ？」

「千両さ」

「ええッ、千、千両……？」

のけぞった六三郎、思わずよろよろとよろめくと、柳の幹へとりついた。

「ちっと安すぎたかえ？」

幾千度《いくせんたび》夢に見た台詞《せりふ》と仕科《しぐさ》、千両役者そこのけの巧さだった。

「千、千両なんて飛んでもない。まだ部屋住のこの私に、そ、そんな大金……」

「フン、お前なんかの才覚じゃァ百両も難《むずか》しかろうさ。だから親父に出させるのだ」

「そ、そんな、お父あんに打明ける位なら、私アこの大川へでも身を投げて」

「ヤイヤイ馬鹿ア云うナ。本町一番の大金持の一人息子、たった千両で助かりゃア安いものさ。なまじ無分別な真似をしたら、それこそ親に泣きをかけるぜ」

「いいえ、たとい何でも千両なんてひどすぎます。ねえ宗庵さん、そのすられた紙入が、どこをどうして廻ったか、お前さんの手にあるのが此方《こっち》の不祥、此方の因果《いんが》とあきらめて百両出すから売って下さい」

「百両？　フン、おつけ（汁物）で面ア洗って来い」

「そ、それじゃア二百両、どうぞそれで」

「コウコウ、年の市の熊手を買やアしめえし、気障な値切り方をしやアがるな」

「じゃアどうしても負けないんだネ」

「くでえナ、千両が鐚《びた》一文欠けても厭だッ」

「むッ……」

と暫く睨んでいた六三郎、烈しい口調で、

「そんなら此方も買わないまでさ」

「何だとッ？」

「死んでお詫をするまでさ」

思いつめた蒼い顔に、ポロリ涙の筋をつけると、パタパタッと河岸ッぷちへ、

「南無阿弥陀仏ッ」

「オット、待ったッ」

追い縋ったが遅かった。激しい水音とともに、パッと飛沫《しぶき》が刎ね上った。

「ウーム……」

思わず河岸ッぷちへ手をついて暗い水面を覗き込んだが、ピタピタせわしく石垣を舐める波ばかりで、六三郎の姿は二度と浮んで来なかった。

「チェッ、こんな筋じゃアなかったが、何て芝居気の無え奴だ……」

あわれ宗庵の千両の夢も、水泡《みなわ》とともに消えてしまった。

五

「オヤ、まだ寝てるのかえ？」

夜の稼業でありながら、朝起きが自慢の宗庵が、もう四ツ（十時）にもなろうというのに、煎餅蒲団にくるまったままボンヤリと天井を見ている。お艶は、思わず眉を顰《ひそ》めた。

「宗庵さん、お前、どこか悪いのかえ？」

「ウム、何だか気分が悪くていけねえ」

「急に寒くなったから、風邪でも引いたのと違うかえ？」

「ウム、そうかも知れねえなア……」

と、そそけたような顔で云ったが、実は宗庵、六三郎の飛び込み以来、げっそり気落ちがしてしまった。まったく宗庵にして見れば千両箱を捨てたと同然、癪にさわってたまらない。せめて幽霊にでも出てくれれば、うんと文句を列べるところだが、よくよくだらしのない奴と見えて、怨めしや……とも現れない。むしゃくしゃ腹でやけ酒をあおった揚句、ついうたた寝の仮枕で、風《か》邪《ぜ》の神に取り憑《つ》かれてしまったらしい。そんなこととは知らないお艶。

「ほんとに顔色がよくないから、お医者様に診てもらったらどうだえ？　人間何て云ったたって体《からだ》が元だからネ、死んじまっちゃ何にもならない。アア死ぬって云えば、此間の、ホラ、浜町河岸のお妾殺しネ、あの下手人が捕ったってサ」

「えッ、あの妾殺しの下手人が?」

「ああ」

お艶は宗庵のあんまりな愕き方に、呆れたように見返した。

「そ、そして、其奴ア何処の誰だえ?」

「それが呆れるじゃアないか、囲っておいた当の旦那の、大阪屋の御主人だとさ」

「ええッ、だ、旦那が殺《や》ったのか……?」

「ああ。何でもあのおこよッて女《ひと》は大そうな浮気者で、仲町から落籍《ひか》されてからも、毎日のように色男と逢びきをしていたんだって。それも一人や二人じゃない、お上で判っただけでも五人からいたってサ」

「へーえ……」

「さすがの旦那も我慢しきれなくなって、とうとう殺っつけてしまったッて云うんだけど、考えてみりゃア無理アないやネ」

「そ、そして一体誰が検挙《あげ》たんだえ?」

「それが癪じゃアないか、愛ちゃんを検挙た諏訪町の清吉なんだよ」

「えッ、清吉が?」

「ああ、そりゃア悪い事をした奴を検挙《あげ》るんだから当り前の事だけど、何だか他に岡っ引がいないみたいで癪じゃアないか」

「ウーム、彼奴にかかっちゃア敵わねえナ……」

と宗庵は何やら陰気な顔をした。

「さ、そろそろお店へ出なくッちゃ」

と立上ったお艶、

「それじゃア宗庵さん、早いとこ御医者様に診《み》てもらうがいいよ。それとも自分で鍼《はり》でも打って見るかえ？」

「と、とんでもねえ」

と首を振った宗庵、

「大事な体に、俺の鍼なんか打てるものか」

「アレ、おっかない按摩さんだねえ、ほほほ」

お艶は明るく笑って出て行った。

瓢軽《ひょうきん》に笑わせて見たものの宗庵は、岡っ引の清吉が又一つ手柄を立てたと聞くと、次にはきっと六三郎殺しの一件が露顕《ばれ》て、自分を召捕に来るような気がしてきた。

大体あれだけの大家で伜の行方知れずになったのを打棄っておく筈はない、必ず手を尽して探し尋ねているに相違ない。それには前々からの関係で清吉を頼むに相違ない。清吉だったら仮令《たとい》俺が殺《や》ったという証拠が無くても、きっと俺《おれ》に目串《めぐし》を刺《さ》すに相違ない。彼奴にはきっとお稲荷様でも附いているに相違ないから……。こうみんな相違ないづくしになってくると、宗庵はもう居ても立ってもいられなくなった。

いっそ今のうちに逃げ出そう。行先のアテはなくても、笛一つ、宿場《しゅくば》々々を流して歩く気になれば五街道どっちの口へ踏み出そうと、食いはぐれるということはない。

そうだ、ひと思いに草鞋をはこう、世帯道具なんざ打棄っちまえと、有りったけの金を肌につけ、着替え二三枚を風呂敷に包んでいるところへ、ガラリと明いた格子の音。

ぎょッとして振り返ると、これはどうだ愛吉が、真新しい唐桟の袷に半纏を重ね、にやにや笑って立っていた。

六

「おッ、お前は愛公、ど、ど、どうしたんだ……」

呆気《あっけ》にとられて立ちつくす宗庵へ、愛吉はいつもの癖で左手を懐中に、右手で顎を撫でながら、のっそりと上ってくると、長火鉢の前へ立膝で坐った。

「オイ、ど、ど、どうしたんだよッ」

もう一度宗庵が焦《じれ》ったそうに浴びせるのへ、

「ふふふ、どっから手が廻ったのか知らねえが、俺は昨日出されての、ゆうべは迎えに来てくれた弥吉の所で飲んじまって……」

「へえ、そ、そいつアまア……」

宗庵は何だか息子でも帰って来たような気がして、鼻の奥が熱くなった。

「お前にも色々心配をかけたが、いずれそのうち入れ合せをつけるから、もうちっと待っててくんねえ」

愛吉は相変らず白い華奢《きゃしゃ》な指先を反らして蝮《まむし》をこさえ、銅壺《どうこ》の蓋を叩きながら、顔を俯向《うつむ》けてそう云った。

「何の何の、俺なんか何でもねえが、いじらしかったのはお艶坊だぜ。稼ぎをみんなお前のところへ差入に持っててたんだからナ。まア早く一緒ンなって大事に可愛がってやんねえ」

「ウム……」

「ほんとにどんなに喜ぶことか……」

若い二人が手を取り合って喜ぶさまを思うと、それを見すてて去らねばならぬ自分が淋しい。

宗庵始めはお艶にさえ黙ってずらかる積りだったが、今愛吉の顔を見ると、此男だけには本当の事を告げておいて行きたくなった。そこで浜町河岸の一件を抑々の出逢いから、誘い出しての強請《ゆす》り、六三郎の身投げ、それをどうやら岡っ引の清吉が感づいたらしいので、これからすぐに草鞋をはき江戸を立退くつもりと云った。と、長火鉢の縁《ふち》に頬杖ついて、黙って聞いていた愛吉、ニヤリ笑うと、

「宗庵さん、そいつア些《ちっ》と気が早えナ。イエサいつものお前のようでもねえ、大そう料簡が狭えじゃアねえか。ナーニ、世の中は太く短かく暮らすに限る、俺ア、今度御牢内へ行ってつくづくとそう思った。早え話が御牢内でも一番《いっち》悪い事をした奴が、名主で候《そうろう》の隠居のと豪勢に威張っている。だから今度娑婆へ出たら、お前を相手に一仕事と、それを楽しみに出て来たんだが、そう老い込んじまっちゃア仕方がねえ。まア誰かもっと尻腰《しっこし》のある奴を摑めえよう」

と、半ば嘲けるような調子で云った。

「な、な、何だってッ?」

宗庵の顔色がさっと変った。

巾着切りこそ一人前か知らないが、悪事にかけたらホンの小僧ッ子だと甘く見ていた愛吉から、すっかり老ぼれ扱いにされたので、肚の中が煮え返った。

「オウオウ、大そうな事を云うじゃアねえか。それじゃア俺を尻腰のねえ腰抜けッてえのか?」

「そうよナ、岡っ引の一人や二人を怖《こわ》がって逃げ出すようじゃア、あんまり頼もしくも無《ね》えじゃアねえか」

「フン、だからお前なんざ若えと云うのだ。見かけた山があるならともかく、さもねえ時に意地を張って危《あぶね》え目をするのは損だ。時によっては三十六計、諸事権現様の流儀で行かねえじゃア天下は取れねえ」

と宗庵、我ながら巧く云い逃がれたとほっとしながら、

「それとも何か俺が出て働くほどの、大芝居でもあるてえのか?」

と逆捻《さかね》じに出た。

「ウム、無えこともねえナ」

愛吉は気を持たすように顎を撫でた。

「そそそりゃア一体どんな筋だ」

「今更云わねえだって、それ、いつかお前が奨《すす》めた伊勢六の店を乗取《のっと》る件よ」

「あッ」

と膝を叩いた宗庵、

「なるほどこいつアうっかりしていた。それじゃァお前が乗り込んで後嗣《あとつ》ぎと納まるわけか」

「まアそういった寸法だが、どうで堅気の息子で辛抱の出来る筈は無えから、四五日経ったら千両でも二千両でも引背負《ひっしょ》ってずらかる積りだ」

「ええッ、千、千両……」

「そうだ、そいつをちょいちょい繰返す筋書だが、どうだえ、お前も片棒担《かつ》がねえか。口癖の千両箱を背負えるだけ遣《や》ろうじゃねえか」

思わずゴクリと生唾を飲み込んだ宗庵。

「そそそそりゃア云わねえでもカカ片棒担ぐサ。そうして一体、いつ伊勢六へ乗り込む気だ?」

「そうよナ今夜のうちに行ってやろうか」

「ええッ、今夜のうちに？」

「ウム、善は急げだ」

「お艶坊にも逢わねえでか？」

「ウム、お艶には当分沙汰なしにしていてくんねえ。大事の前に女は禁物だ」

「イヤ、お前はまったく頼もしい男になったなア……」

とろけそうな笑顔で見上げた宗庵の片眼に、愛吉の顔が恰《まる》で小判の塊《かたま》りのように光って見えた。

七

石町の九ツ（十二時）の鐘の余韻が深い夜空へ消えた頃、伊勢六の一番蔵の奥二階では、愛吉と宗庵が手燭の灯をたよりに、巌乗《がんじょう》な金箪笥《かねだんす》の戸を明けていた。いよいよ最後の観音開《かんのんびら》きの扉が明くと、そこには千両箱がギッチリと、石垣のように積まれてあった。

見ただけで宗庵はもう胴顫《どうぶる》いが起きてきた。

「さア宗庵さん、お前、背負《しょ》えるだけ背負って行きねえ」

宗庵はもう声が出なかった。万感胸に迫るというか、何か一言云えばわッと泣き出してしまいそうで、ただわけもなく涙と水ッ洟《ぱな》がこぼれるのだった。

「さア手伝ってやるから早くしねえ」

宗庵はわななく手で懐中から大風呂敷を出すとそこへ拡げ、愛吉に手伝ってもらって、先ず千両箱一つをおろした。

「ソラヨ、もう一つ」

二つ目をおろして重ねた。

「これで八貫はあるだろう、これだけにしておくかえ?」

宗庵は首を振った。

「え、もう一つかえ? そんなに背負えるかえ?」

「ダダダ大丈夫だ」

「そうか。それじゃアよいしょッと」

二人はもう一箱その上へ重ねた。

「まアこれだけにしておきねえ。いくらでも惜しくは無えが、持って行く途中、人に怪しまれちゃアそれッきりだ。え?」

しかし宗庵はもう一度首を振った。

「えっ、ま、まだ背負う気かえ?」

「ダダダ大丈夫だ。俺アみみみんなでも背負って行きてえくれえだ」

「冗談じゃアねえ、馬じゃアあるめえし。本当に幾つ背負う気なんだ」

「四つや五つは大丈夫だ」

「お前、これだけでも十二貫あまり、四つともなりゃア十六貫以上、お前みてえなチビに背負えるものか」

「大丈夫だってことよ。お願いだからもう一つ呉《く》ンねえ」

「呆れた慾張りだナ。それじゃアそれ、どっこいしょッと。さアこれで四つだ。背負えるか背負えねえか試して見ねえ」

「ウム、背負えるようだったらもう一つ貰うぜ」

宗庵は四つ重ねた千両箱を丁寧に包むとその上から細引で括《くく》りつけ、更に連尺《れんじゃく》にして担げるよう真田の打紐を渡して結んだ。

その用意のいいのに苦笑した愛吉は、

「それ、あっちを向きねえ、背負わしてやるから。ホラ、よいよいよいよいッと」

連尺に背負った宗庵の背後から、掛声もろとも勢いをつけて持ち上げてやったが、宗庵の腰は切れず、荷物はびくともしなかった。

「それ見ねえ、だめじゃアねえか」

「ナ何、大丈夫だ。もう一度やって見てくれ」

「呆れたナ、それ、いいかえ?」

掛声もろとも辛うじて腰は切れたがひょろひょろッとタタラを踏み、思わず金箪笥にしがみつくと、片眼を白黒さして喘《あえ》いだ。

「オイ、そんなことで本所まで帰れるかえ？　イエサ、この二階から降りられるかえ？」

「大、大丈夫。たとい死んでも背負って行く。さアお前も早く背負ってくれ」

「そうよナ……」

愛吉は何故かにやにや笑ったまま突ッ立っていた。

「エエ何をぐずぐずしてるんだ。早くして呉ねえじゃア俺ア重くって遣《や》り切れねえ」

「ははは、まアそんなに慌てる事もねえやナ」

愛吉はツイと次の間へ引返した。

「早くしてくんねえよ。肩がメリ込むようだ」

と、その時背後《うしろ》から、何か冷たい、硬い細いもので、コツンと頭を突ッつかれた。

「痛えッ、ダダ誰だッ？」

首だけ捩じ曲げると、ゆらめく灯影に、可笑《おかし》いのを無理に押し殺したような奇妙な面《つら》が浮んでいた。それを見たとたん宗庵はあッとばかりに尻餅をついた。ドッシンと大きな音。

「宗庵、お前、見かけによらねえいい腕だな。だがこう現場を押さえられちゃア仕方があるめえ。さア俺と一緒に行こう」

それは誰よりも嫌いな手先の小竹、いつどうして現れたのか十手を持って立っていた。

「冗、冗談じゃアねえ小竹兄い。オ、俺ア決して盗人じゃアねえ。こ、ここの若旦那から貰ったんで。ホ、本当ですヨ。若旦那、若旦那」

宗庵は咄嗟にそうした云訳をすると、愛吉を呼び立てた。

「何を云やアがる、若旦那がお前なんかに、千両箱を三つも四つもやってたまるか」

「そそれがそうなんだから仕方がねえヤ、若旦那、もし、若旦那、若旦那」

「アイ、何だねえ騒々しい」

俄に明るくなったと思うと愛吉が雪洞《ぼんぼり》を持って出てきた。と、すぐに小竹が聞いた。

「若旦那、お前さん、この按摩を御存知ですかえ？」

「えッ、按摩？　まアこの男は何処から入って来たんだえ？」

と愛吉は、さも吃驚したように云って見下した。

「冗、冗、冗談じゃアありませんぜ若旦那。私《あっし》アお前さんに呼び込まれて、そうして此の千両箱を」

「何を云ってるんだろう此人は。私《あたし》アこんな人は見たこともありませんよ」

「モシ若旦那、調戯《からか》うのもいい加減にして下せえ。お前さんがそんな事をいうと、ここにいる小竹兄いが私《あっし》を盗人《ぬすっと》扱いにするじゃアありませんか。まことに飛んだ迷惑だ」

「だって私アお前さんなんか知らないもの、あッ、金箪笥が明《あ》いている……」

愛吉はさも吃驚したように叫んだ。そこには微塵《みじん》も芝居をしている様子はなかった。

「それ見ろ、太《ふて》え奴だ。とにかく番屋へ来い」

小竹は宗庵の連尺の紐を外さそうとした。

「ママ待ってくんねえ兄い」

と宗庵は小竹の手を押しとめ、

「モシ若旦那、お前さん、そんなふうに私《あっし》を突っ放すと、何も彼もバラシてしまうが、それでもようござんすかえ?」

と凄んで見せた。

「さア一体そりゃア何のことだえ?」

「勝手にしやがれ、大騙《おおかた》りめ。モシ兄い、此奴ア若旦那でも何でもねえ。五六日前に御牢内から出て来た巾着切りの愛吉で、若旦那の替え玉に潜り込んだ贋物《にせもの》ですぜ」

と宗庵は片眼を剥いて喚《わめ》き立てた。

「何、愛吉が牢を出たって?」

と小竹は不審そうに眉を顰めた。

「そうともサ。私ンとこへ来て相談の上、ここへ入り込んだと云うわけでサ」

「はははは、宗庵、お前、何を寝呆けているんだ、愛吉はまだ入牢中だよ」

「えッ、そそそんな馬鹿な……」

「いくらお前が我鳴《がな》ったって、牢破りでもしねえかぎり、娑婆へ出て来っこはねえのだ」

「ホホ、本当ですかえ? 竹兄い」

「俺の手で検挙《あげ》た奴だ、知らねえでどうする」

「可怪《おかし》いナ、そうすっと、此の贋物野郎は誰だろう」

思わず宗庵は不思議そうに呟いた。

「宗庵さん、よく考えてみたらどうだえ？　愛吉が私になれるんなら、私だって愛吉になれない筈はないだろ？」

と、愛吉はにこやかにそう云った。

「なな、何だってェ？」

「イエサ、巾着切りが堅気の息子に化けられるンなら、堅気の息子も巾着切りに化けられないわけはないじゃアないか」

「ええッ、それじゃアお前は本物の？」

「ハイ、伊勢屋の倅の六三郎ですよ」

「ええッ、だってお前は、たしかあの時……」

「さア浜町河岸でお前さんに脅《おど》かされ、無分別に大川へ身を投げたが、恰度夜釣りに出ていなすった清吉親分の船に救われ、一部始終を話したところ、それじゃア本物の下手人の挙がるまで些との間、身を隠しているがいいと、根岸の寮の方へ行っていたのさ。そのうち下手人が挙がったので、私への疑いは晴れたものの、私としたらお前さんに脅かされたことが口惜しくってたまらず、何とか敵討がしたくって、些と大人気ない事だったけど、この小竹さんに筋立てをしてもらい、急拵えの茶番狂言、お前を一杯はめて見たのさ」

「ええッ、それじゃア何もかも仕組んだことか、ウーム……」

宗庵はそのまま眼を廻してしまった。

その夜明け、意地も張りもなく切餅一つ（二十五両包み）を御祝儀に、伊勢六の裏口を出た宗庵。どうにも千両の夢が捨て切れず、其後もいよいよ富の札を買いあさった。

一方、間もなく御赦《おしゃ》に逢って牢を出た愛吉は、清吉の親身な意見に従って巾着切りの足を洗い、清吉と六三郎から元手《もとで》を借りて、二葉町に小間物の店を開いた。大丸髷に眉の痕も美しいお艶が店番に坐ったのは云うまでもない。

地獄のたより

一

盂蘭盆《おぼん》は弁長の書入れ時、朝涼《あさすず》のうちから夕ぐれまで、出入りの檀家《だんか》を、袂をつゆに結ばぬばかり、駆け廻った十軒あまり。

あいにく今日は風もなく、釜の中で炒《い》られるよう。霊棚《たまだな》の前へ坐っても、汗が目にしみ、真菰《まこも》の緑も茄子《なす》の紫も、溶けて滲んで霞んで見える。

何てえ箆坊《べらぼう》な暑さだと、べたべた二の腕に絡《から》みつく、法衣《ころも》の袖をたくし上げたくし上げ、如是《にょぜ》我聞一時仏《がもんいちじぶつ》から、ツケ入りの飛び六法で、平等施《びょうどうせ》一切往生安楽国《いっさいおうじょうあんらくこく》チーンと端折《はしょ》って、後は南無《なん》阿弥陀《まいだ》アのぶうぶうぶう。

エエ気の利かねえ、中には酒好きの故人《ほとけ》もあろうに、ちっと暑気ばらいに如何でと、柳陰《やなぎかげ》の一杯も奨めてくれることか、どこへ行っても麦湯と素麵、そいつがみんな汗になる。

盆に載せられたお布施《ふせ》の包みと菓子の包みを、お辞儀と一緒に右左の袂の中へ、するりと辷り込ませる手つきの巧さは、お経の節より幾倍か板に附いたものだったが、その袂もずっしりと、ぼてぼて重たくなってくると、一層暑さが身にしみて、有難いよりは忌々しい。

七時頃《むつはんごろ》、やっと浅草阿部川町の裏長屋へ帰ってくると、すぐと褌一本に浴衣を抱え、表通りの玉の湯へ飛込み、ざッと汗を流してから、角の江戸花の暖簾をくぐり、長床几に片あぐら。

後から後から入れ代る顔馴染の定連と、冗言《むだ》を云い云い、水貝にぬたにあなごの天麩羅、熱燗で三本ばかり引っかけると、朝からの疲れと湯上りの空ッ腹とで、もう慾も得もなくトロンとなる。と、つい一つ憶えが呂律《ろれつ》も怪しく、

〽心でとめて帰す夜は、可愛いお方のためにもなろと……。

「ヨウヨウ弁長さん、そいつア何てえ御文章《おふみさま》だえ？」

と、板前から半公が交ぜッ返す。

「ナ、何を云やアがる。汝《てめえ》みてえな半むくれに、この心意気がわかってたまるか。コウ、よく聞けよ。可愛いお方のためにもなろと……てえンだ。〽泣いて別れて又御見《ごけん》もじ、猪牙《ちょき》の蒲団は夜露に濡れて……」

「フーン、どうもお前が唄うと、粋《いき》な端唄《はうた》もお経に聞えるから妙だヨ」

「畜生め、そんなことを云やアがると、汝《てめえ》が死んでも、引導を渡してやらねえぞ」

「ヘッ、地獄行の引導なら願い下げだナ」

どッと周囲《まわり》の笑う中に、

「弁さん、いい景気だナ。どうだ、これから吉原《なか》へ繰り込まねえか。灯籠が綺麗だぜ」

と声をかけたは、弁長と同年輩の二十五六。どうやら遊人らしい風躰だが、南瓜面《かぼちゃづら》のずんぐりむっくり、お国者らしく訛もある。

「オウ六さんか。イヤ、お前《めえ》と行くなアもう真平だ。又此間みてえに、化物の出る店へ連れて行かれちゃアたまらねえ」

「えッ、化物の出る女郎屋？　そいつア豪気だ。いってえ何処の何てえ店だえ？」

と、又板前から半公が口を挟む。

「ナーニ、本当の化物であるものか。酔っ払った慌て者の女郎が、真暗な中で弁さんが、白眼《しろめ》を出して寝てンのを見て、眼を廻したッてえだけのことさ」

「何を云やアがる。真暗な中で寝顔が判るか。現にその女郎も、白い大入道が突ッ立ってたと云ったじゃアねえか」

「ははは。今時そんな事があるものか。あれはたしかに、お前の悪戯《いたずら》に違いねえよ」

「この野郎、振られもしねえ俺が、何で女郎を脅《おど》かす訳があるのだ」

と気色ばむ弁長へ、半公は慌てて声をかけ、

「ママ待ちなせえ弁長さん。なるほどお前の云うとおり、世の中にゃア不思議なことも数あるもので、化物や幽霊がいねえとは云われねえ。現に丸井の若旦那も此頃は市子《いちこ》（巫女）に凝ってネ、生霊死霊《いきりょうしりょう》の口寄せに、夢中になっているてえことだ」

「へーえ、市子の口寄せに……?」

たちまち話を外らされた弁長、気味悪そうに眉をひそめた。

「何でもあの口寄せてエやつは、死霊でも生霊でも市子《いちこ》に寄せられ乗移ると、あの世のこと此世のこと色々に喋《しゃ》べるそうで、時にはぞッとすることがあるそうだ」

「へーえ……?」

と強そうにポンポン云っても、根は臆病らしい弁長、思わず肩を竦めて顔をしかめる。

と、そばから六助へラヘラ笑って、

「ナーニ、丸井の徳さんは甘えから、うまく市子の食物になっているのだ。口寄せ口寄せッて、何の口寄せをしてるか判るもんか。それよか弁さん、機嫌直してウラを返しに行こうじゃねえか。騒がせッ放しも気の毒だぜ」

「イヤいけねえいけねえ。たとい何でも今日明日は、いわば俺の書入れ時、行きたくっても行かれねえ」

「うわア有難え坊さんだナ」

馬鹿を云い云い弁長が、もう一本ひッ倒し、長屋へ帰って寝たのが十時頃。

どのくらい寝たかしら、

「弁公、弁公……」

と、肩を揺すられて眼を覚ました。

寝呆け眼に見上げると、寝巻姿の瘦《や》せた男が、枕元にしゃがんでいる。

「ダ、ダ、誰でえ、お前《めえ》は?」

「俺だよ、起きてくんねえ、鏝辰《こてたつ》だ」

「何でえ、辰か」と、眠い眼をこすりこすり、

「こんなに晩《おそ》く何しに来たんだ」

と、忌々しそうに脹《ふく》れて云う。

「何しに来るもんか、大変なことが起きたんだ、まア起きてくんねえ」

ふだんからあんまりいい人相ではないが、今夜の辰は一層のこと、その長い黒い顔の中に奥深く、金壺眼《かなつぼまなこ》を光らしていた。

辰はもと、浅草三軒町の相沢万兵衛という大公儀《おおこうぎ》御用の左官の弟子で、土蔵の塗りにかけたら江戸で指折りの職人だったが、いつしか鏝《こて》を使うより賽《さい》ころを使う方が好きになり、ずっと前に親方から勘当され、今では同じこの阿部川町、露地を三つほど隔《へだ》てた長屋に転がっている独り者。一頃弁長が博奕《ばくち》に凝っていた頃の仲間で、先刻の六助とは相長屋だ。

「大変なことたア何でえ」

蒲団の上へ起き直った弁長、生欠伸《なまあくび》をしながら、煙草盆を引き寄せて一服喫った。

目の前の壁には袂の脹らんだ白衣《きもの》と黒衣とが、そのままに引ッかけてある。

(いけねえいけねえ、又戸締りもしねえで寝込んだと見える。それにしてももう何時だろう、

二時《やっ》にでもなるかな……）

などと思っていると、

「なアおい弁公、お前《めえ》は稼業柄、その方はくわしいと思うんだが、あの世てえのは本当にあるのかえ?」

「ええッ、な、何だって……?」

弁長は思わず硬張った辰の顔を見上げた。

「あの世だよ、地獄極楽てエあの世だよ」

「えッ、あの、あの世か……?」

弁長はぐッと詰った。

正直ンとこ弁長は、そんな未来なんか本気にしてはいなかった。地獄極楽、いわばそれは御《み》仏《ほとけ》の衆生済度《しゅじょうさいど》の方便で、弁長にしたら、己《おの》が鼻の下くうでん（宮殿）建立のための方便なのだ。

だが、こうした真夜中鰻辰から、しかもその底光りのする白眼で、じろり睨んで訊かれると、稼業の手前、まんざら知らないとも云えなかった。

「そりゃアお前《めえ》、無《ね》えと思えば無えし、有ると思やア有るさ。何しろお前、いまだに極楽から、住みいいから早く来いとも、又地獄から、早く助けに来てくれとも、便りがあったッてえことは聞かねえからな」

「ところがお前《めえ》、寅の野郎が来たんだぜ」

「えッ、寅の野郎がッ？」

弁長はドキンとした。大変な野郎が来たと思った。

「ほ、ほんとかッ？」

弁長は思わず唾を嚥《の》み込んで訊いた。

「本当とも。俺《おいら》ア胆《きも》を潰しちゃった」

「ふうむ……」

（なるほど胆を潰しただろう、何しろ寅の野郎が来たんだからな……）

尤《もっと》もだ、とは思ったが、ふと、はてナ？　と弁長、首をひねった。

（待てよ、事のはずみで辰と一緒に、ついうっかり愕《おどろ》いちゃったが、寅てえ野郎は誰だっけ？　どうも憶《おぼ》えが無えようだな。しかし、辰の奴がこんなに泡を食ってンだから、よっぽど凄え野郎に違いねえ。こいつア何だか大変なことになりそうだ。ええ、とんでも無えことを持ち込んで来やアがった……）

と思わず眉をひそめたが、あまり黙っているのも水臭いので、ともかくも訊いてみた。

「それでお前はどうしたんだ？」

「どうしたもこうしたもありゃアしねえ。俺《おいら》ア一分やって帰《けえ》ってもらった」

「えッ、一分遣ったッ？」

「そうよ、ああなっちゃア云うなりになるよか仕方が無えじゃアねえか」

辰は忌々しそうに眼を剥いた。

弁長はいよいよわけが判らなくなった。寝入りばなを起されたので、まだ些《ちっ》と寝呆けているのかなとも思ったが、それにしても、最初《はな》「寅の野郎が来た」と聞いた時、てっきり幽霊《れこ》かと思ってギョッとした。何しろ彼《あ》の世があるか無いかと聞かれた直後《あと》のことだったから。それなのにその寅が一分とって行ったと云う……。こうなると一体どっちが寝呆けているのか判らなくなる。

そこで弁長、エエままよと、もう一足ふん込んで訊いた。

「それで寅の野郎は何時来たんだ」

「半刻ほど前だ」

「何処から来たんだ」

「決ってるじゃアねえか、彼世《あのよ》からよ」

「ええッ?」

弁長はぞッとした。怖いと云うより、咄嗟に、この野郎、気が違ったナ……と思った。

辰はいよいよ眼を据えて、

「まア聞きねえ、俺《おいら》アいつも夜半に眼を覚ましたことは無えのだが、何だか胸苦しくなったので、ふッと眼を覚ますと、恰度弁天山の鐘が聞えてる。ハテ何刻かなと思ったが判らねえ。と、その鐘の音が消えた途端、すうッと俺《おいら》の枕元に、何かこうぼんやりと、白いものが現れたんだ」

と、さも気味悪そうな仕方話《しかたばなし》に、弁長ぶるるッと尻ごみしながら、

「そ、その、ぼんやり白いものてえのは、ど、どんなものだ」

「そうよナ、白い、ぼうッとした、まア靄《もや》みてえな、ふわふわしたものよ。そいつがだんだん固まって、人の形になって来たんだ。その途端、俺《おいら》ア間違いなく此奴ア寅だッと思ったんだ。何しろお前、寅と来たら、頭でっかちの慌て者なんだからナ」

「ウムウム、そりゃア寅に違えあるめえ、寅だ、寅だ。それでどうした？」

「それで、おッ、お前は寅かッて云うとの、そうだそうだと肯《うなず》くんだ」

「返事をしたのか？」

「ウム、かすかな声で返事をしたよ」

「フムフム、それからどうした？」

「お前、何しに来たんだって云うとの、こう右手を上げ、人さし指と親指とで丸をつくり、左手でこう、おくれおくれをするんだ」

「フム、阿弥陀さまの恰好だナ」

「ナーニ、俺アてっきり金だと思って、寅、お前、金が要るのかッて訊くとの、哀れな声で、そうだヨ兄貴、すまねえが少しばかり貸してくんねえかと云うんだ」

「ええッ、金をか？」

「そうなんだよ。そいで俺ア云ってやった。オイ寅、慌てちゃアいけねえ、お前はたしか死んだ筈だぜ。亡者《もうじゃ》になっても金が要るのかッてな。するてえと寅の野郎は、そりゃア兄貴の前だけど、極楽へ行った者はいいが、地獄へやられた者は辛くて辛くてたまらねえ。それでも俺《おいら》は血の池へも針の山へも追いやられず、鬼の金棒磨きをしているから、少しは楽な目も出来るが、何分にも飯が一日一餉《ひとかたけ》、それも当《あて》がい扶持《ぶち》の盛切りだから、腹が減ってたまらねえ。それでお前ン所へ無心に来た……と、こう云うのだ」

「へーえ……」

「それじゃア娑婆の金でも通用するのかって訊くとの、そこが譬《たとえ》にも云う地獄の沙汰も何とやら、彼方じゃア娑婆の物を珍らしがって、内緒で窃《そっ》と鬼へ遣ると、それこそ鬼の牙のような、真白い固い飯をふんだんに食わしてくれると云うんだ。それじゃアたんとも無えが、これを持って行きねえと、一分《がく》を一つ渡してやるとの、有難え兄貴、きっと此金は返すからな、それじゃアあばよと消えてしまった」

「へーえ……」

弁長はただまじまじと辰の顔を見つめたが、その顔にはうの毛で突いたほどの嘘ッ気はなく、むろん気がふれたとも見えず、ただただ怯《おび》えたように総毛立っているばかり。

「なア弁公、俺《おいら》アその白い影が出てた間は、わりと平気で話してたんだが、そのかたまりが消えた途端、俄《にわか》にぞッとしちまってナ、もう怖くって怖くってたまらねえので、それでお前ンとこへ飛び込んで来たんだ。意気地が無えと思うだろうが、このまま夜明けまで置いてくんねえ」

「いいともいいとも泊って行きねえ。だが、奇妙なこともあるもんだな。一体その寅てえのは何処の奴だい？」

「アレ、お前はまだ知らなかったかナ。鳥越にいた飾り屋の職人で、いかさまの巧え奴だったが、ずうッと前に酔ッぱらって大川へ落こち、土左衛門になった奴なんだ」

「フン、そうかい、知らねえなア」

しかしその寅の野郎が、絵に描いたような怨メシヤでなく、白い靄のようなカタマリなら、大して怖くも無さそうだ。こいつは話の種に一度逢って見たいと思った。

「今度はいつ来ると云ったえ？」

「そいつア聞かなかったナ」

「今度来たら聞いといてくれ、俺も一度逢いてえから」

「いいとも。俺も一人で逢うよか大勢の方が気が強え。だが、当分このことは誰にも内証にしといてくんねえよ」

明くる朝早く辰は帰って行った。

弁長は今日一日と最後の日を稼ぎ廻った。そしてその夜も風呂の帰りに江戸花で一杯やり、早目に切り上げ、送り火に煙る露地の中を、辰の家を覗いて見たが、辰の姿は見えなかった。隣で聞くと、辰は六助と一緒に出て行ったと云うことだ。

（フン、幽的に一分借りられるようじゃア、賭場へ行ってもいい目は出めえに）

弁長は苦笑しながら露地を出た。

明るい月の下をそこここから「お迎え、お迎え……」の沈《しず》んだ声がひっきりなしに聞えていた。

二

「おいッ、寅の野郎が又来たぜ」

二日目の夜明けだった。息せき切って駆けつけた辰、今朝は何だか浮々と嬉しそうな顔附だった。

寅の野郎はやはり丑刻《やつどき》にあらわれて、ほんの僅の間だったが、地獄にいる友達の消息《たより》など、話して行ったと云うのである。

本当かでたらめか、弁長はいよいよ自分の眼で、はっきり確めてみたくなった。

「ふむ、そうして今度は何時来ると云ったえ?」

「今夜も来られれば来ると云ったよ」

「そうか、そいじゃア俺も逢わしてくんねえ。お前の邪魔はしねえから」

約束をした弁長は、その夜、酒を一升つめさして辰の家へ出かけて行くと、明け放しの居間で、さしつ差されつ時を消した。

蒸し暑かったその夜も、更けるにしたがい冷ンやりと、蚊いぶしの煙も横へ流れ、月の光の一面にさしている裏の空地にも、いちだんと虫の声が繁くなった。

やがて弁天山から二時《やつ》の鐘を撞き出すと、辰は慌てて雨戸を閉めにかかった。

「ど、どうした?」

「何、寅は明りが嫌えなんだ」

そう云いながら閉め切った辰は、行灯の灯も吹き消した。たちまち周囲《あたり》は真暗闇。

「弁公、お前、どんなものを見たって、声を出しちゃアいけねえぜ」

と、辰《たつ》は兄貴ぶって念をついた。

「いいってことよ。死人《ほとけ》が怖くって坊主が勤まるけえ。どんなものを見ようと、キャッともスッとも云うんじゃねえや」

と弁長、強がりを云ったものの、内心だんだん怖くなり、徳利と湯呑を引きつけると、勢《いきお》いづけに注いではあおった。

いくら眼が慣れて来ても、あまりの暗さにさっぱり物は見えなかった。そのしーんとした中に、虫の音ばかりが一層繁く聞えてくる。

と、何かふわりと風が動いた。

「おッ、寅かッ」

と辰の声。

ギョッとして振り向くと、たしか壁とおぼしきところへ、寅の野郎が浮んでいた。思わずぞッとした弁長、そのままそこへ突ッ伏すと、歯の根も合わず念仏を唱えた。

「よく来たなア、待っていたぜ」

辰は嬉しそうに声をかけると、後はただ、ウム、え？　何だって？　などという受け答え、肝腎の寅の声は些《ちっ》とも弁長には聞えない。

そのうちやっと落着いて、窃《そっ》と眼を明けて窺うと、それは恰度目の高さに浮んでいる、白い、と云うよりはむしろ鼠色にぼんやりと、見た刹那《せつな》には海月《くらげ》か酸漿《ほおずき》、画に描いた海坊主みたいに、ただぼうッと、鈍くどんより光ったもので、腰から下は消えていた。むろん顔や姿は判らない。よくこれで辰公に、寅の野郎と判ったものと、勘のよさにおどろいた。

「え？　アアこの坊さんかえ？　何、こりゃア弁長てえ坊さんで、お前が死んでからッてものは、ずっと仲よくしているが、どうして中々気ッぷのいい坊さんさ」

弁長は、ははア俺のことを聞いてやがるナと思ったが、その声はやはり一向に聞きとれない。

「ナーニ、お前のことを余所他《よそほか》へ触れ歩くような、そんなお喋りな坊主じゃねえから安心してくれ。大丈夫だ、俺が受合う」

辰がそう云うと、寅の野郎は何だか肯《うなず》いたようだった。辰は更に、

「え、何？　ああそうか、判った」と肯くと、

「オイ弁公、寅がお前に近づきになりてえとヨ。挨拶してやってくれ」と云った。

弁長は吃驚した。こんな海月みてえな幽的に挨拶なんて、気が利かねえ……とは思ったが、厭だと云ったら、どんな仇をされるか判らない気がしたので、

「へえへえ、こりゃアお初にお目にかかりやす。私《あっし》ア弁長てえお斎《とき》坊主で、もうほんのしがねえ坊主ですが、何、これでも一通りの道楽はしつくして来た坊主でして、へえ、どうかマアお心易く願いやす」

と、揉み手をしながらお辞儀をした。

すると寅は、ふうわりと体を揺らせながら、

「オウ、俺ア寅てえんだ、可愛がってくんねえヨ。これからはチョイチョイお前のとこへも遊びに行くぜ」

と云った。

その声は、低い低い、しおしおとしたものだったが、ふとどこかで聞いたような気がした。

弁長は、こんな野郎に来られちゃアたまらねえと思ったが、もう恐ろしさが先に立って、断ることは出来なかった。

「へえへえ、モウむさくるしいとこでえすが、どうぞおいでなすって、へえ」

すると寅は、又辰の方を向いて、何か云ってるらしかった。

「えッ、俺を其方《そっち》へ？　冗、冗談だろう、まだ早えや。え、すぐ帰れる？　そ、そんな器用な真似が出来るのかえ？　へえ、フムフム、ええッ、十両？　な、な、何にするんだ。え？　フムフム、なるほど、え、弁の字もかえ？」

弁長はゾッとした。弁の字と云えば、どうやら俺のことらしい。この幽的め、俺をどうしよ

うって云うんだろう。辰の奴め、いい間のふりで、詰らねえ返事をしてくれなけりゃアいいが

……と、冷々しながら聞耳を立てたが、幽霊の声というものは、話し合う当人の他には聞えないものらしい。

辰の受け答えはまだつづいた。そのうち辰は、何か頻《しき》りに辞退しているらしかったが、

「わかったわかった、それじゃア貰っておくよ」

と、結句《けっく》何か受取ったようすだった。

「え、もう帰るのかえ？　まだいいだろう。え、そうか、じゃア今の事な、あれはもう少し考えさしてくれ、ははは、亡者《もうじゃ》のくせに口の悪い奴だナ。じゃアあばよ」

辰がそう云うと、寅の野郎は、ヒラリと何かにメクられたように、その姿を消してしまった。

辰はすぐに燧《ひうち》を打った。行灯に灯が入ると、弁長は初めてほッと頸筋から腋《わき》の下の汗を拭いた。

「どうだえ、見たかえ？」

「ウム……」

弁長は溜息とともに返事をしたが、ふだん詰らねえ奴と馬鹿にしていた辰公が、顔色ひとつ変えずケロリとしているばかりか、ニヤニヤ笑っている度胸のよさに驚いた。

「吃驚したかえ？」

「ウム、どうも初めて逢ったんでナ」

「だが、亡者《もうじゃ》になっても義理の固え奴はやっぱし固えナ。こないだ貸した一分ナ、利息までつけ

て返してくれたぜ。それ、見や」

辰の掌には、一分金が二つ載《の》っていた。

「ふうむ……」

弁長は怖々《こわごわ》手にとってみたが、それはたしかに天下通用の一分金で、ただ心なしかヒンヤリと冷めたかった。

「大したもんだナ。それで一体どんな話をしてたんだ」

「何ネ、寅の野郎、俺にちょいと来て見ねえかッて云うんだ」

「来て見ねえかッて、何処へ？」

「決ってるじゃアねえか、彼世《あのよ》へよ」

「ええッ、そ、そんなお前……」

「だから冗談じゃアねえッて云ってやった。するとの、ナニ本当に死んで来るンじゃねえのだから、すぐにも娑婆《しゃば》に帰れる。ただどんな工合《ぐあい》しきだか、ちょいと見に来たらどうだッて云うんだ」

「へーえ……」

「それでその時にネ、十両ばかし持って来いッて云うんだ」

「十両……？　な、何にするんだ」

「何だか知らねえが、それだけ持って行くとの、面白い事が出来るッてえのだ。尤もその金は、娑婆へ帰る時には、倍《ばい》にして持って帰《けえ》すって云うんだ」

「ええッ、ば、倍に？」

「ウム、この一分も倍にして返したくれえだから、冥途《めいど》の方じゃアみんなそういう極めになっているのかも知れねえナ。まアそりゃアいいが、たとい嘘にしろ死ぬてえことは、些と気味が悪いから、もう一寸考えさしてくれって云ってやった」

「ふうむ……」

「そうしたらナ、お前も案外臆病者だのって笑やアがった。はははは」

辰は一寸てれ臭そうに笑ったが、なるほどそう云えば先刻たしかに、十両がどうしたとか話してたッけ。おッ、そう云えばその時に、弁の字がどうとかとも云ってたっけが……。弁長は俄に心配になってきた。

「オイ辰や、先刻お前達は、弁の字がどうとか云ってたようだが、俺の事じゃ無えのかえ」

「おッ、忘れてた、お前のことよ」

「ええッ、一体何て云ってたんだ」

「その坊主も一緒に連れて来ねえかってよ」

「ええッ？」

思わず飛び上った弁長、両手を突き出し、何かを防《ふせ》ぐような恰好で退りながら、

「冗、冗、冗談じゃアねえ、堪忍してくれ」

と叫んだとたん、壁へドッシン。上へ釣った大神宮様の白鳥《はくちょう》が、坊主頭の天辺《てっぺん》で勢《いきお》いよく跳《は》ね返った。

三

それから四日目、朝十時《よっつ》ごろ。

「弁長さん、大変だよ」

と飛び込んで来たのは、鍜辰の隣に住んでる大工《だいく》の内儀さん。

「辰さんが死んだよ」

「ええッ？」

さすがに弁長、ギョッとした。

「いつだ、どうして死んだンだ？」

「めっけたのは先刻なんだよ。この暑いのにいつまでも雨戸を開けないから、どうしたんだろうと声をかけても返事がない。昨夜出かけた様子もないから、おかしいと思って明けて見ると、畳の上へ伸びてんのさ」

早速に町内の本道医《ほんどうい》、舜庵《しゅんあん》先生を呼んで来たが、もうすっかり冷たくなっているので、どうにも手当の仕様がない。側に膳が出ていて、徳利や蛸の刺身などが載っているところを見ると、一杯やりながら頓死《とんし》したものらしいと云う診断《みたて》。

「舜庵先生もネ、死ぬのにしては、いい往生だって云ってたよ」

それを聞いて弁長は、

（野郎、とうとうやりやアがったナ……）

と、思わずクスクスッと込み上げてきた。

「オヤ弁長さん、お前さん何だって笑うんだよ。お前さんの友達の辰さんが死んだンだよ」

「判ってるヨお内儀さん。へへへ、だけどネ、辰の奴は死んだンじゃア無えんだよ」

「えッ、死んだんじゃ無いンだって？」

「ああ、辰はちょいと見物に行ったんだよ」

「見物に？　どこへさ？」

「彼世へさ、地獄極楽見物にさ。へへッ、二三日もすりゃア帰って来らアな」

内儀さんはぶるぶるッと、悪寒《さむけ》がしたように身を竦め、じッと弁長を見つめていたが、弁長が又ニヤリと笑うと、

「きャッ！」

と一声、後も見ずに逃げ出した。

その金切り声と、溝板を駆け出す慌ただしい下駄の音に、向い合った長屋から、女や子供の顔が飛び出た。

「べ、べ、弁長さんが気が違ったア……」

と、喘《あえ》ぎ喘ぎ叫んで走った。

（ヘッ、彼奴らに判ってたまるものか。だが、見かけによらず辰の奴は、豪気に度胸のいい奴だナ。とにかくどんな面《つら》アしてるか、ちょいと行って見て来よう）

弁長は洗い立ての法衣を引ッかけ、内儀さん連中の透き見をしている露地の中を、ヘラヘラ笑いながら出かけて行った。

六畳と三畳の狭い家には、差配の甚兵衛を始め、月番らしい夜鷹《よたか》そばの親爺と、辰と仲のいい六助、それに相長屋の女房連中が詰めかけて、葬《とむら》いの仕度に忙しそうだった。

「あッ、弁長さんが……」

と、先刻使いに来た女房が、総毛《そうけ》立った顔をした。みんなは一度に此方を向いた。

その中を、洒々《しゃあしゃあ》とした顔で家へ上って弁長は、

「やア只今はお使いをいただきやして、どうも辰の野郎が、とんだ人騒がせなことをいたしやして、何とも申訳がござんせん」

と、差配へにこやかに挨拶した。

差配は呆れ返ったようだったが、やがてむッとした顔で、

「オイ弁長さん、心易いは常のこと、こんな場合に冗談は止めてもらおう。辰はこのとおり死んでいるのに、あの世へ見物に行ってるなんて、何でそんなふざけたことを云いなさるンだ。稼業

柄ちっと慎《つつし》んだらどうだえ」

と、飴色に光った月代《さかやき》から湯気を立てないばかり、返事によっては只ではおかぬと云った眼附で、ぐッと弁長を睨みつけた。

「いやア怒ンなすっちゃア困るが、私アお前さんたちをからかってンでも何でも無え。本当の事を云ってンでさア」

「本当の？　へえ、こいつは面白いことを伺うものだネ。舜庵先生も頓死だと云ってるものを、どういうわけで彼世を見物に行ったなんて」

「ママ待っておくんねえ。そう私《あっし》を責めたって、何も私が一人合点で云ってンじゃアねえ。当人から聞いてることを云ってるんで」

「当人から？」

「そうでさ、辰の野郎が此間うちから、近えうちに彼世へ一寸見物に行って来るから、たとい死んだ風になって見えても、決して心配してくれるなッて、ちゃんと云われているんでさ」

「へーえ……？」

「ただネ、何分初めての旅だから、幾日くれえになるかその日取は判らねえ。それにまだ路用の金も揃わねえから」

「えッ、路用の金？」

「へえ。たしかな事が判ったら知らせると云ってたんで。私もまさか斯う早く、行っちまうとは思わなかったが、こいつア何処かから巧く工面がついたと見えやす。ハテ誰が寄進《きしん》についたのやら、それともチョボイチででも儲けたかな」

ヌケヌケとそう云いながら首を捻《ひね》る弁長に、差配はあいた口が塞《ふさ》がらず、店子達《たなこたち》と顔を見合わしていたが、やがて思い切って一膝進めた。

「オイ弁長さん、お前、気はたしかかえ」

「はははは、心配しなはんナ、正真正銘の正気だよ」

他の者の知らない事を、己一人が知ってるという嬉しさで、額を叩かぬばかり。弁長は、何処から借りて来たか逆さ屏風の立て廻してある部屋の隅に、薄い蒲団に寝かされている辰の方へいざり寄ると、

「オヤオヤすっかり死人《ほとけ》扱いにされちゃやがったナ、可哀そうに。縁起の悪い事をするじゃアねえか」

と顔にかけられた白布を取のけ、

「なアるほどナ、此奴アふだんの面附《つらつき》より、灰汁《あく》が抜けててよっぽどいいや。へヘッ、拙《まず》い面の野郎は死顔に限るナ」

と、ちょいと頰ぺたを突ッついた。

「コレコレ弁長さん、いい加減にしないか。お前は昨夜お稲荷さんの華表《とりい》に何かひっかけたんじゃ無えのかい？　どうもよっぽど可怪《おかし》いよ。まア今日のところは、このまま黙って帰っておく

れ」

と、差配は腫物《はれもの》に触るような調子で云った。

「冗、冗談じゃアねえ。俺ア銭貰いや強請じゃアねえ。このまま黙って帰ってくれなんて、気障な事を云いなさんナ。俺ア辰の奴が帰ってくるまで、ずっと此処で待ってる心算だ」

「ママ待ってるッて?」

眼を瞠った差配、店子達の方を振り向くと、あぐねたように顔をしかめ、

「まだあんなことを云ってやがるが、此奴アいよいよ本物のキ印になったらしいぞ。おい、誰か巧く連れ出してくれる者はいないか」

と声をひそめた。

「ようがす、私が何とか連れ出しやしょう」

と引受けたのは彼の六助。辰の枕元に坐り込んでる弁長の背後へ行って肩を叩いた。

「オイ弁さん、ちょいとお前に話があるンだが、俺ンとこまで来てくれねえか」

「厭だ厭だ、汝《てめえ》まで俺を気違え扱いにするとは、友達甲斐の無え奴だ。ことにお前は辰の奴とは、丁半の仲間じゃねえか」

と弁長、不服がましく口を尖らした所へ、

「ヨウお騒々しいことで。辰公が死んだそうだネ」

と脳天《のうてん》から黄色い声で、浮々と這入って来たのは、表通りの質両替丸井の伜の徳太郎。

「いけねえ、又気違いが一人ふえた」

差配はうんざりしたように舌打をしたが、このあたり一帯の地面持ちの伜では、あまり渋い顔も出来なかった。

「これは徳さん、辰吉は可哀そうに、昨夜頓死をしましたよ」

「ははは。甚兵衛さん、それが大違い。辰公は死んだンじゃアがあせん。一寸眠っているんだから、直《じき》に眼を覚ましやすよ」

「冗談じゃありませんよ。舜庵先生も頓死の診断で、もう町役人へも届けをすまし、今夜は通夜、明日は火葬場《やきば》へ持って行って、骨《こつ》にしてから寺へ葬《ほうむ》る手順ですから、眠ってるの何のって、あんまり詰らないことを云っておくんなさるな」

「ええッ、火葬場《やきば》へ持って行くって？　とと飛んでも無い、お前さん、骨になんかされたら辰公は、もう帰って来られなくなりやさア」

と徳太郎は、白い華奢《きゃしゃ》な手を振って、差配の言葉を遮《さえぎ》った。

「そうだそうだ、若旦那の云う通りだ。骨なんかにされてたまるものか。そんなものにされちまったら、辰の魂が帰って来た時、入り込む体が無えじゃアねえか」

と、その尾について弁長が、泡を飛ばして云い捲《まく》るのへ、我意《わがい》を得たりと徳太郎、

「オヤ弁長さん、お前さんもそう思うかえ？」

「思うかえの段じゃアねえ。私ア先刻から、幾度辰は死んだのじゃア無えと云ってるか知れねえ

のだ」

「嬉しいねえ。そうするとお前さんも、あの一件を知ってるのかえ？」

「あの一件て、この件かえ？」

と弁長は、だらり両手を胸のところで下げて見せた。

「おッ、そのことそのこと」

と徳太郎も、同じく両手を前へ下げると、薮睨みの白眼を出し、顎を上下に動かした。

「そうだ、そいつだ。そいじゃアお前さんも、寅の野郎に逢いなすったんだネ？」

「ああ逢ったとも。私にも来いと云ったんだけど、何だか薄ッ気味が悪いンで、辰公に代りに行ってもらったのさ」

「あッ、それで判った。路銀《ろぎん》の工面は若旦那、お前さんがしてやったんだネ？」

「ああ、昨日十両貸してやったのさ」

「そうですかい。私も三両貸したから、こりゃア豪勢いい旅が出来そうだ。畜生、巧くやりやアがったナ」

弁長と徳太郎は腹を押えて笑い転げた。

いよいよ呆れ返った差配の甚兵衛、

「モシ若旦那、しっかりして下さいよ。それじゃアお前さんも弁長さん同様、辰吉はあの世へ見物に行ったンだと云うンですかえ？」

「そうなんだよ甚兵衛さん。こう二人も生証人がいるんだから、お前さんも信用して、辰公の体は此儘にしておいておくれ。いずれ眼が覚めてから、彼方の話が聞かれるとなったら、それこそ江戸中ひっくり返るような人気になるぜ。そうすればこのぼろ長屋も、鼻が高いと云うものさ」

「ぼろ長屋たア何ですよ。大きなお世話だ」

「ほほッ、これは失礼。だけどそう云ったわけなんだから、もう二三日そうッとしておいておくんなさいナ」

「冗談じゃない。秋とはいってもこの温気《うんき》に、二日も三日も打棄っておいたら、それこそ長屋中が死人臭くなってしまいますよ」

「何の、死んだのじゃないのだから、腐りッこはないさ。お前さんも判らない人だネ」

「ええ、どっちが判らないのだ、馬鹿々々しい」

すっかり癇癪《かんしゃく》を起した差配、一つところへ固まって、成行を窺っていた店子達へ、わざと大きな声で云った。

「オイ、誰かお前たちのうち丸井へ行ってナ、何だか徳さんの様子が可怪しいから、急いで連れに来てくれと云って来てくれ」

あいヨと一人の内儀さんが、襷のまま飛び出して行った。

するとその時、

「辰吉の家は此処かえ」

と、些と小柄だがいなせな男が、門口から覗き込んだ。が、小さな家に大勢入り込んでいるのを見て、一寸面喰ったように棒を呑んだ。

「オウ小竹兄い、辰吉の家は此処ですよ」

と弁長は、その顔を見るなり、直《すぐ》と中から声をかけた。

「オオ弁さんか、一体これはどうしたんだ」

「何ネ、辰は今、一寸眠っているんで」

「眠ってる……?」

小男はキョトンとして眼を瞠った。

「モシモシ、どこのお方か知らないが、その坊さんの云うことは本気にしないでおくんなさいよ。辰吉は昨夜のうちに死にましたよ」

「ええッ、死んだッ? 本、本当ですかえ?」

「本当にも嘘にも、死人《ほとけ》は此処に寝かしてあるから、上ってとっくり見なさるがいい」

「フーム、畜生、巧えことをしやがったナ」

「な、何だって?」

差配は流石に、むッとした顔附で、

「オイ、そこの人、少しは気をつけて口を利きなせえ。人が死んで巧えことをしたとはどういうわけだ。私は此処の差配だが、些《ちっ》と不作法すぎやしねえか」

と、一本大きく極めつけた。

「やア差配さんかえ。すまねえすまねえ。まア堪忍しておくんなせえ。私《あっし》ア諏訪町の清吉という岡っ引の子分で、竹五郎てえ手先だが、実ア辰吉がいかさま博奕で、素人から金を捲き上げていたのが判って、それで召捕にやって来たのさ」

「ええッ、辰の奴がいかさまで……?」

「ところが一日違いで死なれてしまい、つい癪《しゃく》に障ったんで、口が辷《すべ》ってしまったんだ。死んでしまやア罪は無え筈、こいつアすまねえことを云いやした」

「そ、そ、それはどうも……」

差配は忽ち青菜に塩で、今までの力みはどこへやら、額を押えて引き退った。店中からいかさまなどをする奴が出たとなれば、差配もお叱りは免れない。まアいい時に死んでくれた……とほッとした。

と、もじもじしていた弁長、

「弱ったなアこいつは。実アね小竹兄い、辰の奴は本当に死んでるンじゃア無えのだよ」

「な、何だと?」

驚く小竹へ、差配は慌てて口を挟んだ。

「イエ、竹さんとやら、辰は本当に死んだのですよ。弁長さんは些と取り上せているようだから、相手にしないでおくんなさい」

「ナーニ死んでなんかいるもんか。一日か二日たてば、きっと生きッ返ることになっているんだ」

呆気にとられた小竹は、云い争う二人へ、

「ママ二人とも待ちねえ待ちねえ。とにかくその死人《ほとけ》を見せてもらおう。それが一番の早道だ」

と、家の中へ上って行った。

四

「それじゃアお前はどうしても、辰は死んだンじゃア無えと云うんだな?」

その夜おそく、小竹の案内で辰の家へやってきた清吉は、差配や相長屋の者達の不安そうな眼差しに囲まれながら、きっと生き返って来るんだと、線香も立てさせず、死人の枕元で頑張っている弁長へ微笑みながらそう訊いた。

「へイ、そりゃアもう本人が慥《たしか》にそう云ったンですから、間違いッこござんせん。へイ」

手弄《てなぐさ》みに凝っていた頃、幾度か清吉に強いお灸《きゅう》をすえられて、やっと正路《せいろ》に立帰ったという弁長だから、清吉に向っては、ギュッとも云えないわけだったが、こればかりはと云う顔で、力み返って返事をした。

苦笑した清吉は、弁長の隣に、これも些か変った眼附で坐っている徳太郎へ、

「オイ、丸井の息子さん、お前さんもその口かえ？」

「ハイ、弁長さんの云うとおり、私も直々、寅さんの幽霊にも逢いまして、くわしく聞いたことですから、誰が何と云いましても、辰さんは生き返ってくるのに決っていますよ」

と徳太郎は、そのぶよぶよと生揚《なまあげ》のような顔を顫わして云った。

「えッ？」

「イヤどうも、こいつは少し薬が効きすぎているな。それじゃア二人とも、もう一度寅の幽霊に逢って、今までのはみんな嘘、辰は慥《たしか》に死にましたと、ハッキリ聞いたら本気にするかえ？」

弁長と徳太郎は思わず顔を見合したが、やがて肯《うなず》き合うと弁長が、

「そりゃア寅の野郎から直《じか》に聞けば、本気にしねえわけに行きやせんよ」

「よし、それじゃア寅の野郎に逢わしてやろう」

「ええッ？」

弁長はむろん徳太郎も差配も、詰めかけていた長屋の者も、吃驚して眼を瞠った。

「ホ、本当ですかえ親分？」と、弁長が疑わしげに念をついた。

「岡っ引が嘘をついてどうする。さア誰か雨戸をみんな締めてくれ」

家の中は、流石に一寸ざわついたが、差配の差図で雨戸も窓も、入口や勝手の戸も締め切られた。

「さア行灯も消してくれ」

「へ、へい」

差配がふッと灯を消した。

「いいかえ、よく俺の方を見てるんだぜ」

一同は耳を澄まし眼を凝らした。家の中はしいんとした。と、闇の中に何やらぽうッと、白い影が浮び上った。

「キャッ」

壁際に退って体をおッつけ合っていた女達は、互にしがみついて眼を瞑《つむ》った。

「し、し、静かにしないか」

と、差配が顫え声でそれを叱った。

「どうだ弁長、徳太郎。寅の幽霊たアこんなもんじゃアなかったかえ?」

闇の中から、清吉の笑いながら云う声が聞こえた。

「へ、へ、さ、さいで……」

と弁長が、恐れ入ったように答えた。

「ようし、それじゃア灯を入れてくれ」

「へ、へい、只今、只今……」

間もなく行灯に灯が入った。

みんなが一斉に清吉を見ると、彼は二尺に四尺位の黒い紙に、何やら白く光るもので、だらしなくのっぺらぼうの大入道を描いた、不思議なものを持っていた。

「どうだえ？　幽霊の正体みたり枯尾花《かれおばな》、寅の正体はこれだったんだ」

「へーえ……」

さながら狐が落ちたように、弁長も徳太郎も、ただ茫然《ぼうぜん》たるばかりだった。

「親分さん、するとこれは辰の奴が、そんな馬鹿々々しいものを拵えて、弁長さんや徳さんをからかっていたんですかネ？」

と、差配は眉をしかめて云った。

「からかっていただけならお愛嬌だが、地獄見物の何のと口実をつけ、金を捲き上げていたのがよくねえ。こりゃア騙《かた》りだ」

「えッ、か、騙り……？」

差配は忽ち蒼くなって縮み上った。いかさま博奕にこんな騙り、差配という身分柄、これが表沙汰にでもなったら最後、たとい当人が死んでいようと、長屋を預かる差配として引合《ひきあい》は脱《まぬか》れぬばかりか、どんなお叱りを受けるか知れない。なろうことなら幾らか出しても、清吉を始め弁長や徳太郎へ泣きを入れ、内済《ないさい》にしてもらいたかった。

と、その時、

「だがマアこんなものを、辰は一体、何処から持って来たんだろう……」

それまでポカンと口を明けて見ていた六助、さも不審そうな顔で云った。

「ナニ、これは俺が或る所から貰って来たので、辰が使っていたのは他にあるのさ」

「へーえ、一体誰が拵《こさ》えたんでしょう」

「お前、其奴を知らねえかえ?」

「知りやせんねえ」

「そうかなア、じゃア教えてやろう」

「へえ」

「こんな馬鹿なものを拵えた奴はナ、六、汝《てめえ》だッ」

「えッ」

ぱッと飛び上って逃げようとするのを、背後に控えていた小竹が飛びつき、難なく取り押えてしまった。

寅の幽霊は六助の家の押入から出てきたし、十三両という金も、おなじく六助の家の神棚の、大神宮様の中から出て来た。

今日の正午頃《ここのつごろ》、小竹が齎《もたら》してきた阿部川町の一件に、清吉と、折から来合《きあわ》していた子分の三太は、腹を抱えて笑ったが、ただ弁長たちから捲き上げた金が、辰吉の手許に無かったという事を聞き、清吉は俄《にわか》に眉を顰《ひそ》めた。

その金や幽霊が辰の家に無いというのは、相棒のある仕事に違いなく、もしかしたらその相棒が、辰を殺したのではあるまいか……? たとい医者は頓死《とんし》という診断《みたて》でも、これは打棄ってはおけないと思った。

すると三太が、幽霊と云えばつい此間、吉原の江戸二にある新近江《しんおうみ》という女郎屋へ、大入道が出たという話を聞いたと云った。

「多分客の悪戯だろうてえことだったが、私も又聞きで詳しいことは知りやせんから、ひとつ新近江へ行って聞いて来やしょう」

そこで三太は吉原へ、小竹は辰が始終出入りしている賭場などで、彼の親しく附合っている者たちを、洗い上げて来るように云いつかった。一方清吉は御徒町の蘭法医《らんぽうい》長沢玄昇の所へ行って、そうした幽霊の作り方と、頓死同様に殺せる薬物《くすり》について訊ねた。

日頃から清吉を贔屓の玄昇は、なるほど異国の薬物には、眠ったままで死ねる薬物もあるにはあるが、それは分量が難かしく、余程の手練の者でなくては作りにくい。しかし海月《くらげ》のような幽霊なら、鯖や鮭が暗い所にあっても光るのと同じ理窟で、わけなく出来ると、直にその場で、渋紙へ墨を塗り、二色ばかりの薬物を塗り、注文通りの幽霊を一人前つくってくれたのだった。

それを貰って清吉は、諏訪町へ帰って待っていると、間もなく小竹が帰って来て、此頃に辰が一番親しいのは相長屋の六助で、その六助は以前芝宇田川町の蘭法医、立松容斎の家に奉公していた者と判った。そこへ三太も帰って来て、新近江のその夜の客は、どうやら弁長と六助らしいと云うのだった。

そこで清吉は二人を連れて阿部川町へ出かけて行き、あんな茶番をしたのだった。

六助の申立てに依ると、彼は立松の家にいた頃、書生達がそうしたお化《ばけ》を拵えては、女中などを脅《おど》かすのを見て面白がり、彼も一枚拵えてもらって持っていた。初めは暗がりで通行人を脅かしたり、振られた腹癒せに女郎を脅かしたりして喜んでいたが、そのうちに辰吉がそれを見つけて金儲けを思いついた。

辰吉の目当にされたのが、少しく箍《たが》の緩んでいる弁長と、近ごろ市子《いちこ》の口寄せに凝って、しきりと彼世《あのよ》の消息《たより》を知りたがっている徳太郎の二人だった。そして捲き上げた金は山分という約束で、寅の声色《こわいろ》も六助が使った。弁長が何処かで聞いたような声と思ったのも無理はなかった。

ところが辰吉が徳太郎から十両、弁長から三両まき上げたその夜、心祝いに一杯やっているうちに、何の病気か本当に頓死をしてしまった。その後へ行った六助は、辰の死んでいるのに吃驚して介抱《かいほう》するうち、手に触ったる金財布《かね》、と飛んだ五段目の勘平で、そのまま抜き取って逃げ帰った……と云うわけだった。

発頭人《ほっとうにん》の辰吉は頓死、騙《かた》られた金は返ってきたので、六助の罪は案外軽く、江戸払いだけで赦《ゆる》された。

「どうだえ弁長、今度は一つ辰の幽霊に逢って、彼方の様子を聞いてみねえか。彼奴のことだから、地獄のことはよく判るぜ」

「うわア親分、堪忍しておくんなせえ。もう幽霊はコリゴリだ」

弁長は、剃り立ての頭を後からツルリと撫《な》で上げ、ヘッヘッヘッと高ッ調子に笑った。

いかにも秋と名のつきそうな夕風に、垣根の白い大輪《たいりん》が、つめたそうに顫えていた。

◎論創ノベルスの刊行に際して

本シリーズは、弊社の創業五〇周年を記念して公募した「論創ミステリ大賞」を発火点として刊行を開始するものである。

公募したのは広義の長編ミステリであった。実際に応募して下さった数は私たち選考委員会の予想を超え、内容も広範なジャンルに及んだ。数多くの作品群に囲まれながら、力ある書き手はまだまだ多いと改めて実感した。

私たちは物語の力を信じる者である。物語こそ人間の苦悩と歓喜を描き出し、人間の再生を肯定する力があるのではないか。世界的なパンデミックや政情不安に覆われている時代だからこそ、物語を通して人間の尊厳に立ち返る必要があるのではないか。

「論創ノベルス」と命名したのは、狭義のミステリだけではなく、広義の小説世界を受け入れる私たちの覚悟である。人間の物語に耽溺する喜びを再確認し、次なるステージに立つ覚悟である。作品の刊行に際しては野心的であること、面白いこと、感動できることを虚心に追い求めたい。

読者諸兄には新しい時代の新しい才能を共有していただきたいと切望し、刊行の辞に代える次第である。

二〇二二年一一月

三好一光（みよし・いっこう）

本名・三好次郎。明治41年2月11日、東京府東京市牛込区生まれ。

戦前は雑誌『舞台』の編集に従事しながら劇作家として活躍し、「片時雨」や「誓」などの戯曲を発表。代表作「幸福の夢」は昭和13年に「愛しき面影」と改題して日活で映画化された。

昭和17年、五幕物の台本「千利休」が歌舞伎検討委員会主催の第一回歌舞伎脚本募集に佳作入選。岡本綺堂に師事し、戦後は時代小説や捕物帳を執筆するようになり、『清吉捕物帖　絵草紙の女』（同光社）や『艶筆東海道四谷怪談』（文芸評論社）等を上梓。

編書に江戸風俗や江戸語を解説した『江戸東京風俗語事典』、『江戸東京生業物価事典』、『江戸語事典』（いずれも青蛙房）がある。平成2年2月没。享年82。


三好一光氏の著作権者と連絡がとれませんでした。

ご存じの方は編集部までお知らせ下さい。

清吉捕物帖《せいきちとりものちょう》　〔論創ノベルス021〕

2025年4月20日　初版第1刷発行

著者	三好一光
発行者	森下紀夫
発行所	論 創 社 〒101-0051　東京都千代田区神田神保町2-23　北井ビル tel. 03（3264）5254　fax. 03（3264）5232　https://ronso.co.jp 振替口座　00160-1-155266
装釘	宗利淳一
装画	佐久間真人
組版	桃 青 社
印刷・製本	中央精版印刷

ISBN978-4-8460-2446-8